陈宗俊　著

飞翔与行走

陈宗俊文学评论集

全国百佳图书出版单位
ARGTIME 时代出版 时代出版传媒股份有限公司
黄山书社

图书在版编目(CIP)数据

飞翔与行走:陈宗俊文学评论集 / 陈宗俊著. — 合肥:黄山书社,2018.6

ISBN 978-7-5461-7551-5

Ⅰ.①飞… Ⅱ.①陈… Ⅲ.①中国文学—当代文学—文学评论—文集 Ⅳ.①I206.7-53

中国版本图书馆 CIP 数据核字(2018)第 136311 号

飞翔与行走——陈宗俊文学评论集

FEIXIANG YU XINGZOU——CHEN ZONGJUN WENXUE PINGLUN JI

陈宗俊 著

出 品 人 王晓光
责任编辑 周振华
责任印制 戚 帅 李 磊
装帧设计 马德龙
出版发行 时代出版传媒股份有限公司(http://www.press-mart.com)
黄山书社(http://www.hspress.cn)
官方直营书店(https://hsss.tmall.com)
营销部电话:0551-63533768 63533788
(合肥市蜀山区翡翠路 1118 号出版传媒广场 7 层 邮编:230071)
经 销 新华书店
印 制 合肥锐达印务有限责任公司

开本 700mm×1000mm 1/16 印张 15.5 字数 280 千
版次 2018 年 8 月第 1 版 2018 年 8 月第 1 次印刷
书号 ISBN 978-7-5461-7551-5 定价 49.00 元

序

何言宏

宗俊从安庆来，随我读博，转眼间已有七八年的时间，真的是岁月如梭！大概是在他博三的时候，我来沪上，他也连同其他几位同学，一并转给了别的老师，加上这几年杂乱忙碌，所以我对宗俊后来的学业和他在学术研究方面的其他情况，了解得并不很多。因此，等到收到宗俊的书稿，一下子看到他取得那么多成绩，我由衷地为他感到高兴。宗俊嘱序，自然很乐意。

《飞翔与行走》主要包括三方面的内容：一是关于中国当代文学史上"十七年"时期的文学研究，侧重研究那一时期的诗歌选本问题，这应该是宗俊博士论文中的部分章节。当年与他讨论博士论文的选题，我觉得这一方面大有可为，另一方面也比较适合宗俊的情况，果然他对此颇有专攻。二是他对中国现当代文学史上如曹禺、贾平凹、张炜、莫言、陈忠实等作家作品的研究。我在阅读后还是感到有点吃惊的。这些作家，体量都很大，不仅在各自漫长的创作历程中发表了很多作品，而且关于他们的研究，也浩如烟海，因此要对他们有所研究，一定要付出许多时间与精力，也需要多方面的学术积累。而且我知道，宗俊读博的同时，还要工作，还要照顾家庭，他怎么接连写出了那么多文字？所以我在吃惊的同时，更是对宗俊多了很多钦佩，也能推想出他的勤奋与辛苦。三是关于安徽文学的研究。宗俊做得非常认真，也很有热情。记得宗俊很早就对我说过他与作家潘军很熟。对于这样一位先锋文学的代表性作家，我们的文学研究与文学批评关注得却很不够，因此我建议他不妨对潘军更多地进行跟踪研究，果然他后来写了好些篇关于潘军的文字。潘军之外，从现代文学史上的皖籍作家与诗人张恨水、朱湘，到后来的鲁彦周、海子，宗俊都很认真地关注了。在我的印象中，相对于其他一些省份，安徽文学界对本省作家的关注与研究相对较少，显得过于低调，与安徽作家与诗人们所取得的文学成就远不相称。宗俊的努力，特别值得称许，我也希望他能够在这方面更多用力，进行更全面和更系统的研究。

读宗俊的论著，我最突出的印象，就是独特性。宗俊非常善于发人所未发，在很多问题上独立思考，提出自己精辟、独特的见解。宗俊朴实温和，他在学术上却很有个性，凡事都有自己的主张。他的朴实与温和体现在学术上，就是他学风的扎实，文风的平实。他对自己所研究的对象与问题，都能做到同情之理解，不畏烦难地耐心搜集相关资料，潜心研读，一方面较为全面地做好课题史梳理；另一方面，在以往研究的基础上，阐述自己的独特观点。比如他对“十七年”时期文学出版和诗歌选本问题的研究，大量资料的搜集研读和统计学基础上的数据分析，工作量之大，令人叹为观止。其不仅本身就是一种文学史的深入与呈现方式，更是见人所未见，得出了很多令人感到耳目一新的结论与观点，扎实可靠，难有疑义。宗俊关于包括皖籍作家鲁彦周、海子和潘军等人在内的当代作家作品的文学批评，实际上我更为欣赏。我也建议过他不妨多从事这方面的写作，从这里收入的文章来看，他这方面的写作要更加放松、自由，思路也更加活跃。他对有关作家作品和文学现象的分析与评价——比如对张炜、莫言、贾平凹的创作和《白鹿原》的电影改编等——也更加直切，显示出他的敏锐与尖锐。他的文学史研究方面的学术训练与习惯，不仅使他的见解能建立在资料搜集与文本细读的基础上，更使他具有了充分自觉的文学史眼光，持论公允，显示出他“史的批评”的特点，非常可贵。在我的印象中，《飞翔与行走》应该是宗俊出版的第一本书，希望他以此为起点，在进一步的文学史研究和“史的批评”两个方面坚持努力，不断取得新的成绩。

目　录

第三辑

第一辑

人民文学出版社与“十七年”新诗集的生产

作为“新中国的‘王牌’出版社之一”[①]的人民文学出版社（以下简称“人文社”），在其机构设置、人员配备、出版方针、选题计划等方面，都对“十七年”出版事业有着举足轻重的影响。它不仅承担着此期重要的文学著作的出版，更担负着“十七年”意识形态对文学出版物的宣传、传播和规训等重任，使写作成为“有组织的、有计划的、统一的党的工作的一个组成部分”[②]，新诗集的生产就是其任务之一。此过程中的经验和不足都值得我们今天重新去总结与思考。

一、像“一座大山耸立在中国文学界”

（一）“提高指导下的普及”出版方针

人文社于1951年3月创建于北京，除了用本名出版文学作品和论著外，还先后使用作家出版社（1953—1958，1960—1969）、艺术出版社（1953—1956）、文

① 王火：《塑造文学之丰碑——贺人民文学出版社五十华诞》，丁景唐等著：《我与人民文学出版社》，北京：人民文学出版社，2001年版，第21页。

② 列宁：《党的组织与党的出版物》，中国社会科学院文学研究所文艺理论研究室编：《列宁论文学与艺术》，北京：人民文学出版社，1983年版，第68页。

学古籍刊行社(1954—1957,1987—1989)、中国戏剧出版社(1954—1979)、外国文学出版社(1979—2009)等副牌出版各类文艺书籍[①]。在“十七年”间,人文社先后有过三位社长兼总编辑:冯雪峰(1951.3—1958.4)、王任叔(巴人)(1959.3—1960.3)和严文井(1961.4—“文革”)。楼适夷、聂绀弩、许觉民、郑效洵、王士菁、韦君宜等也曾任人文社的副社长或副总编辑,他们对“十七年”人文社的出版方针、编辑思想、选题策划等产生了重大影响。尤其是首任社长和总编辑冯雪峰的出版理念,是“以革命家的姿态、理论家的素养,诗人和作家的经验来从事编辑出版事业”[②],对人文社的出版活动影响深远。

建社初期的1951年,冯雪峰就提出人文社“古今中外,提高为主”的出版方针。在冯雪峰看来,作为国家级的人文社应不同于地方出版社,应以提高为主,实行“提高指导下的普及”:“读者对象应是知识界和读者中文化素养较高的,出版物应以中外文学名著和当前文学创作中有较高影响的作品为重点”[③];要出版中外文学名著,不仅要有延安以来的工农兵优秀文艺,还要整理出版五四以来的新文学;不仅要有现代的文学,还要着手古代文学遗产的整理;不仅要有苏联文学,还要有欧美等国家的古典名著和现代名著的系统介绍;同时要求在整理古籍时,不得将现代人的观点强加于古人和对作品进行随意的增删,“主要就是认真选底本,做校勘,加注释,供给读者一个可读的本子”,并“始终坚持书前不要有长篇大论的序言,只要交代整理情况,介绍作者平生,就足够了”[④],等等。

冯雪峰的这些出版理念,尤其是编辑工作中提倡的“朴学家精神”,“在50年代新中国初期时提出是很新鲜的”[⑤],“有明确澄清、昭若发蒙之感”[⑥],“也是

---

① 人民文学出版社编:《光荣与梦想——人民文学出版社60年(1951—2011)》,北京:人民文学出版社,2011年版,第8页。

② 陈早春:《略论冯雪峰的编辑出版工作》,《编辑学刊》,1986年第3期。

③ 许觉民:《四十年话旧说新——祝人民出版社成立四十周年》,《新文学史料》,1991年第1期。

④ 舒芜:《大寿薄礼——祝人民文学出版社建社五十周年》,丁景唐等著:《我与人民文学出版社》,北京:人民文学出版社,2001年版,第287页。

⑤ 许觉民:《阅读冯雪峰》,包子衍等编:《冯雪峰纪念集》,北京:人民文学出版社,2003年版,第314页。

⑥ 舒芜:《大寿薄礼——祝人民文学出版社建社五十周年》,丁景唐等著:《我与人民文学出版社》,北京:人民文学出版社,2001年版,第285页。

令人一新思路的”①,显示出冯雪峰的胆量与胆识。因为在“政治—文学”“一体化”的新中国成立初期,文学只能是为政治政策服务,“名洋古”是有碍无产阶级新兴文学发展的等观念是当时主流意识形态的共识。当然,冯雪峰的这些出版理念也只是在人文社内执行,不可能改变当时出版界“厚今薄古”的大趋势。比如他也主张在人文社文学书籍出版时应以当代为主、普及为主,同时“必须坚持要无产阶级思想,必须坚持工农兵方向”②。

随后的楼适夷、王任叔、韦君宜等人文社领导者,大都坚持了冯雪峰的这些出版方针。如1954年王任叔任副社长之后,除了主张出版方针以“提高为主”之外,还以副牌“作家出版社”的名义鼓励出版新人新作和新译本。其后人文社虽与其他出版社有过合并,出版方针也几经调整③,但冯雪峰首倡的出版方针与出版理念在人文社的发展历史中较好地保留了下来。

因此,在这样一种出版“精神接力”④的感召和推动下,人文社在最初十余年间,出版了大量古今中外的文学著作,“在未及十年的短时期内,整理或翻译出版了大量的中外著名作家的大型全集、文集及选集,并几乎网罗了所有当代作家的优秀作品等不下三数千种”⑤,“每年出书达二百种,形成了出版社令人难忘的一个全盛时期”⑥和“黄金时代”⑦。与其他出版社相比,人文社像“一座

---

① 舒芜:《大寿薄礼——祝人民文学出版社建社五十周年》,丁景唐等著:《我与人民文学出版社》,北京:人民文学出版社,2001年版,第289页。

② 冯雪峰:《必须坚持工农兵方向》,《冯雪峰论文集》(中),北京:人民文学出版社,1981年版,第453页。

③ 如1954年人文社的出版方针为六条:“一、多出反映我国社会主义建设和社会主义改造过程中的劳动人民的斗争和生活的作品,以及反映部队战士生活和斗争的作品;二、多出从思想上以社会主义精神教育和改造我国人民的苏联的现代作品;三、多出有关国际和平运动和配合我国的国际斗争的政治任务的作品;四、有步骤地整理和重印中国古典文学,有系统地介绍外国优秀作品,为发展我国的社会主义现实主义文学创造条件;五、尽力发掘和推荐青年作家和工农民工农作家的作品;六、发掘和推荐反映少数民族生活的作品以及为少数民族的创作。”1958年作家出版社独立出后,人文社的出版方针改为四条:“一、选拔兄弟出版社出版后经过一定时间考验的优秀新创作;二、整理和出版五四以来新文学中定评的作品;三、出版外国有定评的现代优秀作品;四、出版中外古典文学名著。”参见郑效洵:《最初十年间的人民文学出版社——忆冯雪峰、王任叔同志》,《新文学史料》,1991年第1期。

④ 黄发有:《人文肖像——人民文学出版社与当代文学》,《当代作家评论》,2004年第4期。

⑤ 王仰晨:《“前事不忘”》,丁景唐等著:《我与人民文学出版社》,北京:人民文学出版社,2001年版,第35—36页。

⑥ 许觉民:《漫议巴人》,韦君宜等著:《怀念集》,北京:人民文学出版社,2011年版,第85页。

⑦ 许觉民:《四十年话旧说新——祝人民出版社成立四十周年》,《新文学史料》,1991年第1期。

大山耸立在中国文学界”①。因此,在新中国的文学生产机制形成过程中,人民文学出版社“无疑是一股巨大的推动力量,它出版的当代文学作品,在审美形态上具有示范和引导功能”②。

(二)人文社新诗集的出版活动

据不完全统计,“十七年”间人文社共出版诗集(含诗选,下同)305部,其中古代、现代与当代的诗集分别为42部、44部和219部,具体年度出版情况见下表③。

	古代诗集(选)	现代新诗集(选)	当代新诗集(选)	总计
1951年	0	1	0	1
1952年	0	3	4	7
1953年	3	5	10	18
1954年	1	10	7	18
1955年	0	8	12	20
1956年	3	3	19	25
1957年	8	8	25	41
1958年	10	4	34	48
1959年	9	0	46	55
1960年	2	1	16	19
1961年	1	0	7	8
1962年	3	0	6	9

① 俞天白:《人之相知,贵在知心》,丁景唐等著:《我与人民文学出版社》,北京:人民文学出版社,2001年版,第222页。

② 陈伟军:《冯雪峰与人民文学出版社》,《文艺理论与批评》,2007年第5期。

③ 此数据和下表数据是笔者根据人民文学出版社编辑出版的《人民文学出版社六十年图书总目(1951—2011)》(王海波辑录,人民文学出版社,2011年版)一书目录中“诗歌”中的书目初版情况统计得出。此数据不包括“十七年”间人文社以天天出版社、艺术出版社、文学古籍刊行社、通俗文艺出版社等出版社名义出版的相关新诗集。

续表

	古代诗集(选)	现代新诗集(选)	当代新诗集(选)	总计
1963 年	2	1	12	15
1964 年	0	0	10	10
1965 年	0	0	10	10
1966 年	0	0	0	0
总计	42	44	219	305

从以上数据我们可以看出,较之古代诗集、现代新诗集,当代新诗集的出版无疑占绝对统治地位,这与上述人文社成立之初冯雪峰等人提出的出版现当代文学(当时称为“现代文学”)书籍出版任务相一致。如人文社的首批业务就是出版现当代中国文学作品:首先是重印全部鲁迅著作的单行本 26 种,同时继续出版“讲话”后解放区优秀文艺作品选集,如《中国人民文艺丛书》《文艺建设丛书》《解放军文艺丛书》等。此外还出版了一大批主要五四作家的选集,如在 1952—1957 年就出版了包括《鲁迅小说集》等在内的五四作家的选集 45 种。

这种侧重于出版当代文学作品的思维,也与上述当时主流意识形态宣传的“厚今薄古”主张相一致①。如上表反映出,在 1957 年,人文社共出版新诗集 25 部,远远超过古代诗集和现代新诗集(各 8 部),但即便如此,当年人文社还被读者批评为出版古代文学作品过多。其指责的理由是,1957 年出版的古典文学作品的用纸量,占了全年总用纸量的 45%,而新创作连同苏联文学出版物的用纸量只占 23%,存在严重的“厚古薄今”的倾向。人文社为此组织了一次专题讨论,讨论的结果是“出版社的基本方针,是通过出版物以社会主义精神教育人民,出版物的印数,就必须掌握‘厚今薄古’的原则”②。另外,人文社还将康生关于古典文学出版问题的来信,转寄给《光明日报》要求发表,因为该信“不仅谈

① 1958 年初,时任中宣部副部长的陈伯达应郭沫若之邀,在国务院科学规划委员会第五次会议上发表了《厚今薄古　边干边学》的讲话,其摘要发表于同年 3 月 11 日的《人民日报》上,引起人文社科界的强烈反响。郭沫若、范文澜、陈垣、侯外楼等人均发表文章,对此问题发表看法,遂掀起一股“厚今薄古”的思潮。此讲话后经作者修订发表于 1959 年第 13 期《红旗》杂志。

② 《书籍出版如何厚今薄古?》,《人民日报》,1958 年 4 月 3 日。

到了古典文学的出版方针问题，还为古典文学整理工作指出了方向”①。因此作为“十七年”文学出版物的国字号出版社，人文社的出版工作不仅仅是一种文学行为，更是一种政治文化行为，“国家文学出版机构一开始便从文学与政治的双重视域选择稿件，这种运作逻辑也决定了以后的出版走向”②。这在新诗集的丛书出版上体现得尤为明显。

二、人文社诗集丛书的出版

（一）“规范”下的诗集丛书的出版

尽管我国的丛书出版历史悠久，但近代的丛书源于日本③，“丛书因较具策划性，故亦往往比单项的出版物有较强的出版缘起和目标，最能体现出出版者的意图”④。“十七年”间人文社上至领导下至一般工作人员，都十分重视丛书的选题与策划。这其中涉及新诗集的丛书包括“中国人民文艺丛书”“文艺建设丛书”“文学初步丛书”“解放军文艺丛书”“文学小丛书”“现代作家选集”“新创作选拔本”“建国前优秀作品选拔本”“建国十年优秀创作选拔本”“中国民间文学丛书”“中国民间叙事诗丛书”“各地歌谣集”等。这些丛书的“最能体现出出版者的意图”主要体现在对文学秩序的规范上。

如何建设一支人民的“文学军队”，是新中国成立后党和国家领导人所面临的选择，统一和规范图书尤其是丛书的出版就是其手段之一。与现代文学中出版社对书籍丛书以市场导向、读者审美趣味等为目的的出版原则不同，“十七年”对丛书的出版首先考虑的是政治因素，包括丛书的名称、丛书内容、入选作

① 《人民文学出版社给本报编辑部的信》，《光明日报》，1958 年 6 月 23 日。
② 陈伟军：《冯雪峰与人民文学出版社》，《文艺理论与批评》，2007 年第 5 期。
③ 王建辉：《文化的商务：王云五专题研究》，北京：商务印书馆，2000 年版，第 108 页。
④ 史静：《现代书局和三十年代中国新文学》，《中国现代文学研究丛刊》，2006 年第 6 期。

者等，这就要求丛书策划者和出版社在前期的选题中就得首先考虑到。

首先是规范丛书的主持、策划者。上述丛书在此方面大致有两种情况：一是丛书的主持、策划者是当时文化界的领导人，如“中国人民文艺丛书”的主持者是周扬；“文艺建设丛书”的主编是丁玲；“建国前优秀作品选拔本”和“建国十年优秀创作选拔本”由茅盾、周扬、王任叔等主持。二是主持人由相关职责部门负责。如“解放军文艺丛书”由解放军总政文化部编选；“各地歌谣集”主要由中国民间研究会牵头，各相关省的省（市）委宣传部或者文化局等具体编选；“文学初步丛书”和“现代作家选集”则由人文社负责。以上的主持者就保证了丛书在起始阶段政治上沿着“人民的文艺方向”进行。

其次是从入选丛书的作者来看。总体而言，以上丛书的入选作者主体为工农兵作者和左翼作家。如“文学初步丛书”共出 90 种，其中涉及当代新诗集的有三种：郭沫若的《毛泽东的旗帜迎风飘扬》，王太炎等的《战士快板诗》，王桂山、刘学智的《一车高粱米》。郭沫若的身份自不必说，后两本诗集的作者为部队的文艺工作者，有的就是士兵。在“新创作选拔本”“建国前优秀作品选拔本”“建国十年优秀创作选拔本”几部丛书中的诗歌作者，其主体则是延安解放区《讲话》以来的“新人”，如郭小川、闻捷、李季、戈壁舟、张志民等。而 1959—1960 年出版的 16 部“各地歌谣集”，除“有的歌谣流传很广，但出处无法考查或很难查清”[①]外，大多数歌谣作者也都是“人民”集体创作（含整理者、翻译者）的。

新中国成立初期、“双百”时期，现代文学史上一些自由作家或者“资产阶级作家”“有限度”地入选丛书。如在 1952—1957 年出版的 45 种“现代作家选集”，其中新诗集或诗文集共 10 种，其中殷夫、蒋光慈、闻一多、朱自清等人的作品入选不会让人意外，而应修人、潘漠华、戴望舒、汪静之等的诗（文）集被人文社出版，都是在 1957 年，也即“双百”时期。原本人文社还要出一本《志摩的诗》，但最终未出版[②]。这种入选作者的规范与清理，反映出新中国成立后重建

---

① 中国民间文艺研究会主编：《中国各地歌谣集 · 说明》，甘肃省文化局编：《甘肃歌谣》，北京：人民文学出版社，1960 年版，第 1 页。

② 陈改玲：《1952—1957 年人文版“现代作家选集”的出版》，《新文学史料》，2006 年第 1 期。

文学史秩序的复杂性。

再次是入选作品本身的规范。这突出体现在对入选作品的改写与删减上。这种删改来自出版社和作者本身，其目的就是符合“人民诗歌”的要求。我们以《艾青诗选》和《王贵与李香香》为例来看。《艾青诗选》出版于1955年1月，共收入诗人1932—1945年的诗作72首，是人文社1952—1957年出版的“现代作家选集”的一种。我们将之与1994年出版的《艾青全集》中诗歌相比较可以发现，有几类诗作未入选。一是抒写诗人在狱中凄惨生活的诗歌，如《ADIEU——送我的R远行》《监房的夜》《病监》《铁窗里》等；二是描写诗人“神思”的诗歌，如《窗》《雨的街》《泡影》等；三是带有一定暴力色彩与恐怖氛围的诗歌，如《人》《江上浮婴尸》等。这些诗歌，“要么与‘十七年’诗歌所宣扬的革命乐观主义精神相背离，要么诗歌洋溢着小资产阶级情调，要么诗歌描绘令人恐惧场面较为‘露骨’暴露底层民众的‘苦难’和‘悲惨’命运”[①]，不符合“人民诗歌”的标准，正如该书“内容说明”中宣称的：“在这些诗篇里，作者歌唱了中国人民英勇的斗争和勇敢勤劳的崇高品质，抒写出中国人民对旧世界的愤怒、诅咒、反抗和对美好生活的热烈追求。这是一部描绘中国与世界人民生活与斗争风貌的图景。”[②]

作为人文版“中国人民文艺丛书”的《王贵与李香香》，在新中国成立前的1946年以“红旗插上死羊湾”为题在《三边报》发表过部分章节，后经《解放日报》副刊编辑黎辛的建议并修改，终以“王贵与李香香”为题在《解放日报》上得以公开发表[③]，并获得巨大声誉，被誉为20世纪40年代末“延安文艺”运动中“一颗光辉夺目的星星”，将“照耀着今天和明天的文坛”，标志着“中国诗坛上一个划时期的大事件”，“是中国土地里生长出来的奇花，是人民诗篇的第一座里程碑”[④]，被读者赞为“无论在主题的教育性，故事的描述，人物的刻画，用语的精巧都堪称为一首成功的人民诗歌”[⑤]，1947年就被收入周而复主编的“北方

---

① 巫洪亮：《“十七年”诗歌研究》，福建师范大学博士学位论文（未刊稿），2011年，第154页。

② 《内容说明》，《艾青诗选》，北京：人民文学出版社，1955年版。

③ 黎辛：《王贵与李香香发表的前前后后》，《纵横》，1997年第9期。

④ 周而复：《后记》，李季：《王贵与李香香》，上海：生活·读书·新知三联书店，1949年版。

⑤ 葆曮：《人民的诗歌》，原载1947年3月《冀东日报》增刊，见王文金、李小为编：《李季研究资料》，西安：陕西人民出版社，1986年版，第254页。

文丛”和1949年8月周扬主持的新华书店版“中国人民文艺丛书”。1952年3月，人文社将《王贵与李香香》加以重印。但是，人文版的《王贵与李香香》与“北方文丛”版相较，大大小小共有四十多处的修改，除了错别字外，在内容上主要对作品中有关“中华民国”纪年和一些政治人物等内容进行删节及修改，并突出作品的“革命故事”内容与“阶级斗争”叙述，以及“正面人物”与“反面人物”的单一化性格特征等方面①，从而实现“中国人民文艺丛书”编辑方针——“这是解放区近年来文艺作品的选集，这是实践了毛泽东文艺方向的结果”②，从而实现国家对文学创作及其发展的“政治—文学”“一体化”的规范要求。

（二）丛书出版与品牌梦

尽管“十七年”人文社丛书起着规范当时文学秩序的作用，冯雪峰本人对丛书的出版持谨慎态度③，但无疑，丛书的选题与出版是人文社的一大特色，为人文社国家级出版社品牌的塑造具有极大的推动作用。虽然当时并未有打造“品牌”这一现代出版业的经营理念，但人文社的领导们均有这种朦胧的“品牌意识”。

楼适夷主持人文社工作时，就非常羡慕当时日本出版的系列丛书“圆本书”（因每本定价一圆，故名），并试图出版一系列丛书，“企图像日本的《岩波文库》、英国的《企鹅丛书》、德国的《莱克兰姆版》、美国的《近代丛书》及解放前商务印书馆的《万有文库》那样”，将人文社打造成一流的出版社④。1954年王任叔主持人文社工作时，其目标“是要把人民文学出版社办成‘世界上最先进的出

---

① 王荣：《论〈王贵与李香香〉的版本变迁与文本修改》，《复旦学报》（社会科学版），2007年第6期。

② 《文艺报》第1卷第1期（创刊号）封底广告，1949年9月25日出版。

③ 据当年人文社副社长楼适夷回忆，在丛书出版上，“雪峰的看法同我不一样，他反对规模、气派，认为出版物第一是内容质量。取消了原编译处订定几种丛书的计划，并不主张另搞丛书。他说‘乔木同志说过，搞丛书要慎重，质量水平，不能有所参差’”。但最终“说是不搞丛书，其实还是搞的，一种用丛书的名义，一种则不称丛书而其实是想成龙配套的”。见楼适夷：《零零碎碎的记忆——我在人民文学出版社》，《新文学史料》，1991年第1期。

④ 楼适夷：《零零碎碎的记忆——我在人民文学出版社》，《新文学史料》，1991年第1期。

版社之一'"①。为此,1958 年在他的主持下,人文社编制了厚厚的一本《人民文学出版社五年出版规划草案》,将古今中外各类文学作品编为丛书、全集、多卷集、多人集等,"64 开,460 页,可以说是巴人想法的集大成之作"②。另外,此规划草案"基本上采取丛书化,规格一致,装帧一律"③。上述"新创作选拔本"(其中收入诗集 4 种)、"建国前优秀作品选拔本"(其中收入诗集 4 种)、"建国十年优秀创作选拔本"(其中收入诗集 16 种)就是这一计划的结果,虽然在"短短五年中要完成是很困难的,所以不免失之主观,但一番豪迈的设想,却不能不予肯定"④。

严文井和韦君宜主持人文社期间,对丛书的选题、策划也十分重视。如 1963—1964 年,由当时的诗歌散文组组长刘岚山策划的"青年诗选",选入了当时一些青年诗人的诗集,包括李瑛的《红柳集》、严阵的《琴泉》、雁翼的《白杨颂》、张永枚的《螺号》等。这套丛书以人文社的副牌"作家出版社"名义出版,当时并未标出名目,而是统一采用人文社美术编辑叶然的木刻图案和相近的装帧风格来暗喻丛书之意,社长严文井主张再请包括张光年、臧克家、田间和阮章竞等在内的名家为每部诗集写序⑤。严文井的这一做法,既与当时出版社扶持新人的时代大环境有关,也反映了以丛书形式打造出版物的精品意识。

尽管这像"文学小丛书","开头几年大致是精品,到后来可能编得杂了一点。于今看来,仍有许多人特别是青年要学一点文学,怎样把中外文学中的精品用小开本的形式,向人们作系统的推荐,对人们获得文学的教养和提高鉴赏力,这套书还是有很大作用的"⑥。多年后,刘岚山对自己的那套"青年诗选"的

---

① 郑效洵:《最初十年间的人民文学出版社——忆冯雪峰、王任叔同志》,《新文学史料》,1991 年第 1 期。

② 江秉祥:《巴人在人民文学出版社》,韦君宜等著:《怀念集》,北京:人民文学出版社,2011 年版,第 90 页。

③ 郑效洵:《最初十年间的人民文学出版社——忆冯雪峰、王任叔同志》,《新文学史料》,1991 年第 1 期。

④ 许觉民:《四十年话旧说新——祝人民出版社成立四十周年》,《新文学史料》,1991 年第 1 期。

⑤ 夏晓虹:《父亲的"书碑"》,《书城》,2011 年第 2 期。

⑥ 许觉民:《四十年话旧说新——祝人民出版社成立四十周年》,《新文学史料》,1991 年第 1 期。

选题策划也十分满意,“出版后,受到欢迎,起到好影响,我也因此收到表扬”[①]。事实也如此,人文社通过这种丛书出版的品牌意识,为人文社树立了良好的社会信誉和自身形象,如1959年开始出版的“三套丛书”(即“外国文学名著丛书”“外国文艺理论丛书”和“马克思主义文艺理论丛书”的简称)就曾受到周总理的重视和称赞[②]。另外,像1950年代的“白皮书”“绿皮书”“黄皮书”,20世纪60年代的“黄皮书系列”等等,影响深远,至今为人称颂[③]。这种丛书的品牌意识及其积极作用,正如60年后的人文社总编室主任、编审王海波女士所言,丛书的出版“最能凸显我社图书多年来所产生的持久而深远的影响”[④]。这也许是当年人文社主政者们始料未及的“意外”结果。

三、人文社新诗集出版的时代局限

尽管人文社在“十七年”新诗集出版中有着极重要的地位,但是我们也应看到,在“政治—文学”“一体化”的年代,人文社的各项方针、计划等具有时代的局限性。

(一)管理关系不明、人事纠葛等因素不利于人文社良性发展

人文社是当时所有“国字号”出版社中级别最高的一个,虽然按照周总理的

---

① 夏晓虹:《父亲的“书碑”》,《书城》,2011年第2期。

② 王士菁:《一个愿望——纪念人民文学出版社五十周年》,丁景唐等著:《我与人民文学出版社》,北京:人民文学出版社,2001年版,第28页。

③ 比如“文革”中后期的“地下诗群”之一的“白洋淀诗群”,其成员就深受20世纪60年代“内部发行”的“黄皮书系列”作品影响。该丛书以介绍欧美、苏联当代小说、理论和诗歌等作品为主,因仅限于司局级以上干部和著名专家学者阅读,虽印数不多,但广为流传,成为当时国人尤其是青年了解国外创作新动态的一个窗口。可参见廖亦武主编的《沉沦的圣殿》(新疆青少年出版社,1999年版)中萧萧的《书的轨道:一部精神阅读史》、张郎郎的《“太阳纵队”传说及其他》、多多的《被埋葬的中国诗人(1972—1978)》、周舵的《当年最好的朋友》等文章中有关记述。

④ 王海波:《编辑絮语》,人民文学出版社编:《人民文学出版社六十年图书总目(1951—2011)》,北京:人民文学出版社,2011年版,第1080页。

指示，享受副部级待遇，并给冯雪峰配有一辆小汽车[①]，但难改当时体制上的种种弊端。就隶属关系而言，出版总署、文化部、中宣部都是它的领导机关，“支部是属于文化部党委的。出版社计划之类是属于当时的出版总署管，业务方针等等有时问问中宣部”[②]。同时，冯雪峰与周扬之间的个人“恩怨”人所共知。新中国成立后，冯雪峰直接受周扬的领导，让冯雪峰感到极不自在，他曾对朋友胡愈之抱怨：“我不想搞文学出版社，更不想当社长，但是总理要我搞，我也没有办法。看看中宣部那几个人，叫我怎么工作？”[③]这种“没有办法”也得到了许觉民、舒芜等人的证实。比如每次中宣部开会，冯雪峰都让当时的经理部主任许觉民代其与会，冯雪峰的想法也让许觉民代为上传，许觉民就充当了一个“中转站”的角色；另外人文社的“方针任务和重要决定，雪峰并不向周扬请示，而是与胡乔木相商量而定”[④]，对此周扬心知肚明，也从不管人文社的事，冯也不买他的账，胡乔木“简直成了实际上的总编辑”[⑤]。

因此，冯雪峰对当时主管部门的工作作风十分不满，“出版系统整个是官僚主义的，我们是典型的官僚主义环境中的典型官僚主义者”[⑥]；对胡乔木经常干预出版社的事，也十分恼火：“如果整风还让他干出版社，他就要由他负责一切，稿子完全由他决定，不要今天来个电话要出什么，明天又不出什么。”[⑦]

人文社内部，也存在一些不和谐的因素。一是在领导层内部。由于人文社组建之初由几派人马临时搭建而成，社内人员无形中形成了以蒋天佐为代表的亲周扬派和以原三联书店人员的亲冯雪峰派。1951 年蒋天佐的离职，“是冯雪峰派排斥周扬派”的结果[⑧]。另据聂绀弩在历次运动中交代的材料来看，王任叔

---

① 胡愈之：《我所知道的冯雪峰》，《新文学史料》，1986 年第 4 期。

② 徐庆全：《周扬与冯雪峰》，武汉：湖北人民出版社，2005 年版，第 117 页。

③ 胡愈之：《我所知道的冯雪峰》，《新文学史料》，1986 年第 4 期。

④ 许觉民：《阅读冯雪峰》，包子衍等编：《冯雪峰纪念集》，北京：人民文学出版社，2003 年版，第 314 页。

⑤ 舒芜：《大寿薄礼——祝人民文学出版社建社五十周年》，丁景唐等著：《我与人民文学出版社》，北京：人民文学出版社，2001 年版，第 288 页。

⑥ 《文化部召开各直属出版单位负责人座谈会纪要》，中国出版科学研究所、中央档案馆编：《中华人民共和国出版史料》（第 9 卷），北京：中国书籍出版社，2004 年版，第 152 页。

⑦ 聂绀弩：《关于冯雪峰》，《聂绀弩全集》（第 10 卷），武汉：武汉出版社，2004 年版，第 256—257 页。

⑧ 聂绀弩：《关于冯雪峰》，《聂绀弩全集》（第 10 卷），武汉：武汉出版社，2004 年版，第 256 页。

到社后的一些言行，给人文社带来了诸多不快：如，有意排挤楼适夷使其离社，“但是他就不走”[①]；插手二编室的选题计划，出现副总编王任叔领导副总编聂绀弩的情况[②]；在冯雪峰《文艺报》“栽跟头”后，一次社内会议上，在事先毫无人提及的情况下，出现副社长王任叔让社长冯雪峰临时作检讨的“逼宫”事件[③]等等。二是在上下级之间。每位领导人由于秉性、工作方式等不同，在工作中也难免有不和谐的声音。如冯雪峰虽为党的著名文艺理论家和高级干部，却摆脱不掉一个“湖畔诗人”的冲动和率直，许觉民说他“秉性豪爽，处世果断，具傲骨，易怒，人不敢近。众人在谈笑间，他一到，便肃然无声”[④]；其工作作风，“一时这样，一时那样，惹出许多纠纷”[⑤]。陈企霞也说冯雪峰“最不懂组织手续，他自己要怎么干就怎么干，和他共事很麻烦”[⑥]。王任叔上任后的一些做法让“二编室的几乎都反王”[⑦]，如无端地怀疑某女下属私吞其稿费，致使后者调离人文社[⑧]等。又如韦君宜的“热情而又拘礼，简傲而又谦卑”[⑨]的作风，等等。

这种领导关系不明确的交叉管理，以及社内人事的纷争等不利因素对人文社的出版方针、选题计划、编辑方案等工作均产生了负面的影响。如冯雪峰就不满意周扬主编的“中国人民文艺丛书”，认为它们的主要弱点是“内容上不够丰富和深广（就是说，在反映现实上，还普遍地存在着主观性、片面性和表面性的缺点和错误），艺术水平还低下，这从根本上说，是作者们的社会生活和斗争经验都不够丰富，马克思列宁主义的学习还非常不够，艺术修养也还非常不够的缘故”[⑩]。其背后实际上折射出冯雪峰与周扬在《讲话》后对待五四新文学的

---

① 聂绀弩：《关于周颖的发言》，《聂绀弩全集》（第10卷），武汉：武汉出版社，2004年版，第246页。

② 聂绀弩：《检讨》，《聂绀弩全集》（第10卷），武汉：武汉出版社，2004年版，第284页。

③ 聂绀弩：《检讨》，《聂绀弩全集》（第10卷），武汉：武汉出版社，2004年版，第287页。

④ 许觉民：《阅读冯雪峰》，包子衍等编：《冯雪峰纪念集》，北京：人民文学出版社，2003年版，第313页。

⑤ 聂绀弩：《检讨》，《聂绀弩全集》（第10卷），武汉：武汉出版社，2004年版，第284页。

⑥ 聂绀弩：《关于陈企霞》，《聂绀弩全集》（第10卷），武汉：武汉出版社，2004年版，第262页。

⑦ 聂绀弩：《检讨》，《聂绀弩全集》（第10卷），武汉：武汉出版社，2004年版，第291页。

⑧ 聂绀弩：《检讨》，《聂绀弩全集》（第10卷），武汉：武汉出版社，2004年版，第286—287页。

⑨ 陈早春：《我看韦君宜同志》，韦君宜等著：《怀念集》，北京：人民文学出版社，2011年版，第420页。

⑩ 冯雪峰：《中国文学中从古典现实主义到社会主义现实主义的发展的一个轮廓》，《冯雪峰论文集》（中），北京：人民文学出版社，1981年版，第513页。

不同态度[①]。在古书注解问题上，冯雪峰与胡乔木的看法也相左，冯雪峰坚持编辑的客观性，不主张在古人的、他人的书里面大发议论，要求“还他本来面目”，“我们不是重开四库全书馆”[②]，不是太平天国删改四书五经，意即不能像清朝整理史籍那样对古书大加删改，以实现为政治和风化的目的。胡乔木则主张对古人、他人著作做详细注解，显然这里二人间存在理论上的对立。

(二)选题粗糙与诗集删改等现象严重

如同“十七年”各大出版社间文学书籍出版存在重复现象一样，在人文社内部新诗集等出版上，也存在选题缺乏科学考证，粗制滥造，以及书籍的删改等现象。

1950年初由《文艺报》开始编辑“文艺建设丛书”，以收录小说为主，兼收散文、诗歌和文艺论著。其目的是贯彻延安《讲话》精神，整理和展示工农兵创作的最新成果。丛书由丁玲负责，田间、陈企霞、康濯、萧殷等五人参加的编委会，一年后编委会增加了老舍、艾青、赵树理、李伯钊、厂民（严辰）等。在1951—1952年其共出书30种，由三联书店和人文社共同出版。其中人文社共出版19种，其中诗歌2种，即柯仲平的《从延安到北京》和严辰的《战斗的旗》。按照“编辑例言”中所言的“《文艺丛书》的编辑与出版，是想为文艺作者在编辑与出版方面尽一些力量，为读者供应一部分读物”[③]，这本是件好事，但“不知为什么，编了不多几本，忽然就停顿了”，“总是有一本出一本，成不了龙，配不上套，一直没有计划用丛书的形式加以排列而突出”[④]。这反映出编者在丛书策划上缺乏一种持久性，仅为权宜之计。当时的出版总署副署长陈克寒就批评一些出版社工作缺乏选题的计划性：“现在许多出版社对于制订选题计划和组织书稿的工作极不重视。有些出版社几乎没有选题计划，有些出版社名义上虽有计划

① 孙晓忠：《当代文学中的冯雪峰——以〈文艺报〉为中心》，《文学评论》，2005年第3期。
② 《舒芜口述自传》，北京：中国社会科学出版社，2002年版，第251页。
③ 《〈文艺丛书〉编辑例言》，严辰：《战斗的旗》，北京：人民文学出版社，1952年版，第1页。
④ 楼适夷：《零零碎碎的记忆——我在人民文学出版社》，《新文学史料》，1991年第1期。

但内容极为空洞和潦草。”①人文社也难免有此不足。

“大跃进”在期间，在“一天等于二十年”的“时代精神”鼓舞下，各出版社出书大都在盲目地“竞赛”，出书的计划性、研究性变得形同虚设。人文社“原来提出的苦战五昼夜，出书40种，结果完成88种，其中许多书从发稿到出书只有一天的时间”②，其中“三组的民歌选10种，在各地无数资料中选出来的，任务既定，分头编选，通宵达旦，一天编完，第二天出书”③。如此“神速”出书，可以想见这些书籍的质量如何，这与人文社伊始时冯雪峰对出书质量严格要求的精神是背道而驰的。

诗集的删改亦是如此。据楼适夷回忆，在新中国成立后那几年，特别涉及政治运动，删改书籍，“真成了编辑部的一件浩大工程”④。比如1952年人文社出版的《王贵与李香香》，是在1949年新华书店竖排版“中国人民文艺丛书”的基础上进行了横排，除了保留了新华版对初刊本、“北方文丛”等的一些删改外，还重新进行了修改。除了错别字外，最主要的还是在内容本身，对一些不符合政治要求的诗句统统进行改写或者删除。比如从“第一部”第一章的“崔二爷收租”开始，所使用的都是中华民国纪年法，而在人文社的1952年重排本，以及其后的其他文本中，都修改采用了公元纪年法。同样，作为“中国最为杰出的抒情诗人”⑤的冯至的作品，1955年出版的《冯至诗文选》是人文社“现代作家选集”的一种。但较之中华人民共和国成立前出版的《昨日之歌》《北游及其他》《十四行集》，冯至在此选集中对收录的诗歌进行了删改。而原作中与20世纪50年代以来的通行的政治观念不一致的内容，是删改的重点⑥。其实这种删改，是

---

① 陈克寒：《关于出版社工作的某些问题》，《人民日报》，1954年6月12日。

② 《文化部出版局〈出版通讯〉一组文章，反映北京、上海出版界“大跃进”的情况》，中国出版科学研究所、中央档案馆编：《中华人民共和国出版史料》（第9卷），北京：中国书籍出版社，2004年版，第486页。

③ 《文化部出版局〈出版通讯〉一组文章，反映北京、上海出版界“大跃进”的情况》，中国出版科学研究所、中央档案馆编：《中华人民共和国出版史料》（第9卷），北京：中国书籍出版社，2004年版，第492页。

④ 楼适夷：《零零碎碎的记忆——我在人民文学出版社》，《新文学史料》，1991年第1期。

⑤ 鲁迅：《中国新文学大系·小说二集序》，《鲁迅全集》（第6卷），北京：人民文学出版社，2005年版，第251页。

⑥ 顾迎春：《冯至诗集新老版本的重大歧异》，《复旦学报》（社会科学版），2006年第4期。

当时的普遍现象,其既是作家面对外在的政治压力的被迫之举,又是作家的自觉行为,其背后的因素值得深思。

无论是选题计划缺乏长远性、"大跃进"式的突击出书,还是诗人、出版社或被迫或自愿的诗作删改等等,这种现象的背后,都与当时为政治"赶任务"有关,一旦政策发生转变,前期的一些书籍出版的浪费现象也就随之而来。其实,这种浪费现象有时就是变幻莫测的政策的产物。比如陈克寒在要求出版社出书要有长期性计划性的同时,又指出"任何出版社的选题计划,都应保留一定的机动部分和后备力量;年度的和长期的选题计划更须不断地修正补充。应该随着党和政府工作的发展,把国家和人民对书籍提高的要求,补列入选题计划;而把那些已经证明不必要出版或者不可能出版的选题,从计划中删去,使得计划更加切实和充实"①。这里的"该随着党和政府工作的发展",其实就是要求出版社配合各种政策来"赶任务"。由于在"十七年"有些政策的变化不定,出版社也无所适从,"编辑部一次次停产查书,印厂挖改纸型,抽页排版,有些已出的书,则干脆停止发行。浪费时间,劳民伤财,这样的笨事,真不知做过多少"②的现象就是必然的事了。

(三)出版的等级性与资源垄断

首先,诗集出版上的等级性。在"十七年"期间,"诗人的个人选集的出版,往往表现为一种被确认为取得成就的'资格'"③,因此"十七年"间诗人出版作品是一件大事。据楼适夷回忆,当时文艺界某高层领导对人文社以选集的形式出版五四作家选集意见很大,原因是"中央也只出了一部《毛泽东选集》,用作家人名作书名,现在什么作家,都用人名作书名,出了不少《xx 选集》《xxx 小说选》《xx 诗文选》"④。从中可以反映出高层领导意识的等级观念,领袖可以出选集,

---

① 陈克寒:《关于出版社工作的某些问题》,《人民日报》,1954 年 6 月 12 日。

② 楼适夷:《零零碎碎的记忆——我在人民文学出版社》,《新文学史料》,1991 年第 1 期。

③ 洪子诚,刘登翰:《中国当代新诗史》(修订版),北京:北京大学出版社,2005 年版,第 24 页。

④ 楼适夷:《零零碎碎的记忆——我在人民文学出版社》,《新文学史料》,1991 年第 1 期。

而一个作家或诗人出书时就不配拥有这种待遇和规格。但不幸的是，人文社也存在这种思想。一般而言，党员作家的诗集在出版规格、出版时间、出版装帧等方面都比非党员的要高。这种做法让许多作家不满，比如在1957年5月文化部召开的一次作家座谈会上，陶大镛就批评人民出版社对党员作家的书用“人民”名义，非党员作家就用“三联”名义；臧克家的诗选用作家出版社名义，而袁水拍的诗集用人文社名义出版①。这种说法我们从臧克家后来的回忆中得以证实：

> 《臧克家诗选》，是我的重点著作，一九五四年，作家出版社（当时是该社的副牌）出版我的第一本“诗选”，薄薄的，只选诗三十七首。一九五六年，党的知识分子政策得到了落实，我的“诗选”改由人民文学出版社出版，大三十二开，选诗九十二首，比较能反映我的诗作的概貌。②

这种出版上的等级观念，改变了现代文学中那种出版社视作者为“衣食父母”或者朋友的观念，其结果既不利于文学创作的发展，也会造成出版社与作家间关系的紧张。钟敬文也批评人文社“门关得很紧，只此一家的派头”③，是出版上的宗派主义和官僚主义的体现，让他很无奈④。

其次，出版上的资源垄断及其种种弊端。经过新中国成立后对私营出版业的社会主义改造后，现代文学中那种大小书局林立的局面已经成为历史。在

---

① 《文化部召开哲学、社会学作家座谈会纪要》，中国出版科学研究所、中央档案馆编：《中华人民共和国出版史料》（第9卷），北京：中国书籍出版社，2004年版，第173页。

② 臧克家：《愿我们的友谊长存》，丁景唐等著：《我与人民文学出版社》，北京：人民文学出版社，2001年版，第319页。

③ 《文化部召开文艺作家座谈会纪要》，中国出版科学研究所、中央档案馆编：《中华人民共和国出版史料》（第9卷），北京：中国书籍出版社，2004年版，第165页。

④ 实际上，这种等级性不只是出现在出版上，而是当时作家日常生活中的普遍现象。如在1957年中国作家党组召开的整风会议上，吕剑就说，《人民文学》“不信任国统区的非党作家，把范围局限得非常之小，只有解放区少数几个作家才有可能发表作品”，“许多党员作家，他们对茅盾、郭老都瞧不起，认为这些人只能谈谈技巧。这两位作家都未收到重视，可以设想其他作家的精神状态”。参见《作协在整风中广开言路》，《文艺报》，1957年第11号。钟敬文也认为，“党员作家和非党员作家虽然在一个同业团体里，实际上中间的‘楚河汉界’是非常明显的”。钟敬文：《为了完成高贵的共同事业》，《文艺报》，1957年第11号。

“十七年”,国家对出版社进行了专业的分工,文学书籍的出版大都集中于人文社、上海文艺出版社、中国青年出版社和通俗文艺出版社等几家,这便造成文学书籍出版资源垄断。傅雷曾指出许多作家“抱怨纯文艺的出版机构太少,一共只有人文、新文艺两家;青年、少年儿童、文化、通俗等不是单出文艺书的,不计在内”[①]。这样,“好一点的稿件尽量往中央跑,人民文学出版社稿件挤压,而地方出版社则没有稿件”[②]。

这种资源垄断的结果便是出书难,“有些作译者反映,一部稿子退回来了,没有别处可投,等于宣告死刑”[③]。作为老出版人,巴金也回忆说,他的一本不到十万字的书稿,送到人文社后积压了一年半了,还不知道何时能出来:“我有一种不应有的感觉,对方好像是衙门”,“总觉得不知是从什么时候起出现了出版官”[④]。向达也感叹:“出版社积压稿子很厉害。似乎没拿到稿子前,作者是老爷,拿到稿子以后,出版社就成了老爷。现在稿子被积压一二年的,已是常事。”[⑤]出版资源的垄断无形中也助长了读者对出版社“来头”的等级性观念,读者看书只看大出版社的出版物,而对地方出版社的出版物不屑一顾。这样就进一步恶化出版环境,造成恶性循环,“中央出版社坏的也好,失去上进心;地方出版社好的也坏,失去积极性”[⑥]。

因此,以上这些出版体制上的弊端极大地挫伤了作家们的积极性,也使得“十七年”出版畸形地发展。这种出版体制上的弊端至今留有后遗症,如一些出版社盲目地追求丛书出版;评价一本诗集的优劣,不是看作品质量本身,而是看出版社的等级;诗集出版难,等等。但是,我们也应看到问题的另一面,面对当时这种出版体制的种种弊端,冯雪峰、王任叔等人文社领导也都有清醒的认识。据王士菁回忆,冯雪峰不止一次对他说:“在编辑工作中,官僚主义的态度最可

---

① 傅雷:《为繁荣创作,提高出版物的质量提供更好的条件》,《文汇报》,1957 年 5 月 14 日。

② 江晓雾:《编辑们的话》,《文艺报》,1957 年第 11 期。

③ 傅雷:《为繁荣创作,提高出版物的质量提供更好的条件》,《文汇报》,1957 年 5 月 14 日。

④ 巴金:《对默默无闻者的极大敬意——为上海文艺出版社成立三十年而作》,王蒙等著:《书香飘过一甲子》,上海:上海文艺出版社,2012 年版,第 111 页。

⑤ 《文化部召开改进出版工作座谈会纪要》,中国出版科学研究所、中央档案馆编:《中华人民共和国出版史料》(第 8 卷),北京:中国书籍出版社,2001 年版,第 294 页。

⑥ 江晓雾:《编辑们的话》,《文艺报》,1957 年第 11 期。

恶。如果一个有才能的作家第一篇稿子或第一本书受到冷淡，得不到出版的机会，也许以后就不再写作了。这是一个看不见的损失，埋没了一个作家。”“做一个编辑，连一封给作者的信都不屑于写，这算什么编辑！”[①]王任叔对上级行政部门的过多干预，也十分不满：“出版社现在左右上下夹攻，有苦说不出。”[②]他们试图在人文社内进行一些改革，比如冯雪峰对青年作者杜鹏程及其《保卫延安》的出版关心、王任叔对浩然的帮助[③]，等等。但他们所做的有限努力，无法改变当时整个的出版大气候[④]。现在学界一些人诟病“十七年”文学没有“真正意义上”的文学，其实他们看到的只是问题的一方面，而对于问题的另一面，如作家们有书难出、有书不敢出以及一些出版社为此的某种努力等复杂情形则被忽略了。

（原刊《中国现代文学研究丛刊》2015年第10期）

① 王士菁：《编辑三愿——祝人民出版社成立四十周年》，《新文学史料》，1991年第1期。

② 《文化部召开文艺作家座谈会纪要》，中国出版科学研究所、中央档案馆编：《中华人民共和国出版史料》（第9卷），北京：中国书籍出版社，2004年版，第167页。

③ 可参见杜鹏程：《雪峰同志与〈保卫延安〉》，《延河》，1979年第11期；浩然：《怀念巴人》，《当代》，1982年第4期。

④ 如在“双百”时期，萧乾、胡明、刘宾雁等都认为垄断是阻碍出版事业发展的一个根本性问题。通俗出版社副总编辑蓝钰认为，可以“开放同人出版社”，这样，公、私各出版社之间可以自由竞争，一些出版社在竞争中垮台也不要紧。文化部出版局：《讨论出版工作参考资料》，1957年7月8日。《新民晚报》总编辑赵构超主张，出版社可以多办几家，可以竞争，唱唱对台戏，他甚至认为，出版社可以去掉“人民”一词，办不好就让它们关门。《文汇报》，1957年5月3日。

论政治文化对“十七年”新诗选本批评的影响

在影响“十七年”文学批评的众多因素中,政治文化是重要的一个方面。之所以选择政治文化视角来研究“十七年”文学选本批评,原因在于20世纪的中国文学与政治结下了纠缠不清的关系,有学者认为20世纪中国文学是一个“非文学的世纪”,“文学自身的本体性要求未能得到充分的张扬,文学的审美性未受到足够的重视”①,即20世纪中国文学在文学作品的题材、题旨、文学目的与文学观念等方面都深深地打上了政治文化痕迹。作为“十七年”诗歌批评重要组成部分的诗歌选本批评,同样如此。为此,我们试从政治文化这一角度关注如下问题:“十七年”诗歌新诗选本批评的政治文化氛围是什么?它以何种方式与政治文化结缘?政治文化对新诗选本批评的影响表现有哪些?其目的又何在?对于这些问题的考察,将有助于我们加深对“十七年”新诗批评的复杂性与特殊性的认识。

一、政治文化与选本批评

“政治文化”(Political Culture)一词是美国政治学家加布里埃尔·A·阿尔

---

① 朱晓进等:《非文学的世纪:20世纪中国文学与政治文化关系史论》,南京:南京师范大学出版社,2004年版,第3页。

蒙德(Gabriel A. Almond)于1956年在《政治季刊》上发表的《比较政治体系》一文中首先提出并加以界定、使用的。他认为:“每一种政治系统都深入到具体的政治行动的特殊取向的模式中,这种特殊的取向模式就是该政治系统的政治文化,而从个人角度考察,政治文化则是个人对政治及政治评估的主观取向。”①随后,他又在1966年与他人合著的《比较政治学:体系、过程和政策》一书中将此概念进行了进一步阐发:“政治文化是一个民族在特定时期流行的一套政治态度、信仰和感情。”②由于阿尔蒙德的“政治文化”概念既有一定的独立内容,又与一般的文化关系密切,因此此概念一经提出就成为西方政治分析的主要方法之一。

中国大陆学界对“政治文化”的研究,是在20世纪80年代中后期伴随着传统文化研究、大文化研究等文化学研究热潮而逐渐活跃起来的。由于中、西文化传统的差异性,因此西方的“政治文化”概念在进行中国式解读时势必会发生一种“中国化”,并出现一些观点的分歧,其中争论的主要焦点是在对中国文化以及对于阿尔蒙德这一概念的不同理解等③。

关于“政治文化”的特征,也是个众说纷纭的问题。有学者把它概括为如下三个特征:一、它专门指向一个民族的群体政治心态,或该民族在政治方面的主观取向;二、它强调民族的历史和现实的社会运动对群众政治心态形式的影响;三、它注重群体政治心态对于群体政治行为的制约作用④;另有学者将其归纳为六个禀性:模糊与抽象、“集体无意识”、规范与匡约、固执与抵抗、发展与趋同和

---

① Gabriel A. Almond,“Comparative Political System”,Journal of Politics,Vol. 18(Aug,1956)p. 3926。此处“政治文化”的概念参考了柏维春《政治文化传统——中国和西方对比分析》(长春:东北师范大学出版社,2001年版)以及关海庭主编《20世纪中国政治发展史论》(北京:北京大学出版社,2002年版)中对此问题的分析。

② [美]加布里埃尔·A·阿尔蒙德、小G·宾厄姆·鲍威尔《比较政治学:体系、过程和政策》,曹沛霖等译,上海:上海译文出版社,1987年版,第29页。

③ 关于“政治文化”概念的“中国化”,可参阅马庆珏《中国传统政治文化的发展逻辑》,《政治学研究》,1998年第2期;另见其《告别西西弗斯:中国政治文化的分析与展望》(北京:中国社会科学出版社,2002年版)一书的“前言”部分。

④ 高毅:《法兰西风格:大革命的政治文化》,杭州:浙江人民出版社,1991年版,第7页。

意识形态属性①。但是我们更倾向于从广义和狭义两个层面来理解“政治文化”内涵：“广义的政治文化是指，在一定文化环境下形成的民族、国家、阶级和集团所建构的政治规范、政治制度和体系，以及人们关于政治现象的态度、感情、心理、习惯、价值信念和学说理论的复合体”，“狭义的政治文化则主要是指由政治心理、政治意识、政治态度、政治价值观等层面所组成的观念形态体系”②。本文在“政治文化”的使用上也持此观点，即在分析“政治文化”与文学的关系时，以狭义的“政治文化”概念为主，而在作为研究背景时，则以广义的“政治文化”概念为参考。

所谓选本批评，是指选者（批评家）根据某种文学批评观制订相应的取舍标准，然后按照这一标准，通过“选”这一具体行为对作家作品进行排列，以此达到阐明、张扬某种文学观念的目的的批评方法，它具有目的性、限定性、选择性与群体性的特点③。无论古今中外，选本批评都是文学批评史上的一种重要的批评方法。“以选寓评”或“选中兼评”是这一批评方法的核心特征。

在一定意义上说，政治文化是决定“十七年”新诗选本批评的核心因素。有学者从政治制度层面、政治思想层面、和政治心理层面等三个方面探讨了政治文化对“十七年”文学产生的影响④。但在我们看来，阿尔蒙德关于政治文化定义中的“一个民族在特定时期流行的一套政治态度、信仰和感情”才是影响“十七年”文学的关键因素。因为既然政治文化是一定社会总体文化体系或系统中的一种特殊的文化现象，那么它首先是一种“文化”，无非是“政治”规约了这种“文化”的来源、性质与走向，“文化”从属于“政治”，但同时政治文化具有一般文化所具有的“文化”的最基本特质⑤，其中“态度、信仰和感情”就是其中之一。

---

① 马庆珏：《告别西西弗斯：中国政治文化的分析与展望》，北京：中国社会科学出版社，2002 年版，第 22—36 页。

② 朱晓进：《从政治文化的角度研究中国二十世纪文学》，《文学评论》，2001 年第 5 期。

③ 邹云湖：《中国选本批评》，上海：上海三联书店，2002 年版，第 1 页。

④ 王洁：《建国后十七年文学与政治文化关系史论》，北京：中国社会科学研究出版社，2005 年。

⑤ 如张岱年先生以中国文化为例，指出文化的两个基本特点：“一是具有广泛的影响，感染熏陶了大多数人民，为他们所认同所接受，成为他们的基本人生信念和自觉的价值追求；二是具有维系民族生存和发展、促进社会进步的积极作用。必须具有这两方面的特点，才可以称为文化的基本精神。”参见张岱年、方克立主编：《中国文化概论》，北京：北京师范大学出版社，1994 年版，第 376 页。

这一点在“十七年”文学中表现得尤为明显。在“十七年”，无论是作家主动创作还是被动创作，它都是“十七年”社会政治文化的反映，作家们——无论是“自己人”的党员作家还是被限制批判的“自由主义”作家从内心对新中国的一切，包括政治、经济、文化等各方面的举措都报以强烈的认同，衷心拥护党和社会主义制度，热爱领袖和社会主义事业。这种“态度、信仰和感情”虽然在有些作家身上经历了一个转变的过程，但最终作家们实现了思想与行动上的“一律”。我们试从两个层面探讨政治文化对“十七年”新诗选本批评的影响。

二、政治文化对“十七年”新诗选本批评的外部影响

所谓政治文化对“十七年”选本批评的外部影响，就是“十七年”制约新诗选本批评的外部的政治文化环境的影响。总体而言，政治文化对“十七年”文学批评最核心的影响是“政治—文学”的一体化，“一体化是这样的一种情景：政治理想作为绝对存在，派生出无限的权力，君临一切，并将一切转化为自己的同质乃至同构存在。这种一体化也是一种高度中心化，在政治这个中心的周围，其他存在物丧失了自身向度，均指向政治中心，并与之构成了无数同心圆——而政治无疑便是那所有圆的圆心”[①]。因此，在这样的一体化环境下的“十七年”新诗选本批评也是“圆心”外的一个“同心圆”。这主要体现在批评思维、批评标准与批评话语三个方面。

（一）批评思维的高度政治化

这主要体现在两个方面。首先是选本批评过程中的“显性”化政治思维。这主要通过选本的前言、序跋等方面的直接表达。“十七年”间，国内外政治大

① 丁帆、王世城：《十七年文学：“人”与“自我”的失落》，开封：河南大学出版社，1999 年版，第 202 页。

事件不断,因此也出现了一批紧跟时政的新诗选本及其批评。如对“抗美援朝”这一历史重大事件,《抗美援朝诗选》在“前言”中就指出:“中国人民志愿军实现了祖国人民的意志,和英雄的朝鲜人民军一道向美国侵略者进行了三十三个月的正义战争,保卫了亚洲和全世界的和平,获得了停战的伟大胜利。中国人民志愿军的斗争,大大鼓舞并加强了中国人民和全世界人民为和平奋斗的力量和信心”,“抗美援朝运动也推动和丰富了文艺创作的活动。三年来反映这一伟大主题的作品有很大的数量,在全国各地报刊发表的有关抗美援朝的诗,大约也在千篇以上。现在我们选择其中较好的共五十篇,编成这一本集子”,也是为了“我们继续为和平而奋斗的一种鼓舞”①。对于“大跃进”运动,《新民歌三百首》“后记”中,编选者认为诗选中的这些民歌是1958年“全国民歌庆丰收”的结晶,其中的一些民歌“气魄更是雄伟”,而一些工人作者创作的民歌“反映工业大跃进的刚强思维声音”②。这里,编选者的思想中充满了对“大跃进”政治运动的赞美之词。

其次是选本批评过程中的“隐性”化政治思维。这主要指围绕新诗选本从生产、流通到消费的每一个环节都渗透了无形的“政治”这一“把关人”,包括从选本的生产动因、入选候选人、入选诗作的多少、入选诗歌篇目与排序以及选本装帧、插页到宣传等每一个环节都受政治及政治空气所钳制。如,《重返杨柳村》一诗本是诗人陆棨的一组组诗,原载《诗刊》1963年第3期。其发表后受到广泛好评,被认为是“作者力图在自己的诗里把今天的阶级斗争形势和当年的斗争情景交织联系起来,展示当前阶级斗争的情况和斗争中各阶层人物、特别是贫下中农的精神状态,以历史斗争的经验来启发人们对当前斗争的认识”,组诗“从生活里提炼出了具有普遍现实意义的主题,增强了诗的战斗气息和思想的深度”③。1964年诗人将其收入到他的最新诗选中,并将诗选命名为“重返杨柳村”,其背后折射的却是20世纪60年代后社会生活中呈现的日益紧张的政治氛围。该诗选封底的“内容提要”,可视为既是编选者为诗选内容所作的介

---

① 人民文学出版社编辑部编:《抗美援朝诗选·前言》,北京:人民文学出版社,1953年版。

② 诗刊社编:《新民歌三百首·后记》,北京:中国青年出版社,1959年版。

③ 陈朝红:《反映农村阶级斗争的可贵探索:评陆棨的〈重返杨柳村〉》,《诗刊》,1964年第6期。

绍，也是编选者为诗选所作的一种广告宣传，其中就认为《重返杨柳村》“深刻地反映了当前的阶级斗争”①。在这种命名、宣传的背后，流露的却是诗人与编选者“选中兼评”的“隐性”政治思维。

当然，在一些选本批评中，有时“显性”与“隐性”政治思维是交织在一起的。如诗选《欢呼十三陵水库》，其作序者不是编选者自己也不是一般文化界名流，而是邀请了时任国务院副总理的陈毅。另外诗选在正文中插有四幅有关修建十三陵水库的图画，其中第一幅为“毛主席和我们在一起劳动”。这些安排都反映了编者强烈的“显性”政治思维。陈毅的“序言”，则是此时充当批评家兼政治家的陈毅的“显性”政治思维的写照了，如“这本小书便是这一大跃进的记录和加工”，“我们很高兴刊行这本书”②，等等。

（二）批评标准的唯一性

“十七年”的文学批评标准，一定意义上说是延安文学批评标准的当代延续。毛泽东《讲话》中早就规定了文学批评的标准：“文艺批评有两个标准，一个是政治标准，一个是艺术标准”，“任何阶级社会中的任何阶级，总是以政治标准放在第一位，以艺术标准放在第二位的”③。这里，毛泽东虽然谈到了文艺批评的两个标准，并规定“政治标准第一”，但实际上是“政治标准唯一”，不允许有某种艺术上的僭越与非分之想。“这个讲话一锤定音，从此成为了中国革命文艺的理论经典”④。如1948年年初，郭沫若在一篇文章中专门谈到了文艺批评问题，他直接强调了文学批评的政治性：“文艺应该服务于政治，批评应该领导文艺服务于政治。这应该是今天的文艺批评的原则。”⑤同样，在1949年7月召

① 陆棨：《重返杨柳村》，上海：作家出版社上海编辑所，1964年版，封底“内容提要”。

② 陈毅：《序言》，北京出版社编辑：《欢呼十三陵水库》，北京：北京出版社，1958年版。

③ 毛泽东：《在延安文艺座谈会上的讲话》，《毛泽东选集》（第3卷），北京：人民出版社，1991年版，第868—869页。

④ 李泽厚：《中国现代思想史论》，天津：天津社会科学院出版社，2003年版，第78页。

⑤ 郭沫若：《当前的文艺诸问题》，王锦厚、伍加伦、肖斌如编：《郭沫若佚文集（1906—1949）》（下册），成都：四川大学出版社，1988年版，第213页。

开的第一次文代会上，周扬也指出："批评必须是毛泽东文艺思想之具体应用，必须集中地表现广大工农兵群众及其干部的意见，必须经过批评来推动文艺工作者相互间的自我批评，必须通过批评来提高作品的思想性和艺术性。"①这里郭沫若的激进表态与周扬的四个"必须"规定，已让一些作家和批评家们对自己未来的工作感到了担心。果然，文艺批评的政治性到了20世纪50年代更加突出和强化了，如1950年5月《文艺报》第二卷第四期曾就文艺批评问题进行过专门讨论，以及随后对胡风、钱谷融、秦兆阳等"非主流派家"②批评观的批判等等，都是对文艺批评"异声"的"消声"处理，其目的是维护的政治标准的绝对权威性③。

所以在这唯一的批评准则下，"十七年"的新诗选本批评也是高度政治性标准。一些诗选的入选标准就明确地指出了这一点。如1949年再版的"中国人民文艺丛书"的入选标准依然指出，这些入选的作品，是"解放区历年来，特别是一九四二年延安文艺座谈会以来各种优秀与较好的文艺作品"，"编辑标准，以每篇作品政治性与艺术性结合，内容与形式统一的程度来决定，特别是被广大群众欢迎并对他们起了重大教育作用的作品"④。"政治性""重大教育作用"是这个标准的两个核心词汇；1959年出版的《红旗歌谣》，其入选作品的标准是"既要有新颖的思想内容，又要有优美的艺术形式"，但所谓的"新颖的思想内容"中的"新"是和"旧民歌"比较而言的，是指"歌颂祖国""歌颂自己的党和领袖""歌唱新生活""歌唱劳动和斗争中的英雄主义"和"歌唱对于更美好的未来的向往"⑤，政治标准非常明显；1965年诗刊社编选的《朗诵诗选》入选标准也指出，"几年来朗诵的诗，绝大多数是反映当前革命斗争和工农业建设的，本选集

① 周扬：《新的人民的文艺》，《周扬文集》（第1卷），北京：人民文学出版社，1984年版，第535页。

② 许道明：《中国现代文学批评史新编》，上海：复旦大学出版社，2002年版，第392页。

③ 在"十七年"，尽管出现了诸如"百花时代"和1961—1962年等有限的文艺政策的松动时期，也出现了像胡风等"非主流派"批评家的存在，但就整体而言，"十七年"的文学批评是绝对"一体化"的。胡风们的存在，其批评意见虽然"珍贵"，也不乏深刻性，"但不能夸大它们的范围和影响，也不能没有根据地将它们从'一体化'的总体格局中抽取出来"，他们的存在，"并没有反'一体化'体制本身"。许道明：《中国现代文学批评史新编》，上海：复旦大学出版社，2002年版，第392页。

④ 《"中国人民文艺丛书"编辑例言》，李季：《王贵与李香香》，上海：新华书店，1949年版。

⑤ 郭沫若、周扬编：《红旗歌谣·编者的话》，北京：红旗杂志社，1959年版。

所选的作品，只限于这个范围”，而一些“革命烈士遗作，某些富有革命精神的外国翻译诗，都没有选入”①。这种规定反映出入选标准只为当下政治服务的实用性。

（三）批评话语的一元性

批评话语是指“批评家在批评实践中所运用的术语、概念，表达角度、层次和语态、语式、文体等所组成的结构关系”②。“十七年”间，文学批评话语的一元性是指权利话语、意识形态话语、政治话语占据整个文学批评言说空间，它排斥“异己”的对话、交流，而以一种声音自我复制与生产，具有封闭性与自足性等特点，它包括术语、修辞与体式等。有学者认为“20 世纪 40—70 年代”，整个中国话语被“毛语体”所控制③，尤其是在语言方面，“不仅是毛泽东本人著作中的语言，指的是以毛泽东著作为范例的一种语言模式”④。他的革命话语气势磅礴，通俗易懂，其中“最重要的特点就是将民族主义、爱国主义和共产主义结合了起来”，因而极具鼓动性⑤。此话不假。作为“十七年”文学批评话语组成部分的选本批评话语也是如此，无论是选本批评主体的序、跋，还是“内容提要”“编者例言”等，无不充满了这种一元话语色彩，或者“毛语体”的某些特征。

例如，同样是“颂歌”选本批评，1960 年西安一次赛诗会的选本批评是这样描述的：赛诗会上“诗花怒放，万紫千红，工农诗人热情地唱出了非常丰富的歌颂党，歌颂毛主席，歌颂生产劳动，歌颂总路线、大跃进、人民公社的美好生活”⑥，句式简练、运用了夸张、铺排等修辞手法。工人诗人晓凡在其诗集《铁匠

---

① 诗刊社编选：《朗诵诗选 · 编选说明》，北京：作家出版社，1965 年版。

② 饶先来：《阐释与重构——当代中国文学批评的功能》，昆明：云南大学出版社，2007 年版，第 102 页。

③ 关于此问题研究的现状考察，可参阅黄擎：《文艺批评话语研究：20 世纪 40—70 年代》一书“前言”部分，北京：中国社会科学出版社，2011 年版，第 1—13 页。

④ 钱理群：《话说周氏兄弟》，济南：山东画报出版社，1999 年版，第 221 页。

⑤ 高华：《在革命词语的高地上》，《社会科学论坛》，2006 年第 8 期（上半月）。

⑥ 西安市文化局编：《三面红旗红又红——西安市工农歌颂三面红旗赛诗会诗选 · 内容提要》，西安：东风文艺出版社，1960 年版。

抒情曲》"后记"中则不无深情地写道:"这些诗,没有一首不是经过党的领导、工人同志和报刊编辑修改后发表的;这些诗都是党的大手把着我的小手写成的。"[①]"大手"与"小手"的比喻不乏真情,但同时也有夸饰之嫌。而一些"战歌"诗选批评中,政治话语的表达更是屡见不鲜,如《把间隙消灭干净——肃清胡风反革命集团讽刺诗选》中,将胡风们称为"人民公敌""文化特务""和蒋介石穿连裆裤"的、"'戡乱'的一支别动队"[②]等等,同时配有华君武、黄永玉、丁聪等人的多幅漫画对胡风们加以丑化。这种情绪化使得一些选本批评充满了特定年代的火药味。另外,这些选本批评还出现一些高频词汇,如"阶级斗争""灭资兴无""两条道路""两条路线""政治挂帅""社会主义教育""六项标准""形势大好"等等,读这些选本批评就如同翻阅当年的报刊社论、政治文件与公文[③]。

三、政治文化对"十七年"新诗选本批评的内在影响

作为一种相对独立的批评样式,选本批评还有其自身的批评方式与特点。一般而言,选本批评由三个基本要素组成:作者(创作)、选者(批评)和读者(接受)。这三者间以"选本"为中介发生紧密关联:首先是选者按照一定标准选取一定作家的一定作品,形成选本,表达出选家的某种文学主张或文学理念;其次是读者的阅读选本,并反馈自己对选本中作品的感受,接受或不接受选家的遴选选本的初衷;而作者,以作品的形式为选家与读者了解与认识。因此,对这三者的考察,"根本点在于揭示出选者、作者、读者这三个基本要素在选本中的具体作用、职能以及选本的批评方式对实现其批评功能所发挥的重要影响"[④]。在"十七年",政治文化对选本批评的这几个要素也产生了深远的影响。

① 晓凡:《铁匠抒情曲·后记》,沈阳:春风文艺出版社,1961年版。

② 作家出版社编辑部编:《把间隙消灭干净——肃清胡风反革命集团讽刺诗选·前记》,北京:作家出版社,1955年版。

③ 关于"十七年"公文语言的时代色彩,可参阅陈宗俊、王峰:《试论"十七年"公文语言的时代色彩——以〈中华人民共和国出版史料〉(1949.10—1966.4)公文为例》,《档案学通讯》,2013年第3期。

④ 邹云湖:《中国选本批评》,上海:上海三联书店,2002年版,第282页。

(一)选者与选本:“选者之权利,能使人归”

在选本批评的三个基本构成要素中,选者作用最为关键。因为选本的存在价值、作者在选本中的地位、读者阅读选本后所受的影响这三个方面均取决于选者,“没有选者,没有选者的‘选’这一决定选本性质的根本行为,选本的批评功能就无从谈起”①。因此,明代诗人钟惺在《诗归序》中指出了选者的这种巨大权力,“选者之权利,能使人归”②。

在“十七年”,新诗选本的选者的这种权力依然存在。但是,这个“选者”已不同于古代诗选的选者,或者说相当于古代选本的“御选”,政治因素与意识形态放在第一位。因为在“十七年”一本诗选的产生,由谁来担当编选者或者组织者是极有讲究的。“十七年”选者的构成通常有三种情况:一是以“集体”的名义组织编选,如《中国各地歌谣集》就由中国民间文艺研究会主编,各省(市)委宣传部或文化局组织编选;二是由文化大员担当,如郭沫若、周扬之于《红旗歌谣》;三是“根正苗红”的个人或者被认可的诗人,这一点主要是针对个人诗选而言,虽然编选者是诗人自己,但是这个候选人是谁、何时能出版、出版什么等均需要严格把关,政治关是首选条件。如为了庆祝新中国成立十周年,人民文学出版社组织编写了一套“建国十年优秀创作选拔本”,茅盾、周扬、王任叔等主持,先后共70余种文学作品。其中新诗选本共16种,这些诗选的作者要么是整理者,如傣族叙事诗《召树屯》就由岩叠、陈贵培、刘绮、王松等翻译整理的;要么是集体大众,如《我握着毛主席的手》为多人诗歌合集;要么是被认可的诗人,如郭沫若(《骆驼集》)、臧克家(《欢呼集》)、冯至(《十年诗抄》)、阮章竞(《迎春橘颂》)、袁水拍(《春莺颂》)、贺敬之(《放歌集》)、田间(《田间诗抄》)、李季(《难忘的春天》)、郭小川(《月下集》)、闻捷(《生活的赞歌》)、张志民(《村风》)等,而像冰心、穆旦、绿原等诗人不曾入选,更遑论胡适、徐志摩等诗人了。

---

① 邹云湖:《中国选本批评》,上海:上海三联书店,2002年版,第283页。

② 郭绍虞主编:《中国历代文论选》(第3册),上海:上海古籍出版社,2001年版,第213页。

这种选者的权力的政治文化色彩,除了上述在诗选的标准制定、入选候选人及其作品等方面体现出来外,对序跋的规约也是选者权力的一个重要方面。一般而言,以“集体”名义撰写的序跋,其观点在政治上一般没什么问题;而对于他人代写的或者作者撰写的序跋,其观点往往会有某种“旁逸斜出”,为选者所不忍。如郭小川在为其《月下集》所写的序,虽然强烈的政治意识性是这篇序的总体特征,但是诗人时不时流露出一些“异声”:“我是越来越感到不满足了,写不下去了,非得探寻新的出路不可了”,“文学毕竟是文学,这里需要很多很多新颖而独特的东西”,“核心问题是思想。而这所谓思想,不是现成的流行的政治语言的翻版,而应当是作者的创见”,“不只是文学,就是好的作家,也应当是独特的”①,等等。这种声音反映了诗人“把生活矛盾和人的思想感情作为开掘的对象;致力于提出某些独特的思考和发现”②,这绝对是选者所不允许的,因此郭小川对此多次检讨。为了防止序跋里出现不同声音,选者经常对序跋写作进行干预:“序言中政治态度要鲜明,学术分析要采取科学的实事求是的态度”③,要“撰写批判性序言,表明我们的立场、观点”④,“原则上一律不援用外国人序言,不能把这个园地拱手让于外国人”⑤。另外,像林默涵、包之静等文艺、出版界的领导人也强调“序文要写好”⑥,“序文要改写”⑦,等等。因此,“十七年”选本批评中的选者虽有一定的权力,但也时时被政治因素所左右。

---

① 郭小川:《月下集·权当序言》,北京:人民文学出版社,1959年版。

② 洪子诚,刘登翰:《中国当代新诗史》(修订版),北京:北京大学出版社,2005年版,第99页。

③ 《文化革命在出版工作中的表现(关于若干情况的参考材料)》,中国出版科学研究所、中央档案馆编:《中华人民共和国出版史料》(第13卷),北京:中国书籍出版社,2009年版,第295页。

④ 《商务印书馆关于外国哲学社会科学著作中译本序言工作的若干规定(草案)》,中国出版科学研究所、中央档案馆编:《中华人民共和国出版史料》(第13卷),北京:中国书籍出版社,2009年版,第234页。

⑤ 《商务印书馆关于外国哲学社会科学著作中译本序言工作的若干规定(草案)》,中国出版科学研究所、中央档案馆编:《中华人民共和国出版史料》(第13卷),北京:中国书籍出版社,2009年版,第238页。

⑥ 《林默涵、包之静、石西民在文化部讨论人民文学、人民美术出版社出书计划会议上的发言》,中国出版科学研究所、中央档案馆编:《中华人民共和国出版史料》(第13卷),北京:中国书籍出版社,2009年版,第305页。

⑦ 《林默涵、包之静、石西民在文化部讨论人民文学、人民美术出版社出书计划会议上的发言》,中国出版科学研究所、中央档案馆编:《中华人民共和国出版史料》(第13卷),北京:中国书籍出版社,2009年版,第307页。

(二)作者与选本:“以人存诗”非“以诗存人”

在选本批评的三个基本要素中,作者的地位与作用最被动:一方面,他就像一只“动物园里的动物”[①]一样任选者挑选,入选后作品如何安排,以及编排后读者能否接受,作者几乎没有任何发言权和决定权;另一方面,作者又参与了选本从入选、编排到接受的整个编选环节,同时也见证了选本批评的整个过程,从这一点看作者的作用又似乎最为重要。但总体而言,作者在选本批评过程中作用是有限的,选家掌握着作者的生杀予夺大权,“大量无名作者有可能通过选本而在文学史上留名,从而让后人得以全面完整地了解每个时代文学创作的总体风貌”[②]。因此在中国古代选本批评中,主张选家的才、学、识,以及选家的公心与历史责任,“选诗之道,与作史同。一代才人,其应传者皆宜列传,无庸拘见而狭取之”[③],“以诗存人,不以人存诗”[④],“代不能废人,人不能废篇,篇不能废句”[⑤]。

我们看到,在“十七年”选本批评中,传统的选本批评的这种思想未能很好地传承到新诗选本当中。在“一体化”的政治背景下,选本批评在对待作者方面渗透了强烈的意识形态色彩。一方面,“十七年”选本批评依然对“政治上过硬”的作者本着爱护与提携的态度去选编他们的作品,尤其在培养青年诗人上更是不遗余力。1956 年 3 月中国作协和团中央在北京还联合召开了全国青年文学创作者会议,鼓励青年作家“为社会主义写出更多更好的作品来”[⑥];20 世纪 60 年代初人文社诗歌散文组组长刘岚山策划了一套“青年诗选”,入选的青

---

① 此话为美国学者余宝琳引用诗人戴维·安廷(David Antin)语,见其《诗歌的定位——早起中国文学的选集与经典》一文,乐黛云,陈珏编选:《北美中国古典文学研究名家十年文选》,南京:江苏人民出版社,1996 年版,第 254 页。

② 邹云湖:《中国选本批评》,上海:上海三联书店,2002 年版,第 299 页。

③ (清)袁枚:《再与沈大宗伯书》,袁枚著,王英志主编:《袁枚全集》(第 2 集),南京:江苏古籍出版社,1993 年版,第 285 页。

④ (清)沈德潜语,沈德潜编:《清诗别裁集·凡例》,北京:中华书局,1975 年版(影印本)。

⑤ (明)王世贞:《〈宋诗选〉序》,钱仲联主编,陈书录等选注:《王世贞文选》,苏州:苏州大学出版社,2001 年版,第 217 页。

⑥ 胡实克:《为社会主义写出更多更好的作品来》,《中国青年报》,1956 年 3 月 25 日。

年诗人有李瑛、严阵、雁翼、张永枚、梁上泉、傅仇、王书怀、孙友田等。这套丛书以统一的装帧,并配有包括张光年、臧克家、田间、阮章竞等名家的序言,颇有现代文学《中国新文学大系·诗集》的架势,刘岚山对自己的这套"青年诗选"的选题策划也十分得意①。据楼适夷回忆,1950 年代人民文学出版社出版一套现代作家选集时,在人选上就偏重于一般公认的革命、进步作家,如蒋光慈、洪灵非、应修人、潘漠华等,而"解放前在政治态度上对革命还有一定距离的作家,就非常花费斟酌了"②。

另一方面其又实行着"以人废诗"而非"以诗存人"的做法。这主要体现在对中国现代新诗史上所谓的资产阶级诗人或新中国成立后历次运动中被"清洗"的各种"暗藏敌人"。前者如胡适、徐志摩,后者如胡风、艾青等。如 1956 年臧克家编选的《中国新诗选》初版时,其入选的 26 位诗人,是清一色的左翼诗人,而像胡适、徐志摩、朱湘、李金发等无一人入选,"沉默就是最高的漠视"③。1956—1959 年,中国作协编选的四本年度《诗选》中,前两本艾青入选了,随着 1957 年艾青被打成"右派",后两本年度诗选中就再也看不到他的身影了。这种情形也发生在吕剑、唐祈、公木、邵燕祥、流沙河、公刘、蔡其矫、白桦、蔡其矫、周良沛等"变质"的诗人身上。即便是左翼诗人与作家,也得经过严格的筛选,如 1953 年萧军《五月的矿山》交给人文社出版时就遭到冯雪峰的拒绝,后在毛泽东的干预下才得以出版④。

以上两方面作者命运的变幻,其出发点与最终目的只有一个:为社会主义文化建设服务,为社会主义政治服务。这说明在"十七年",选本批评中的作者在政治文化下是无力把握自己的命运的。

(三)读者与选本:在歌颂与批判间游走

相较于选者与选本、作者与选本间的关系而言,读者与选本的关系要简单

---

① 夏晓虹:《父亲的"书碑"》,《书城》,2011 年第 2 期。

② 楼适夷:《零零碎碎的记忆——我在人民文学出版社》,《新文学史料》,1991 年第 1 期。

③ 洪子诚:《1956:百花时代》,济南:山东教育出版社,2006 年版,第 33 页。

④ 陈改玲:《重建新文学史秩序》,北京:人民文学出版社,2006 年版,第 68—69 页。

得多:读者只有在选本产生之后,才与选本发生关系。在中国古代选本批评中,读者与选本间的关系主要体现为两个方面:从选本角度而言,“选评本”对读者的阅读产生直接或正面或负面的影响,从读者角度而言,选本及其选者之“选”承担着为读者确立经典及其解读模式的使命①。总体而言,古代选本读者在选本中的作用是有限的。

不同于古代选本批评中选本与读者间这种相较单一的关系,在“十七年”新诗选本批评中,读者批评的作用极其巨大。在“十七年”文学批评中,“读者”的内涵极其丰富,但更多的时候“读者”的概念,“一般不具备独立存在的意义,而作为权威批评的一种延伸”②。尤其是所谓的“读者来信”③也就成为当代文坛组织文学批评、调控文艺方向的一种手段和方式,因此在一定程度上说,读者的作用甚至超过了选者和作者。由于“十七年”读者的批评面对的是受官方严格控制生产的选本,因此在批评声音上总体基本一致。但细分起来还是有些区别,大致有两种情况。

一是唱赞歌。这些选本主要是国家领导人或者革命先烈的诗选。前者如《毛主席诗词》,后者如《革命烈士诗抄》(萧三主编)、《晋察冀诗抄》(魏巍主编)、《十月的歌》(陈辉)等。另外像作者为工农兵作者的诗选,以及歌颂党、国家、社会主义和各民族团结的颂歌诗选,其读者批评也以称赞为主。如艾克恩对《王老九诗选》的批评就是如此。艾克恩认为这些作品“充满着浓郁的生活气息,”语言“形象化、明快、朴素,句句话说在农民的心坎上”,他是“一位深受广大群众热爱和欢迎的民间诗人”④。另外像郭沫若、臧克家、周振甫等人对毛泽

① 邹云湖:《中国选本批评》,上海:上海三联书店,2002 年版,第 305—310 页。

② 洪子诚:《中国当代文学史》,北京:北京大学出版社,1999 年版,第 26 页。

③ 在一定意义上说,“十七年”文学中的“读者”“人民”与“群众”三者的概念可根据某种“需要”相互转化,那么“读者来信”就成为“人民来信”或“群众来信”的代名词。毛泽东在 1951 年《必须重视人民群众来信》一文中指出:“必须重视人民的通信,要给人民来信以恰当的处理,满足群众的正当要求,要把这件事看成是共产党和人民政府加强和人民联系的一种方法,不要采取掉以轻心置之不理的官僚主义的态度。”《毛泽东文集》(第 2 卷),北京:人民出版社,1999 年版,第 164 页。

④ 艾克恩:《王老九和他的诗作》,《文艺学习》,1959 年第 3 期。

东诗词解经式的批评，沙均对《晋察冀诗抄》的批评[①]，孟超对《革命烈士诗抄》[②]等的批评也属于此类。

二是先褒扬后批判。这类选本主要是“十七年”间因政治形势变化而“失势”的诗人选本，如右派诗人、“九叶诗人”等诗人的诗选。典型的是沙鸥和晓雪对艾青的批评。如沙鸥在1957年《诗刊》4月号、《文艺月报》7月号上分别发表了《艾青近年来的几首诗》和《璀璨如粒粒珍珠——谈艾青取材于自然的诗》，对艾青及其诗作大加赞赏。但随着1957年下半年“反右”形势的变化，艾青被打成“右派”，沙鸥立即作长文《艾青近作批判》(《诗刊》1957年10月号)，批评艾青的诗一文不值。同样，诗人晓雪对艾青的诗作批评有一个先褒后贬再战斗的变化过程。1957年作家出版了晓雪的《生活的牧歌——论艾青的诗》一书，对艾青的诗作及诗选以“牧歌”般称颂，但“反右”之后，晓雪马上就在1957年12月号的《诗刊》发表了《艾青的昨天和今天》，在1960年第5期的《边疆文艺》撰文《〈生活的牧歌〉自我批判》，并对艾青诗全面否定。有意味的是，沙鸥和晓雪的这种急于“划清界限”的表态，另一群“读者”却并不买账，很快他们又成为他人批评的对象[③]。这反映出在风云变化的“十七年”“读者”自保的艰难，同时折射出政治文化下“读者”命运的尴尬。

值得注意的是，在以上两种选本读者批评声中，我们还能听到少许有价值的“思想火花”的“爆裂”声。如徐迟在《谈民歌体》一文中，对当时红极一时的民歌选集甚至《红旗歌谣》并不是一味地肯定与赞扬，而是强调生活实践对诗歌创作、诗歌本体发展的重要性：对于民歌体，“我们要学它的时代精神，也要学它的形式。而且，最好不是从民歌选集和《红旗歌谣》中去学习，而是从生活中，从群众中去学习，从采风工作，从推动群众文艺创作运动中去学习”[④]。而刘岚山的批评更直接：“很少听到编选者自己的创造性的声音”，一些读者的评论文字

---

① 沙均：《读〈晋察冀诗抄〉》，《诗刊》，1959年第8期。

② 孟超：《满腔热血读壮歌——读〈革命烈士诗抄〉有感》，《文艺报》，1959年第11期。

③ 如肖翔：《用什么思想教育人民——沙鸥诗集〈故乡〉批判》，《星星》，1960年第7期、李鉴尧、洛汀：《晓雪在宣扬什么，反对什么?》，《边疆文艺》，1960年第6期等。

④ 徐迟：《谈民歌体》，《文学评论》，1959年第1期。

晦涩难懂，好似“一锅煮好了的糯米稀粥渗入大量生冰水的感觉”[①]。这里刘岚山的批评有中国古代诗歌选本批评的某种影子，也如鲁迅先生对选本局限性的认识：“选本所显示的，往往并非作者的特色，倒是选者的眼光。眼光愈锐利，见识愈深广，选本固然愈准确，但可惜的是大抵眼光如豆，抹杀了作者真相的居多，这才是一个‘文人浩劫’”[②]。这说明在“十七年”新诗选本批评的“同声歌唱”同时，存在有一些的不同甚至是矛盾的音符，不过这种声音也很快消失在时代的洪流中了。

结　语

以上我们从内外两个层面探讨了“十七年”政治文化对新诗选本批评的影响，同时需要指出的是，这两个层面构成某种互文性，共同体现了政治文化下的“十七年”新诗选本批评的某些面貌。当然这两个层面有时是胶合在一起的，只是论述的方便我们才做如上考察。从分析从中我们可以看出，“政治文化的核心是政治，政治的核心是权力，权力的核心是利益的支配”[③]。因此，“十七年”新诗选本批评，在政治文化的影响下，国家依靠资源和利益的垄断，并支配着选本批评的各个环节，保证“人民诗歌”的纯洁性，以达到对文化领导权的绝对控制，最终实现“政治—文学”“一体化”的目标。

（原刊《现代中国文化与文学》2017 年第 2 期）

① 刘岚山：《读了“巴黎公社诗选”以后》，《诗刊》，1960 年 7 月号。

② 鲁迅：《“题未定”草（六至九）》，《鲁迅全集》（第 6 卷），北京：人民文学出版社，1981 年版，第 421—422 页。

③ 马庆珏：《告别西西弗斯：中国政治文化的分析与展望》，北京：中国社会科学出版社，2002 年版，第 34 页。

论“十七年”出版业与新文学书籍的生产

不同于中国古代出版业的垄断性、近现代出版业的半殖民地半封建性，新中国的出版事业，是以解放区的革命出版事业和国民党统治时期的进步出版业为基本力量而建立起来的。它有两个重要的经验来源：“一个是外部的，一个是内部的。外部因素是苏联的出版制度，它生成了中国出版业制度的导向性机制；内部因素是战争时期的出版制度，它是新中国出版业制度的内源性基础。”① 这两个因素决定了1949—1966这“十七年”间出版业具有鲜明的时代特征，并对此期新文学书籍的生产产生了深远的影响。

一、确立“为人民服务”的出版方针

1949年9月第一次全国人民政治协商会议通过的具有临时宪法作用的《中华人民共和共同纲领》第五条规定，中华人民共和国人民享有思想、言论、出版等自由权；第四十九条规定“发展人民出版事业，并注重出版有益于人民的通俗书报”。在随后10月召开的全国新华书店第一届出版工作会议上，中央人民政府副主席朱德在开幕式上的讲话中指出：“过去，出版工作是为革命军事服务，为人民的政治斗争事业服务。现在，全国的生产建设事业开始了，出版工作就

① 张新华：《转型期中国出版业制度分析》，北京：中国传媒大学出版社，2010年版，第37页。

更要为生产建设事业而服务。”[①]出版署署长胡愈之在工作报告中具体阐明了什么是“人民出版事业”：“简单地说，旧出版业是违反人民利益的，而人民出版事业则是为人民服务的，要普及和提高人民大众的文化特别是工农群众的文化。”[②]同时，这次会议，第一次将“为人民服务”的思想确定为新中国的出版方针。随后，在1950年9月召开的第一次全国出版会议上，胡愈之的报告《论人民出版事业及其方向》中，就人民出版事业的革命历程、新中国成立后全国出版事业的情况、新民主主义的出版政策和方针，以及如何克服暂时的困难等几个方面进行了总结，并号召大家为“人民出版事业”而努力。同时，此次会议还通过了一系列措施，并明确指出“为人民大众的利益服务是人民出版事业的基本方针”[③]。另外，国家还出台了一系列文件，如《中央人民出版事业总方针》(1950)、《中央人民政府政务院关于改进和发展全国出版事业的指示》(1950)、《全国出版事业五年建设计划大纲(草案)》(1953)和《出版事业15年远景规划(1953—1967)(草案)》(1955)等，将“为人民服务”的出版理念落实到具体工作中，并成为“十七年”一切出版活动的前提。

就新文学书籍出版而言，主要从两个方面对此精神加以落实。首先，加大工农兵作品在整个出版物的比重。出版总署在1951年颁布的《关于加强工农读物出版工作的决定(草案)》中也指出：“党在出版工作中的重要的政治任务之一，应是改变过去对工农读物注意很少的情况，用最大的力量来满足工人农民的要求。”[④]这其中以“丛书”的出版形式最引人注目。如果说由梅林主编的“现代作家文丛”(1948年9月开始出版，共出版了12种)侧重于现代知名作家、左翼知识分子为对象的话，那么由周扬主持，柯仲平、陈涌等编辑的“中国人民文艺丛书”则改变了这种入选作者人员的构成，主要以解放区作者为主，作

---

① 《朱德在全国新华书店出版工作会议开幕式上的讲话》，中国出版科学研究所、中央档案馆编：《中华人民共和国出版史料》(第1卷)，北京：中国书籍出版社，1995年版，第250页。

② 胡愈之：《全国出版事业概况》，中国出版科学研究所、中央档案馆编：《中华人民共和国出版史料》(第1卷)，北京：中国书籍出版社，1995年版，第257页。

③ 陆定一：《陆定一在全国新华书店出版工作会议上的闭幕辞》，中国出版科学研究所、中央档案馆编：《中华人民共和国出版史料》(第1卷)，北京：中国书籍出版社，1995年版，第442页。

④ 《关于加强工农读物出版工作的决定(草案)》，中国出版科学研究所、中央档案馆编：《中华人民共和国出版史料》(第3卷)，北京：中国书籍出版社，1996年版，第492页。

品也以“普及”为主，兼顾“提高”。其目的在于贯彻毛泽东《在延安文艺座谈会上的讲话》中的精神，满足“广大读者与一切关心新文艺前途的人们以阅读和研究的方便”[①]。该丛书从1949年5月开始陆续由新华书店出版发行；1952年开始由新成立的人民文学出版社（以下简称人文社）接编，并直接沿用原丛书名和编辑方针进行了再版。据笔者统计，该丛书1950年出版或再版作品共26部，1951—1954年间共出版或再版21部[②]。小说如《李有才板话》《太阳照在桑干河上》《高干大》，诗歌如《王贵与李香香》《赶车传》《东方红》，戏剧如《白毛女》《红灯记》《兄妹开荒》等。另外，像上海群益出版社1950年出版的“工农兵文艺丛书”、三联书店1950—1951年出版的“工农兵文艺丛书”、人民文学出版社1956年出版的“青年文学创作选集丛书”、作家出版社1963年出版的“农村文学读物丛书”等，也都让读者在阅读这些工农兵作品中，感受到“新的人物，新的生活，新的矛盾，新的胜利”，从而“赶上新的时代，接受新的事物”[③]。

其次，对“异己”作家出版物排挤或打压。这种“异己”作家主要包括两个方面，一是现代文学中的资产阶级与自由派作家；二是左翼阵营内部不同时期的“异化”分子或阶级“敌人”。对于这两类作家的出版物，国家都实行限制或者禁止出版。徐志摩和胡风就是其中的代表。作为现代文学“新月派”的代表诗人，徐志摩的诗与人在新中国成立后大部分时间是被官方排斥的，更无重新出版诗集的机会。1952—1957年，人文社陆续出版了一套现代作家选集丛书，作者包括鲁迅、郁达夫、朱自清、冰心、闻一多、蒋光慈、殷夫等45位作家的45本作品选集，其中不乏像沈从文、废名、丁西林、冯至等曾被认定为资产阶级作家或者“反动”作家的作品。他们能入选得益于特殊的政治气候或者机缘，如党对某些知名作家“统战”的需要、第二次文代会上毛泽东对五四新文学的积极评价的影响以及“百花时期”文艺政策的宽松等等。这套丛书原有一本《志摩的诗》，且已经编好，并准备将陈梦家发表于1957年第2期《诗刊》上的诗评《谈谈

① 《“中国人民文艺丛书”编辑例言》，《人民文学》创刊号“封四”（1949年10月25日）。

② 此数字是笔者根据陈改玲《重建文学史秩序》（北京：人民文学出版社，2006年版）一书附录“新华书店版‘中国人民文艺丛书’书目”和“人文版‘中国人民文艺丛书’书目”中数据统计而成。参见该书第246—250页。

③ 丁玲：《跨到新的时代来——谈知识分子的旧兴趣与工农兵文艺》，《文艺报》，1950年第11期。

志摩的诗》作为代序。陆小曼也为此欢欣鼓舞。但不久“反右”运动开始,虽然人文社社长王任叔仍然坚持出版这本书,但最终还是未能实现①。与徐志摩诗歌出版遭遇不同的是,胡风的命运则反映了新中国成立后对左翼阵营内部作者队伍的重新“洗牌”。尽管胡风参加了第一次文代会,是主席团成员,且在大会上作了《团结起来,更前进!》的祝辞,会后创作有长达5000余行的抒情长诗《时间开始了》,但新中国成立后的政治环境还是让胡风感到了压力。作品的出版难就是其中之一。胡风在1949年9月4日写给阿垅的信中就表达了这种不满:“关于出书,非常困难。民营全部垮了,没有人肯出书。海燕,《在铁链中》只发一百多本。这里有市场情形,还有许多麻烦的问题。现在看来,几乎完全没有可能。”②这里,胡风没有说明“还有许多麻烦的问题”的具体内涵,但作为写信双方的当事人都知道,其中之一就是来自某种政治上的压力。1955年胡风被定为“反革命集团”后,文化部于8月12日发文,要求“胡风和胡风反革命集团骨干分子的著作和翻译书籍,一律停止出售和再版;其中翻译部分的书籍如需要再版,必须另行组织重译”③,同时图书馆、机关等所存的胡风等人的书籍,则一律停止借阅。这种出版形势的变化,“不是诗人在当时诗界地位和价值的绝对标志,但这也并非是可有可无的‘身份’”④,“十七年”新文学书籍的出版机制在作家身份的分化与重组中逐渐形成。

二、对出版社的整合

在“为人民服务”出版方针的指引下,国家对新中国成立后出版业社一盘散沙的局面的整治就势在必行。新中国成立伊始,新中国出版业存在多种经济成

---

① 陈改玲:《1952—1957年人文版“现代作家选集”的出版》,《新文学史料》,2006年第1期。

② 胡风:《致阿垅》(1949年9月4日),晓风编:《胡风书信集》,天津:百花文艺出版社,1989年版,第7页。

③ 《文化部关于胡风及其骨干分子的图书处理问题的通知》,中国出版科学研究所、中央档案馆编:《中华人民共和国出版史料》(第7卷),北京:中国书籍出版社,2001年版,第246页。

④ 洪子诚、刘登翰:《中国当代新诗史》(修订版),北京:北京大学出版社,2005年版,第17页。

分，但国营经济（全民所有制出版社、书刊印刷厂和书店）、集体经济（书报合作社、集体书店）和国家资本主义经济（国家资本与私人资本合营的出版社、书刊印刷厂和书店）等形式在资金、干部到生产力，仅占国家整个出版业的1/4左右；而私人资本主义经济（私人经营的出版社、书刊印刷厂、书店）和个体经济（书摊、书贩）的力量则占3/4左右[①]。面对这种局面，出版总署成立后采取了一系列的措施，不断加强和壮大国营出版、印刷和发行事业的建设，同时根据党对资本主义工商业的利用、限制和改造政策，从1950年起着手对私营出版业进行必要的调控和初步的改造。1950年10月，出版总署发布《关于国营书刊出版印刷发行企业分工专业化与调整公私关系的决定》，提出国营的出版、印刷、发行企业对于其他经济成分的出版、印刷、发行企业负有领导和协助的责任。从1950年起到1953年，出版总署开始调整私营出版业的业务范围，鼓励健全的出版机构实行公私合营，并取缔机构不健全、出书质量低劣的出版社。1954年出版总署又根据国家过渡时期总路线的精神，开始对私营出版业进行社会主义改造，到1956年年底基本完成。到1956年年底，全国共有出版社101家，其中国营出版社82家，公私合营出版社19家[②]。这样，国营出版社在“十七年”出版业中占据绝对领导地位。同时，书籍的出版不仅仅是单一的文化行为，更是一种严肃的政治行为。出版社的等级性与业务上的严格分工就是这一出版政治行为的两个突出表现。

就等级而言，“十七年”出版社分为中央一级出版社与地方级出版社。中央一级的出版社中，人民出版社“是国家的政治书籍出版机关”[③]，人民文学出版社“是国家的文学书籍出版机构”、世界知识出版社“是介绍国际知识和外交知识及关于人民外交书籍的出版机构”[④]等等。对于地方出版社的性质，中宣部曾

① 方厚枢、魏玉山著：《中国出版通史 · 中华人民共和国卷》，北京：中国书籍出版社，2008年版，第49页。

② 张新华：《转型期中国出版业制度分析》，北京：中国传媒大学出版社，2010年版，第44页。

③ 《出版总署关于中央一级各出版社的专业分工及其领导关系的规定（草案）》，中国出版科学研究所、中央档案馆编：《中华人民共和国出版史料》（第4卷），北京：中国书籍出版社，1998年版，第95页。

④ 《出版总署关于中央一级各出版社的专业分工及其领导关系的规定（草案）》，中国出版科学研究所、中央档案馆编：《中华人民共和国出版史料》（第4卷），北京：中国书籍出版社，1998年版，第99页。

规定其具有“地方化、群众化、通俗化”①特点。

就出版任务分工而言,“十七年”对各级各类出版社也有规定。中央一级出版社主要出版各类“国字号”书刊,地方出版社的任务则是对中央级出版社出版任务的延伸与补充。如出版总署在1952年7月15日呈报中共中央宣传部的《出版总署关于中央一级各出版社的专业分工及其领导关系的规定(草案)》中,就对当时的10家国家级出版社(人民出版社、人民教育出版社、人民文学出版社、人民美术出版社、外文出版社、重工业出版社、燃料工业出版社、人民铁道出版社、工人出版社、青年出版社)、1家公私合营出版社(世界知识出版社)和2家私营出版社(商务印书馆编审部、中华书局编辑所)的性质、任务以及各自出版分工做了详细的说明与规定。

但在实际出版过程中,中央一级出版社和地方出版社对于二者的分工界限往往不易掌握。为此,出版总署于1954年就地方出版社的方针又做了具体规定:“在总的方针上,是积极地团结和组织地方作家,出版结合地方特点,满足地方人民需要的图书,特别注意出版反映和总结地方建设工作和人民生产活动及其经验的图书。”②同年12月,中宣部又规定地方出版社的方针任务,是“以社会主义精神来教育广大人民群众,鼓舞群众积极参加国家的经济建设工作和文化建设工作,积极传播马克思列宁主义和科学技术知识,并满足群众的文化要求。地方出版社应在这个总的方针任务下,与中央一级出版社分工合作”③。1957年4月,文化部进一步就地方出版社工作作出指示,认为地方出版社也可以出一些地方作家的学术著作,甚至可以“和邻近几个省出版社合作”④来进行这项工作,等等。

通过以上整治和权责分工,现代文学中那种各类出版社林立的局面已不复

① 《关于地方出版社的几个问题的报告》,中国出版科学研究所、中央档案馆编:《中华人民共和国出版史料》(第6卷),北京:中国书籍出版社,1999年版,第574页。

② 《关于地方出版社的几个问题的报告》,中国出版科学研究所、中央档案馆编:《中华人民共和国出版史料》(第6卷),北京:中国书籍出版社,1999年版,第575页。

③ 《中央宣传部关于地方出版社工作的指示(草稿)》,中国出版科学研究所、中央档案馆编:《中华人民共和国出版史料》(第6卷),北京:中国书籍出版社,1999年版,第585页。

④ 《文化部关于地方出版社工作问题的意见》,中国出版科学研究所、中央档案馆编:《中华人民共和国出版史料》(第9卷),北京:中国书籍出版社,2004年版,第128页。

存在,“一些著名的出版社在进入‘当代’之后,不是被取消、合并,就是改变了出版社的性质,原先的传统在很大程度上被切断”①。“十七年”出版社的主要性质也由原来的出版和文化传播行为,逐渐改变成为一项极其严肃的政治行为和文化导向行为。

三、对文学书籍的出版分工

出版社的这种中央和地方的分工,在文学书籍的出版问题上,就形成了当时中央一级、大区级和地方级三级文学书籍的出版格局。“十七年”重要新文学书籍的出版主要集中在人文社、作家出版社、上海文艺出版社、中国青年出版社(以下简称中青社)、通俗读物出版社等几家身上。

1951 年 3 月人文社创建于北京,除了用本名出版文学作品和论著外,还先后使用作家出版社(1953—1958,1960—1969)、艺术出版社(1953—1956)、文学古籍刊行社(1954—1957,1987—1989)、中国戏剧出版社(1954—1979)等副牌出版各类文艺书籍。作为新中国文学书籍头号“国字号”出版社,在其机构设置、人员配备、出版方针、选题计划等方面,都对“十七年”出版事业有着举足轻重的影响。它不仅承担着此期的重要文学著作的出版,同时更担负着“十七年”意识形态对文学出版物的宣传、传播和规训等重任。如 1952 年出版总署对人文社新文学书籍的规定:“编辑出版现代中国的文学作品”,“编选出版五四以来的重要文学作品”和“编选出版优秀的通俗文学读物和民间文学作品”②。以新诗集出版为例,据笔者统计,“十七年”间人文社共出版诗集 305 部,其中新文学诗集共 263 部。

作家出版社成立 1953 年。其出版任务和人文社相类似,但在文学书籍出版上,“放宽选稿尺度,扩大出版文学书籍范围,以满足群众对文学书籍日益增

---

① 洪子诚:《问题与方法》,北京:三联书店,2002 年版,第 206 页。

② 《出版总署关于中央一级各出版社的专业分工及其领导关系的规定(草案)》,中国出版科学研究所、中央档案馆编:《中华人民共和国出版史料》(第 4 卷),北京:中国书籍出版社,1998 年版,第 96 页。

长的需要"①。1959年,文化部对人文社和作家出版社的新文学出版任务进行了明确分工,其中人文社"选拔出版当代中国优秀文学作品(作品须经过两三年的社会考验,有些还应经过原作者修改提高)","整理编选中国各兄弟民族的优秀传统作品","整理出版五四以来的新文学作品"②,而作家出版社的主要任务是"团结当代中国作家,出版他们的文学创作和批评著作。它还可以从地方出版社的文学出版物中,选择比较优秀的作品,予以重印或用同时出版的方式向全国推广"③。这里我们看到,人文社出版物的范围比作家出版社要大,且在质量上的要求明显高于作家出版社。在"十七年"间,同为当代作家的作品,著名作家的作品一般在人文社出版,而青年诗人的作品大都在作家出版社出版。

上海文艺出版社成立于1952年6月。其前身为新文艺出版社,是由群益出版社、海燕书店、大浮出版公司等出版社基础上组建起来的一家公私合营出版社,后又有平明出版社和文化生活出版社等出版社并入,"成为上海地区以出版中外文学作品为主要任务的出版社"④,20世纪60年代曾一度并入人民文学出版社,原因之一是二者"在出书的计划上往往重复,在组织稿件方面,也发生过矛盾以致争稿的现象,以致不仅力量互相抵消,而且对外的影响也不好"⑤。作为"十七年"重要的大区级文学出版社,从1952年6月新文艺出版社正式成立起,到"文革"前的1966年年底,累计出版新书6500余种⑥。其中新文学书籍

---

① 《出版总署关于人民文学出版社拟另以"作家出版社""文学古籍刊行社"和"艺术出版社"名义出版书籍的请示报告》,中国出版科学研究所、中央档案馆编:《中华人民共和国出版史料》(第5卷),北京:中国书籍出版社,1999年版,第524页。

② 《文化部党组关于进一步明确出版社的分工,加强协作和调整若干出版社的方针任务给中央宣传部的报告》,中国出版科学研究所、中央档案馆编:《中华人民共和国出版史料》(第10卷),北京:中国书籍出版社,2005年版,第160页。

③ 《文化部党组关于进一步明确出版社的分工,加强协作和调整若干出版社的方针任务给中央宣传部的报告》,中国出版科学研究所、中央档案馆编:《中华人民共和国出版史料》(第10卷),北京:中国书籍出版社,2005年版,第161页。

④ 上海文艺出版社、上海文化出版社编:《图书总目(1952—1982)·前言》,上海:上海文艺出版社,1984年版。

⑤ 《中央宣传部关于上海文艺出版社和人民文学出版社合并的请示报告》,中国出版科学研究所、中央档案馆编:《中华人民共和国出版史料》(第12卷),北京:中国书籍出版社,2009年版,第215页。

⑥ 上海文艺出版社、上海文化出版社编:《图书总目(1952—1982)·前言》,上海:上海文艺出版社,1984年版。

的出版占据了重要一席。除了出版有像鲁迅、巴金、郭沫若、沙汀、萧红等一批新文学作家的书籍外，还出版有“工农兵文艺丛书”（1958）、“现代民间文学丛书”（1958—1959）、“通俗文艺丛书”（1960）、“工农通俗文库”（1961—1966）、“《故事会》小丛书”（1964—1966）、“萌芽丛书”（1965）等普及性文学丛书系列。

作为共青团中央的直属单位，中国青年出版社成立于1950年1月，主要以出版青年思想政治和文化修养读物为主。从20世纪50年代中期到60年代中期，中国青年出版社作为“唯一一家不以文学类书籍为主要目标的出版社，但是它出版了中国当代文学史上的一系列经典力作”[①]而声名远播，仅1950至1957年，就出版了文艺图书442种[②]，其中不乏新文学经典，小说如《红旗谱》《红日》《红岩》《草原烽火》《烈火金刚》《创业史》（第1部）《李自成》（第1卷）等，新诗选本如《中国新诗选（1919—1949）》《向右派开火》《大跃进民歌一百首选》《晋察冀诗抄》《革命烈士诗抄》等，这些读物不仅给青年“以思想的启迪，知识的营养，还给他们树立了活生生的学习榜样”[③]。

通俗读物出版社成立于1953年12月，1958年1月并入人民出版社，1963年5月，重新成立农村读物出版社。通俗读物出版社在成立之初，其出版方针为：“以识字两千以上（即完成扫盲识字学习）到初中程度的工、农、兵及基层干部为主要读者对象，根据国家建设工作和人民群众的需要，组织著作力量，编辑、出版通俗书籍和期刊，进行马克思列宁主义的启蒙教育，国家政策、法令的教育，普及文化知识的教育，提高人民群众的思想觉悟、政治水平和文化水平，为国家逐步地实现工业化和农业集体化、逐步地过渡到社会主义社会服务。”[④]

---

① 钱振文：《中国青年出版社与中国当代文学的生产》，《海南师范大学学报》（社会科学版），2010年第1期。

② 李庚：《感言》，本社编：《中国青年出版社的三十五年》，北京：中国青年出版社，1985年版，第14页。

③ 王炽昌、阙道隆：《大有希望的事业（代序）——写于建社三十五周年》，本社编：《中国青年出版社的三十五年》，北京：中国青年出版社，1985年版，第4页。

④ 《通俗读物出版社的发展、任务》，中国出版科学研究所、中央档案馆编：《中华人民共和国出版史料》（第6卷），北京：中国书籍出版社，1999年版，第153页。

在此方针下有四项具体工作任务，其中第四项为“编辑、出版通俗文艺书籍”①。在4年多的时间内，通俗读物出版社共编辑出版各类通俗读物（包括一小部分画册、连环画）1700多种，平均每年400多种，是当时全国出书最多的出版社之一②。另据不完全统计，从1963年7月到1966年6月，以农村读物出版社名义出版的图书约150种，其中文艺读物70余种，主要是演唱材料，如“农村故事丛书”“农村小晚会”“农村说唱丛书”等③。这些读物对于贯彻“十七年”文艺“普及与提高”方针起到了积极的作用。

但是，这种出版社的文学书籍出版，必然会造成重复出版现象。在1956年11月召开的文化部改进出版工作座谈会上，许多人就此问题发表了批评意见。如诗人臧克家就认为，“出版社出书，彼此没有交换过出版计划，故多重复形成浪费。以后希望类似的书籍，这个出版社要出，另外的出版社就可以不再出了”④。陈伯吹也认为，“各出版社虽然都各有分工专业，而目前出版物重复现象仍不免。是否各有关出版社在拟定年度选题计划时，定期互相交换并协商，以解决这个重复浪费问题”。他以鲁迅著作出版为例，认为人文社可出“全集本”，中青社可出“选集本”，通俗读物出版社可出“通俗本”，少儿出版社可出“儿童本”等⑤。随后，《光明日报》发表社论，要求各出版社应根据各自的业务范围，“紧密地联系作者、组织作者”，“并在各出版社之间加强联系，调整选题”等措施来减少这种出版重复与紊乱现象⑥。同时，出版总署和文化部也多次出台文件，对文学书籍的出版进行分工与规范，如出版总署在1953年颁布的《通俗读物出版社的发展任务》中，就规定了通俗读物出版社与人文社、中青社在文学书籍出版间的分工，如与人文社的分工以“中级以下和中级以上的原则划分，

① 《通俗读物出版社的发展、任务》，中国出版科学研究所、中央档案馆编：《中华人民共和国出版史料》（第6卷），北京：中国书籍出版社，1999年版，第153页。

② 农友，向通：《通俗读物出版社的演变》，《新文化史料》，1995年第3期。

③ 农友，向通：《通俗读物出版社的演变》，《新文化史料》，1995年第3期。

④ 《文化部召开改进出版工作座谈会纪要》，中国出版科学研究所、中央档案馆编：《中华人民共和国出版史料》（第8卷），北京：中国书籍出版社，2001年版，第292页。

⑤ 《文化部召开改进出版工作座谈会纪要》，中国出版科学研究所、中央档案馆编：《中华人民共和国出版史料》（第8卷），北京：中国书籍出版社，2001年版，第293页。

⑥ 《克服书籍出版中的重复紊乱现象》，《光明日报》，1956年11月24日。

即通俗读物出版社的业务范围，限于经营中级以下的通俗读物的出版（以初级为主，兼顾中级）”；与中青社间的分工以“按一般和特殊的原则划分”，即青年出版社出版的通俗书籍专以青年为发行对象，而“通俗读物出版社则出版以广泛读者为对象的通俗读物”[①]。1959 年 9 月 5 日，文化部颁布《文化部党组关于进一步明确出版社的分工，加强协作和调整若干出版社的方针任务给中央宣传部的报告》，明确了人文社、作家出版社和中青社等出版社间的出版分工。这些规定，一定程度上缓解了各出版社文学书籍出版中的抢稿“打架”和重复出版的现象。以上这些措施的实施，最终形成人民文学出版社——作家出版社——上海文艺出版社——中国青年出版社——通俗读物出版社等为主导的新文学书籍出版格局。

综上，“十七年”的出版业是高度组织化、计划化的，个人与民间的相关出版活动几乎没有，“新的出版制度改变了出版功能，出版亦成为‘人民文学’与其他异质文学之间斗争、争夺、博弈的场所”[②]，或者说“十七年”文学之所以呈现出与此前现代文学的不同风貌，一定程度上与这种特殊的出版方式相关。

（原刊《编辑之友》2015 年第 9 期）

① 《通俗读物出版社的发展、任务》，中国出版科学研究所、中央档案馆编：《中华人民共和国出版史料》（第 6 卷），北京：中国书籍出版社，1999 年版，第 154 页。

② 张钧：《中国当代文学制度研究（1949—1976）》，北京：北京大学出版社，2011 年版，第 45 页。

论“十七年”诗歌队伍的分化与重组
——以《诗选》(1953—1958)为例

对于新中国成立后的诗人队伍,一些文学史或者研究专著对此进行分析时大都是做一笼统的概括,鲜有较精准的统计。在此,我们试以作为“十七年”官方权威诗歌选本之一的《诗选》(1953—1958)中的作者构成做一定量分析,并试图探讨其形成的复杂性。虽然这四本诗选的时间跨度前后只有五六年,但它们基本涵盖了“十七年”诗歌的主要作者①,因此它们是我们考察“十七年”诗歌作者队伍和研究“十七年”诗歌面貌的重要参考资料之一。

一、“十七年”诗人队伍情况统计

《诗选》(1953—1958),由《诗选》(1953 年 9 月—1955 年 12 月)、1956 年《诗选》、1957 年《诗选》和 1958 年《诗选》组成。这四本诗选中的前两本由中国作家协会编选,人民文学出版社分别于 1956 年和 1957 年出版;后两本由中国作家协会委托作家出版社和《诗刊》编辑部编选,作家出版社分别于 1958 年和 1959 年出版。其所选的作品为 1953 年 9 月第二次“文代会”以来所“发表的一

---

① 连敏对《诗刊》(1957—1964)的作者队伍统计数据、《文艺报》评论《十年来的文学新人》列举诗歌新人数据,都与本文讨论的诗歌作者统计的数据基本一致,因此我们认为这四本诗选的作者队伍基本涵盖了“十七年”诗歌的主要作者。参看连敏:《〈诗刊〉(1957—1964)研究》,郑州:河南人民出版社 2010 年版,第 172—177 页;《文艺报》文见 1959 年第 18 期(陈骢整理)。

些我们认为较好的作品”,并“打算每年编选一次”[①]。由于此项工由中国作协发起,并得到“各个方面热情的关怀与支持”,“总工会、青年团中央的宣教部门、全国各主要报刊、出版社、作家协会、许多省市文联以及一部分作家都给我们送来了优秀的推荐目录”[②]。虽然后来的计划并未像当初设想的那样,在编完1958年《诗选》之后,此项工作并未延续下去,直到“新时期”后才又重启,但无论是从当时还是从现在来看,这四本诗歌选本的权威性毋庸置疑。

四本诗选入选作者和入选诗歌的总体情况,见表1。

表1:《诗选》(1953—1958)入选作者与诗歌统计表

年度	入选作者(人)	入选诗歌(首)
1953年9月—1955年12月	114	152
1956	107	124
1957	126	164
1958	143	232
总计	490	672

说明:1.入选作者包含整理者、搜集者、执笔者,不含译者、写作组。若整理者(搜集者、执笔者)兼译者时以前者身份计入。2.同一作者的组诗以一首计;同一作者若诗题标明“诗几首”字样按几首计,如包玉堂《仫佬族走坡组诗》由四首诗组成算一首,毛泽东《送瘟神二首》以两首计。3.若干作者在同一总诗题下的若干首诗歌以若干作者、若干首诗歌计,如《蓝天高来绿水长——山歌联唱》由二十三名歌手的二十六首山歌组成,则以二十三名作者、二十六首诗歌计。4.此表中总计入选作者490人中包含重复入选情况,实际作者只有415人,见表2。

表1数据显示,1953—1955这三年的诗歌作者和入选诗歌不尽如人意,各项数据还不及1957和1958单年度的对应情况。这也说明新中国成立后的五六年间,尤其是1949年到1952年这三年,无论是诗歌作者还是诗歌数量,新诗

---

① 中国作家协会编:《〈诗选〉(1953年9月—1955年12月)·“编选说明”》,人民文学出版社,1956年版。

② 中国作家协会编:《〈诗选〉(1953年9月—1955年12月)·“编选说明”》,人民文学出版社,1956年版。

发展都处于一个过渡期，“出现了诗歌创作的一段‘断档’”①。

这种状况并未维持多久，1953 年第二次文代会后，新诗步入快速发展阶段。表 1 数据说明，自 1955 年后，无论是诗人人数还是诗歌数量都呈现递增趋势，尤其是 1958 年“大跃进民歌”后，“到处成了诗海。中国成了诗的国家”②，四本诗选共入选诗人 490 人次、诗作 672 首，也似乎证明了到新中国成立十年前夕“诗也循着时间和生活大步在前进”③。

四本诗选按作者入选作品数量与作者入选次数情况，见表 2、表 3。

表 2：《诗选》（1953—1958）作者入选作品统计表

入选篇数（首）	作者	人数	总入选篇数（首）	占总入选诗歌的比例（%）
23	郭沫若	1	23	3.42
21	毛泽东	1	21	3.13
10	朱德、陈毅、叶剑英	3	30	4.46
9	谢觉哉、田间	2	18	2.68
7	董必武、臧克家、郭小川、袁水拍、张永枚、李季	6	42	6.25
6	闻捷、顾工	2	12	1.79
5	徐迟、阮章竞、沙鸥、严辰、严阵、傅仇、戈壁舟、梁上泉、方纪、邵燕祥	10	50	7.44
4	林伯渠、冯至、公木、王亚凡、李冰、李瑛、雁翼、魏钢焰、韩笑、温承训、铁衣甫江·艾里尤夫	11	44	6.55
3	李济深、赵朴初、田汉、艾青、力扬、周纲、蓝曼、陈山、未央、张志民、韩忆萍、李学鳌、王老九、白萍、饶阶巴桑	15	45	6.70

① 程光炜：《中国当代诗歌史》，北京：中国人民大学出版社，2003 年版，第 17 页。

② 徐迟：《1958〈诗选〉·序言》，《诗刊》编辑部编选：《1958〈诗选〉》，作家出版社，1959 年版，第 1 页。

③ 臧克家：《在 1956 年诗歌战线上》，《诗刊》，1957 年第 3 期。

续表

入选篇数(首)	作者	人数	总入选篇数(首)	占总入选诗歌的比例(%)
2	陆定一、康生、曾惇、何其芳、楼适夷(注1)、柯仲平、萧三、朱子奇、吴荫循、苗得雨、韩北屏、方殷、张克、陈残云、井岩盾、王南山、胡昭、刘岚山、白桦、蔡其矫、周良沛、吴趼音、朱健、邹荻帆、丁芒、洪洋、郑成义、尚久骖、管桦、胡柯、柯原、李正峰、魏巍、李芳全、郭龙桂、老绿、廖桂萍、王文群、杜崇仁、万松亭、左可图、张长、李旭、包玉堂、晓雪、康朗甩、吴琪拉达、丹正公布、巴·布林贝赫	49	98	14.58
1	张苛等	315	289(注2)	43.00
总计		415	672	100.00

注:1.楼适夷在《诗选》(1953年9月—1955年12月)中署名"适夷"。2.此处有作者合著以及未标明作者情况。

表3:《诗选》(1953—1958)作者入选次数统计表

入选次数	作者名	人数	占总人数的比例(%)
4	郭沫若、臧克家、徐迟、郭小川、田间、袁水拍、闻捷、严阵、傅仇、戈壁舟、梁上泉、李冰、周纲	13	3.13
3	冯至、田汉、阮章竞、沙鸥、严辰、方纪、张永枚、李季、顾工、李瑛、雁翼、韩笑、张志民、韩忆萍、李学鳌、王老九、温承训、铁衣甫江·艾里尤夫	18	4.34
2	毛泽东、陈毅、叶剑英、董必武、李济深、赵朴初、曾惇、艾青、公木、王亚凡、力扬、楼适夷、蓝曼、陈山、邵燕祥、魏钢焰、柯仲平、萧三、韩北屏、方殷、张克、井岩盾、陈残云、胡昭、刘岚山、朱健、邹荻帆、丁芒、洪洋、郑成义、尚久骖、管桦、柯原、李正峰、魏巍、张长、李旭、白萍、包玉堂、康朗甩、吴琪拉达、丹正公布、巴·布林贝赫、饶阶巴桑	44	10.60
1	张苛等	340	81.93
总计		415	100.00

通过对表2、表3的分析,我们发现两次及两次以上入选四本诗选的作者共有75人,他们是“十七年”诗坛的主体与中坚力量。其中包括当时的国家领导人、“五四老诗人”、“国统区”诗人、“解放区”诗人和新中国培养的“青年诗人”与“工农兵诗人”。这些作者大都有多首诗作入选某一年度诗选。

二、歌唱者、合作者与“盛世遗民”

就上述诗歌队伍的整体情况而言,我们发现进入“当代”后,诗坛发生了一些不同于现代诗坛的新变化。

第一,歌唱者、合作者是诗坛主力军。我们这里所说的“歌唱者”主要由两部分诗人构成:“解放区”诗人和当时的“青年诗人”。“合作者”指的是以国统区的诗人为主。但细细比较,这两者间在当时诗坛的地位是不同的。首先,“解放区”诗人“实力”全面超过“国统区”诗人。以上表格数据说明,“解放区”诗人不仅在数量上占多数,而且在入选诗作上也占有优势。以入选3首(含)诗作的诗人为例,从表2中我们可以看出,“解放区”诗人共有13人入选诗作64首(田间9首、郭小川7首、李季7首、闻捷6首、阮章竞5首、严辰5首、方纪5首、公木4首、王亚凡4首、艾青3首、张志民3首、蓝曼3首、陈山3首),而“国统区”诗人只有8人入选诗作57首(郭沫若23首、臧克家7首、袁水拍7首、徐迟5首、沙鸥5首、冯至4首、田汉3首、力扬3首)。从比较中可以看出,“解放区”诗人和“国统区”诗人是被区别对待的,前者更受选家(即官方)认可。而作为“十七年”诗坛的“异数”的“七月”派诗人与“九叶”诗人,自“胡风事件”和“反右”之后,就被排斥在诗选之外。这两个诗派的入选诗人,大都在《诗选》(1953年9月—1955年12月)和1956年《诗选》中出现,如邹荻帆、唐祈等。这种诗坛状况的变化,“不是诗人在当时诗界地位和价值的绝对标志,但这也并非是可有可无的‘身份’”①,反映出“十七年”诗坛重组的一个风貌。

① 洪子诚、刘登翰:《中国当代新诗史》(修订版),北京:北京大学出版社,2005年版,第17页。

其次,“青年诗人”“工农兵诗人”日益成为诗坛主力军。就“青年诗人”而言,在《诗选》(1953 年 9 月—1955 年 12 月)中,入选诗作前两名的 7 人中,有 4 人(邵燕祥、张永枚、顾工、未央)是“青年诗人”。表 3 也说明,四次入选诗选的 13 人中有 5 人是“青年诗人”(严阵、傅仇、梁上泉、李冰、周纲),三次入选诗选的 18 人中有 9 人是“青年诗人”(张永枚、顾工、李瑛、雁翼、韩笑、韩忆萍、李学鳌、温承训、铁衣甫江·艾里尤夫),他们与郭沫若、臧克家、徐迟、冯至、田汉等前辈比肩。有学者称这种状况为“青年诗人”的迅速“崛起”[①]。而“作为当代的一种‘文化战略’”[②]的“工农兵诗人”从选本之初就显现出强劲势头,尤其是 1958 年《诗选》更是如此,此年度诗选共入选了 19 名工人的诗作,“他们只是强大的工人诗歌队伍中很小的一部分”[③]。王老九、李学鳌、韩忆萍、温承训、孙友田、黄声孝、刘章等诗人作为一股诗坛力量,日益为人瞩目。值得一提的是,除了以上有一定知名度的“工农兵诗人”外,四本诗选中还入选了大量民歌手作品,李芳全、老绿、郭龙桂、廖桂萍、王文群、杜崇仁、万松亭等成为他们中的代表。表 2、表 3 显示,43% 的入选诗歌和近 82% 的一次性入选作者中,绝大多数都是这种“集体”作者及其作品,这都充分地证明了当时官方所宣扬的我们的诗歌队伍是“人民的诗歌队伍”。

再次,少数民族诗歌作者也属于“人民的诗歌队伍”。出于新中国成立初期意识形态和民族团结等诸多因素的考虑,少数民族诗歌作者永远不会被各类诗歌选本忘记。一方面这是出于民族身份的考虑,另一方面也反映出少数民族诗歌队伍的壮大。蒙古族的毛依罕、巴·布林贝赫、纳·赛音朝克图,藏族的丹正公布、饶阶巴桑,维吾尔族的铁衣甫江·艾里尤夫、凯末尔·库尔巴诺娃、柯孜克,壮族的韦其麟,彝族的恩扎维基、吴琪拉达,白族的晓雪、张长,傣族的康朗甩、岩峰,朝鲜族的金哲、李旭、崔静渊,仫佬族的包玉堂,土家族的汪承栋等诗

---

① 程光炜:《中国当代诗歌史》,中国人民大学出版社,2003 年版,第 75 页。另外,这种培养新人的意图在当时期刊的发文上也能显示出来,如十七年间的《人民文学》“将 82% 的‘头题’小说位置给了四五十年代开始写作的文学新人”,李红强:《〈人民文学〉十七年》,北京:当代中国出版社,2009 年版,第96 页。

② 洪子诚,刘登翰:《中国当代新诗史》(修订版),北京:北京大学出版社,2005 年版,第 20 页。

③ 徐迟:《1958〈诗选〉·序言》,《诗刊》编辑部编选:《1958〈诗选〉》,作家出版社,1959 年版,第 8 页。

人就是他们中的代表，其中有的在新中国成立前就是“老诗人”，如蒙古族的毛依罕，更多地属于“青年诗人”行列。

第二，“五四老诗人”的消隐。进入“当代”之后，“五四老诗人”们，由于诸多内外因素，他们的创作精力已不在诗歌上，有的干脆停笔。例外的是郭沫若，其创作势头与热情依然高涨，在“十七年”诗坛上依然有重要影响。四本诗选中郭沫若共入选新、旧体诗 23 首，占四本诗选诗歌总数的 3.42%，也是四本诗选入选诗作最多的诗人。其他入选的“五四老诗人”寥若晨星，除田汉入选诗作 3 首外，其他如叶圣陶、冰心、王统照、汪静之等各只有 1 首诗作入选。尽管还有一些“五四老诗人”（如茅盾、老舍等）在《人民文学》《诗刊》等期刊发表诗作，但作为整体一代的“五四老诗人”，“他们的‘新诗诗人’的身份已不明显”①，部分诗人开始淡出人们的视线，有的或从事研究，或从事其他行业。这类诗人除了上述几人外，还包括曹禺、沈从文、废名、俞平伯、卞之琳、穆旦、萧乾等等。这也说明新中国成立后国家对诗人队伍“改造”与“清理”的成效。

另外，除了上述几类诗人作者外，还存在一群“超级作者”②，他们在“十七年”诗坛扮演着“特殊角色”。从 1957 年《诗刊》创刊号所发表毛泽东《旧体诗词十八首》以及《关于诗的一封信》开始，当时的国家领导人如董必武、林伯渠、陈毅、叶剑英、郭沫若等都有新、旧诗作发表。这一群体通过自身的影响力，参与当时诗坛活动，解决诗人们不能解决的问题，如纸张供应、发行量的保证、诗歌讨论的最终“裁决”等等③。表 2 显示，四本诗选中，入选作品数量前四位的作者中除诗人田间外，其他都是“超级作者”，他们的作品总入选数为 83 首，占整

① 洪子诚、刘登翰：《中国当代新诗史》（修订版），北京：北京大学出版社，2005 年版，第 30 页。

② 程光炜：《〈文艺报〉“编者按”简论》，《当代作家评论》，2004 年第 5 期。

③ 如《诗刊》的创刊号印数问题曾得到毛泽东的帮助，“1 月 14 日下午，和袁水拍受主席召见，谈起《诗刊》创刊，提出了印数问题，臧克家说：‘现在纸张困难，经我们一再要求，文化部负责人只答应印 1 万份。同样是作家协会的刊物，《人民文学》印 20 万，《诗刊》仅印 1 万，太不合理了。’后来主席同意印 5 万份”。见陈徵：《人去诗情在》，《毛泽东与文化界名流》，北京：人民出版社，2003 年版，第 367 页。另据臧克家回忆，因纸张紧缺，《诗刊》一度由月刊改为双月刊，陈毅注意到这件事后认为：“《诗刊》出双月刊，在国际上影响不好，全国只有一个诗的刊物呀，得赶快改过来。”在三年困难时期，《诗刊》出不了道林纸本，陈毅又写了条子，要外交部调拨了一部分道林纸给《诗刊》编辑部。见臧克家：《陈毅同志与诗》，《臧克家回忆录》，北京：中国工人出版社，2004 年版，第 284 页。

个人选诗作的12.35%。编选者如此大量入选这些“超级作者”及其诗作,除了是要表达对领导人的崇敬外,深层次原因恐怕还在于寻求来自高层的某些“支持”与“庇护”。

三、“异声”的可能

新中国成立初期,如何有效地整合原有复杂的诗歌队伍就摆在了大家面前。毛泽东《在延安文艺座谈会上的讲话》无疑是“十七年”诗歌自我重塑最重要的理论资源,并被当作“文艺工作者的经典”①。在第一次文代会上周扬就斩钉截铁地指出:“毛主席的《文艺座谈会讲话》规定了新中国的文艺的方向,解放区文艺工作者自觉地坚决地实践了这个方向,并以自己全部的经验证明了这个方向的完全正确,深信除此之外再没有第二个方向了,如果有,那就是错误的方向。”②那么如何具体落实毛泽东《在延安文艺座谈会上的讲话》,从而建立起新的“人民的诗歌”秩序?选本就成为采取的策略之一。

在四本诗选之前,当时文学界就有一些新诗选本,如茅盾主编、开明书店1951年出版的《新文学选集》和臧克家主编、中国青年出版社1956年出版的《中国新诗选》等。不过这些选本都不是针对新中国成立后新诗已有成果的展示,而是对五四至新中国成立前新诗的某种秩序的“再出发”。如《新文学选集》入选的诗人只有四人:郭沫若、殷夫、闻一多、艾青;《中国新诗选》则对五四以来的诗人队伍做了“减法”,入选的二十六位诗人主体是代表着革命的、进步的诗人,臧克家《“五四”以来新诗发展的一个轮廓(代序)》一文就是对这一法则的具体说明③。这些“经验”都为《诗选》(1953—1958)提供了有益的借鉴。

---

① 欧阳予倩:《毛主席的文艺思想引导我们向前》,《文艺报》,1952年第10期。

② 周扬:《新的人民的文艺》,中华全国文学艺术工作者代表大会宣传处编:《中华全国文学艺术工作者代表大会纪念文集》,新华书店,1950年版,第70页。

③ 有意味的是,1956年8月初版的《中国新诗选》并未入选徐志摩,半年后的1957年3月再版时加入了徐志摩的两首诗《大帅》(战歌之一)和《再别康桥》,臧克家在《再版后记》中“对于徐志摩的评论也本着我的原意进行了修改”,这反映着当时“百花时代”诗坛某些诗歌理念的松动与“容忍”。

这四本诗选在“编选说明”（有的叫“编选例言”，有的称“出版说明”）中都无一例外地指出编选是为了“为了集中地介绍文学短篇创作的新成果，以便更好地把它们推广到广大读者中去，并便于文艺工作者的研究。”[①]在此我们想要探讨的是，在“十七年”“政治—文化”相胶合的年代，这四本选本在编选过程中入选的“歌唱者”与“合作者”过程中是否出现某种“异声”的可能？“人民的诗歌队伍”是否存在着某种新的解读因素？

《序言》里的“声音”。这四本诗选的《序言》分别由袁水拍、臧克家和徐迟所作。有论者认为这些《序言》具有“政治与道德伦理维度”“诗歌的现实性维度”和“诗歌形态的‘大众化’维度”等三个方面的价值[②]，对此我们姑且不论。我们需要“新”“发现”。

细读这些《序言》，我们看到，编选者的“初衷”往往与“结果”存在着某种潜在的悖反情况。一方面是作序者大力褒扬入选作者，另一方面后者转眼间就成为“右派”或者“资产阶级分子”，这种剧变使得编选者陷入巨大的被动状态，那么此前作序者赞赏的言辞就具有了某种“反讽”效果。如诗人艾青，《诗选》（1953 年 9 月—1955 年 12 月）和 1956 年《诗选》都入选了他的诗作，袁水拍、臧克家也都给予艾青很高的评价，但随着 1957 年下半年艾青被打成“右派”，其后的 1957 年、1958 年度诗选艾青及其作品就再也没有入选。这种“同质”转变为“异质”的情形同样发生在诗人吕剑、唐祈、公木、邵燕祥、流沙河、公刘、蔡其矫、白桦、蔡其矫、周良沛等人身上，他们大都出现在前两本年度诗选中，由于时势的变化就没有再入选后两本年度诗选。

同时，这种现实斗争环境的残酷，让 1957 年、1958 年度诗选的作序者在“评点”诗人时就小心翼翼得多。比较一下同是出自臧克家之手的两篇序言我们发现，1956 年的序言虽然含有当时通行的政治批评的弊端，但总体而言这篇序言还“像”一篇序言，对入选诗歌、入选诗人的成绩与不足都有较中肯的评价。而

---

① 中国作家协会编：《诗选（1953 年 9 月—1955 年 12 月）·“编选说明”》，北京：人民文学出版社，1956 年版。

② 巫洪亮：《“十七年”诗歌研究》，福州：福建师范大学博士学位论文（未刊稿），2011 年，第 165—166 页。

到了1957年的序言,臧克家的行文就浮泛得多,全文歌颂毛泽东的诗词、歌颂十月革命四十周年等"保险"文字占据了三分之一;而对于其他诗人诗作的评价往往浮光掠影、云遮雾绕。同样,激情诗人徐迟1958年《诗选》的序言,在论述具体诗人时,也选用"稳妥"的诗人如田间、李季、阮章竞等;或者用模糊的复数称谓,如"民歌的歌手""工人诗人""他们"等等。从这些序言背后,我们不难看出在作序者与入选作者之间、作序者与瞬变的现实间的这种摩擦与牵制,以及作序者为"自保"所采取的某些语言策略时的无奈①。1959年袁水拍也承认这些诗选"难免还有缺点"②也是由衷之言。这里,作序者—入选作者—编选者三者间隐隐存在一种内在的荣辱与紧张关系。

"身份"的意味。看这400多人的壮观的队伍,我们也发现隐含着某些不易察觉的"规则",其中作者"身份"的安排尤为注目。它主要体现在诗选的目录及诗作的编次上。总体而言,"超级作者"及其诗作的位置大都位于一般作者前,尤其是对毛泽东及其诗作的安排。如其在1957年《诗选》中只是在作者的排次上位于第一,到1958年《诗选》,除了作者排次外,其诗作还附有手稿。就"人民作者"内部来说,也暗含着这种"身份"的等级性。从表2,我们可以看到,"青年诗人"的入选诗作比"工农兵诗人"的入选诗作要多;表3中,"解放区"诗人、"青年诗人"入选次数比"工农兵诗人"要多。另外,诗选正文中,除了少数民族作者前加民族介绍外,有些作者前面还有职业等介绍与说明。如对诗人毛依罕,除了标明民族蒙古族外,还加以注释"作者是内蒙古民间说唱诗人"。这种介绍性文字,"工农兵诗人"署名前后最多。如在李学鳌姓名前注明"印刷工人"、刁久兰姓名前注明"农民"、李志明姓名下注释"作者是海军某基地政委"等等。这里,编选者的初衷可能是强调或者突出这些诗人,也与当时"必须以最

① 又如,同样对艾青的评价,沙鸥在《诗刊》1957年上下半年的两篇评论就判若两人;诗人晓雪在《诗刊》1957年12月号的《艾青的昨天和今天》一文也有与艾青划清界限的意思。这些言行背后的动因值得深思。

② 袁水拍:《成长发展中的社会主义的民族新诗歌》,《文艺报》编辑部编:《文学十年》,北京:作家出版社,1960年版,第137页。

大努力培养青年作家""特别要注意从工农干部中培养出新作家"[①]的主导思想相一致。这些介绍性文字,除了突出强调作者外,也暗含有对作者"身份"的定位以及对诗歌功用的"降次"处理的意味。《诗刊》曾使用过此做法,但是遭到了陈毅的反对[②]。四本诗选中这种隐含的"身份"的差异性,就折射出当年"人民的诗歌队伍"内部并非人人平等,而是有着潜在的等级性,其背后体现的还是政治对文学的影响与制约。

通过以上对《诗选》(1953—1958)作者队伍的分析,我们可以较清楚地看到,在"政治—文学"高度统一的"十七年",一方面"这些年度诗选可见到当时的诗歌风尚与趋向,也承担了诗界权威机构对写作的引导和规范的任务"[③],但另一方面我们也通过这些年度诗选,可以看出某些"缝隙",由此反映出特定年代的政治风云以及政治对文学规训的难度与尴尬,同时也表明"十七年"国家在建设"自己的文学家"[④]征途中问题的复杂性与艰难性。

〔原刊《安庆师范学院学报》(社会科学版)2015 年第 3 期〕

---

① 茅盾:《新的现实与新的任务——在中国文学工作者第二次代表大会上的报告》,《文艺报》,1953 年第 19 期。

② 此据尹一之 2005 年 6 月 30 日的回忆:"1962 年 4 月陈毅同志也在政协俱乐部接见了编辑部的全体人员,讲了很多当时诗界的问题,特别是全民写诗的民歌运动,他认为不可能人人都写诗,还比赛看谁写得多,这是不切实际的。同时批评了我们发表工人、农民的诗时,在前面署上工人、农民,以为这样就可以降低质量。他说:'凡是在《诗刊》发表的作品,必须是诗。'"见连敏:《〈诗刊〉(1957—1964)研究》,郑州:河南人民出版社,2010 年版,第 223 页。而臧克家《陈毅同志与诗》一文对此的叙述与尹一之略有出入,臧文见《人民文学》,1978 年第 1 期。

③ 洪子诚,刘登翰:《中国当代新诗史》(修订版),北京:北京大学出版社,2005 年版,第 24 页。

④ 毛泽东:《一九五七年夏季的形势》,《毛泽东选集》(第 5 卷),北京:人民出版社,1977 年版,第 463 页。

论“十七年”纯诗里的政治潜能

在中国新诗中，一些以描写爱情、日常生活以及童话等为题材的诗作，往往被认为是很少受政治与党派等因素影响的“纯诗”，显示出中国新诗的另一种风貌。但在“政治—文学”一体化的“十七年”，这些所谓的“纯诗”同样具有潜在的政治功能。

一、爱情诗

由于特殊的时代环境，“十七年”的爱情书写被认为是“资产阶级”的腐朽生活的反映，是“两条路线斗争”的大是大非问题，因此此期以爱情为题材的诗歌作品不是很多。但就在这样的环境下，也有一些被称为“新情歌”的爱情诗存在，“它之所以新，不是别的新，而是主题新，思想感情新”。这些作品“不止是给予我们以深湛的艺术上的享受；更给我们以革命的干劲和向着社会主义及共产主义幸福的前景跃进的决心”[①]。这些“新情歌”，从反映的生活的情况来看，一类是对爱情神话传说的加工与整理，如《阿诗玛》《黑鳗》《望夫云》等；另一类是对现实生活中的男女爱情的描写，如闻捷的《天山牧歌》、郭沫若与周扬主编的《红旗歌谣》等诗选中的部分诗作。

① 李岳南：《与初学者谈民歌和诗》，上海：上海文艺出版社，1959 年版，第 34 页。

上述两个方面的爱情诗,在“十七年”依然潜藏着政治的影子。同样是对爱情神话故事的“再叙述”,《阿诗玛》与《黑鳗》发表后获得的批评是不一样的——肯定前者而批评后者。主要原因在于,《阿诗玛》的故事是按照当时意识形态的要求、以“集体加工”的方式反复删改而完成的①,而艾青的《黑鳗》不同,虽然发表时编者认为是“诗人近年来在长诗写作中值得注意的新收获”②,但很快就遭到批评,原因在于它是“个人创作”,有“不健康”的思想成分,“没有表现出人民的火热的斗争和反抗的一面”,“没有把黑鳗和陈全追求自由幸福生活的精神强烈地表现出来”③。在“反右”斗争中,艾青被打成右派。

被认为是以单纯、明朗为主要特点的闻捷的《天山牧歌》④中的爱情诗,同样有着既定的政治诉求。典型的做法之一便是,诗人往往在一首诗歌的末尾以“点睛”的方式表达出时代色彩,如“‘枣尔汗愿意满足你的愿望,/感谢你火样激情的歌唱;/可是,要我嫁给你吗,/你的衣襟上少一枚奖章’”(《种瓜姑娘》),“巴拉汗羞得脸发烫,/她说:‘那得明年麦穗黄,/等我成了共青团员,/等你成了生产队长’”(《金色的麦田》),“‘去年的今天我就做了比较,/我的幸福也在那天决定了,阿西尔已把我的心带走,/带到乌鲁木齐发电厂去了’”(《舞会结束以后》)等等,这里“奖章”“共青团员”“生产队长”“发电厂”等词汇所负载的政治意义很明显。

相较而言,一些多人合集的诗歌选本中的爱情诗,大多数同样属于把诗歌“作为新的价值观和某种政治性原则的证明”⑤的作品。如《红旗歌谣》中的大部分爱情诗,虽然有学者从“联系的”和“互动的”两个维度对其进行新的解读,有人认为这些爱情诗的存活,不是“爱情”本身的永恒因素,而在于“爱情在表达

---

① 《阿诗玛》的加工整理,是“将二十份异文全部打散、拆开,按故事情节分门别类归纳,剔除其不健康的部分,集中其精华部分,再根据突出主题思想,丰富人物形象,增强故事结构等等的需要进行加工、润饰、删节和补足”。《〈阿诗玛〉第二次整理本序言》,广西师范学院中文系编:《中国当代文学研究资料·阿诗玛专集》(内部参考资料),1979 年版,第 19 页。

② 《编者的话》,《人民文学》,1955 年第 4 期。

③ 《沸腾的生活和诗》,《文艺报》,1956 年第 3 期。

④ 闻捷:《天山牧歌》,北京:作家出版社,1956 年版。以下所引闻捷诗句均出自该书。

⑤ 洪子诚、刘登翰:《中国当代新诗史》(修订版),北京:北京大学出版社,2005 年版,第 49 页。

上对时代政治的假借与改造”[①]。在我看来,这种解读虽有一定道理,但不能忽略的一个关键问题是,这些诗歌本身就是“大跃进”运动的产物,即便有部分爱情诗来自民间,但就总体而言,这些情诗大都较为浮夸而充满矫饰。如这首安徽民歌《妹妹挑土哥挖塘》:“妹妹挑土哥挖塘,/汗珠跟着泥水淌。/妹挑千担不知累,/哥在泥里不觉凉。//人多不好把话讲,/纸糊灯笼心里亮。/妹妹英雄哥好汉,/挖到星落露太阳。”[②]就属于典型的“劳动+爱情”的思维模式。同样,新诗选本《好不过毛泽东时代》中的“新情歌”,如《挑个思想好的》《维的庄稼汉》《劳动的心劲大哩》等也大都属于此类。

二、生活诗

“十七年”新诗创作中,还有一批被誉为“对拓展50年代诗歌的艺术空间”“有积极意义的”[③]的“生活诗”。这些诗作,或记乡村剪影:“二月的雨:红雨,/无声地,洒遍了江南,/一颗雨点染红一个骨朵,/一颗雨点染红一张笑脸。”(严阵《红雨》);或写边地风貌:“站在雪山上我了望远处,/山下呵,一片肥沃的田土;/青稞的叶子像绿色的珊瑚,青稞的穗子像黄色的珍珠。”(傅仇《珍珠一样的青稞》);或颂建设热情:“我们是钢铁的筑路工人,/建设祖国是我们最大的光荣。/我们有一个共同的愿望,/让火车穿过群山驰向北京。”(雁翼《筑路工人之歌》)……这些“生活诗”在“十七年”给读者带来了一股清新的阅读体验。

但是,这些“生活诗”在看似安静与祥和的氛围中依然有着潜在的政治诉求。如安徽诗人严阵的这首《蛙声》:“阵阵蛙声响在村边,/白窗纸上月光洒满,/生产队长睡不着,/他踏看月色来到江边。//月色。蛙声。江湖。/立刻把他带回了十年以前:/那时他作为一个侦察兵,/曾经偷渡长江来到南岸。//咕咕咕,敌人射来了枪弹,/咯咯咯,他学着青蛙叫唤,/狡猾的敌人受了骗,/抱着

① 薛祖清、席扬:《“符号”与“歧义”——〈红旗歌谣〉“情诗”解读》,《文艺评论》,2005年第5期。
② 郭沫若、周扬编:《红旗歌谣》,北京:红旗杂志社,1960年版,第120页。
③ 程光炜:《中国当代诗歌史》,北京:中国人民大学出版社,2003年版,第92页。

枪慢慢走远……//蛙声更响了,村庄睡得正甜,/生产队长来到麦田边,/他在月色里微笑着弯下了腰,/把初秀的麦穗托在手掌上细看。”①

乡村、朗月、蛙鸣、麦穗青葱……一幅多么静谧的乡村月夜图！当年被誉为是“描绘了江南新农村的新景象”②的代表而受到褒扬。但是,诗中的情感基点,不是感叹这自然美景,而是想到了“十年以前”“他”在这相似的月夜下为革命奔波差点牺牲,于是“他在月色里微笑着弯下了腰,/把初秀的麦穗托在手掌上细看”。此句意义所指很明确:今天的幸福生活是多么的来之不易,我们不应忘记。这样一来,这首诗便成为一首忆苦思甜的作品。另外,这首诗作于1960年前后,此时中国社会正处于三年困难时期,诗人却在残酷的现实面前闭上了眼睛:“生活的现实越是严峻,诗中的意境越是轻松”,“这是一种很奇怪的现象”③。这类诗作在“十七年”“生活诗”中比比皆是,它们不是要单纯地表现个人情感,而是“和时代的、人民的、阶级的感情相一致”④。

三、童话诗与童谣

作为文学花园的另一支花朵——童话诗与童谣,历来被人们认为是儿童心灵的歌声:“童子歌曰童谣,以其言出自胸臆,不由人教也。”(明杨慎:《丹铅总录》卷二十五)尽管“诗”与“谣”还有些区别,但这里我们取其共性,即二者均是为“童”而作、适合儿童阅读与欣赏的韵文,故将它们并为一类进行论述。

在“十七年”,童话诗与童谣的创作也获得了较大发展,出现了一批优秀诗作,如《金色的海螺》《马莲花》《春姑娘和雪爷爷》等。另外,还出现了一批童谣选本,如《中国儿歌选》《北京儿歌》《上海新儿歌选》《江西童谣选》等。但正如周作人所言:“儿歌起源约有二端,或其歌词为儿童所自造,或本大人所作,而儿

① 严阵:《江南曲》,上海:上海文艺出版社,1961年版,第41页。
② 治芳:《抒情诗的典型化》,《安徽文学》,1962年第5期。
③ 谢冕:《浪漫星云——中国当代诗歌札记》,广州:广东人民出版社,1999年版,第186页。
④ 周扬:《建设社会主义文学的任务》,《文艺报》,1956年第5—6号。

童歌之者。"[①]"或本大人所作"这就点出了儿歌受制于成人思维的影响,必然有历史的烙印。因此,"十七年"间的童话诗与童谣也同样有鲜明的意识形态色彩。其实现的方式通常有两种。

其一,在诗集(选本)生产过程中进行"提纯"与"加工"。"十七年"国家对出版物的出版施行严格的把关制度,儿童读物也不例外,因为"优良的少年儿童读物是向少年儿童进行共产主义教育的有力工具"[②]。为此,对大量原始民间童谣以及民间童话传说进行"提纯"与"加工"工作必不可少,"总的来说,解放前后民间文学工作者在对待民间童谣的搜集与整理上,有着鲜明的不同:新中国成立前,有不少作品的编选,是从个人的爱好趣味出发的,既然没有运用马克思列宁主义的观点方法,因而所选作就必然是精华与糟粕杂凑在一起。新中国成立后的情况就大大不同了,许多民间童谣的编选者,往往注意到运用马克思列宁主义的观点方法,编选出那些最有教育意义的作品"[③]。如 1959 年编选的《中国儿歌选》,共编选了包括台湾省在内的 25 个省(市、自治区)的儿歌 1515 首,就是先从全国各地报章中挑选出儿歌作品 4000 余首,然后"在初选工作的基础上,经我社编辑部删除了一部分内容重复的,对欠缺的方面又作了一些补充"[④]而成的。这里的"删除"与"补充",便是对原有作品的"再加工",以符合当时的政治形势需要。同样,1958 年出版的《江西童谣选》,也是从众多的民间童谣中挑选出 179 首,分为"红军像爹娘""自己聪明会唱歌""小白菜呀地里黄""放牛孩子歌儿多""斗智歌"等五辑,其中大部分为红色歌谣,"它是全书精华的部分"[⑤],也"是我们十分珍贵的革命传统教育的教材"[⑥]。

其二,直接对革命并与之相关的历史事件、人物等进行书写。经过"提纯"与"加工"后的童话诗与童谣,其意义指向非常明显。如《中国儿歌选》很大一

---

① 王泉根编:《周作人与儿童文学》,杭州:浙江少年儿童出版社,1985 年版,第 124 页。

② 《大量创作、出版、发行少年儿童读物》,《人民日报》,1955 年 9 月 16 日。

③ 谭达先:《民间童谣散论》,广州:广东人民出版社,1959 年版,第 10 页。

④ 中国少年儿童出版社编:《中国儿歌选 · 编者说明》,北京:中国少年儿童出版社,1959 年版。以下所引儿歌均出自该书。

⑤ 周鸿铸、奉浜:《唱回了我的童年——读〈江西童谣选〉》,《读书》,1959 年第 10 期。

⑥ 《星火》杂志社编:《江西童谣选 · 写在前面的话》,南昌:江西人民出版社,1958 年版。

部分就是对党、领袖、革命的颂歌，以及对旧社会与敌人的诅咒。如，辽宁童谣《念书别忘共产党》：“红红的楼房，蓝蓝的墙，/宽宽的操场在中央，/教室的窗，明晃晃，/坐在里面哦了真漂亮，/念书别忘毛主席，/念书别忘共产党。”此诗就含有对旧社会的恨和对新社会的爱。而安徽童谣《打鬼子》直接描绘了儿童们“如何革命”和如何捍卫“革命果实”的情形：“小红孩，盖红被，/鬼子打不过游击队。/摸碉堡，攻县城，/吓的鬼子摸不着门。/挖战沟，运子弹，/打死鬼子千千万。”

综上，在“十七年”，在所谓的“纯诗”创作当中，依然受到当时社会意识形态因素的影响与制约，为这一时期“政治—文学”一体化的文学总特征服务。

（原刊《名作欣赏》2016 年第 5 期）

在“言说”和“沉默”之间

——《诗刊》(1957—1964)“编者按”研究

《诗刊》(1957—1964)是“十七年”文学中的重要诗歌刊物之一,自1957年1月创刊至1964年12月休刊,前后共出80期。作为中国作协直属的三个机关刊物之一,《诗刊》(1957—1964)的整体面貌“集中体现了‘当代’这个时期新诗的取向”①。因此它是我们考察“十七年”诗歌的一个有效窗口,作为当代文艺运动“风向标”②的“编者按”则又折射出一段特定年代的诗歌风云。

一、《诗刊》(1957—1964)“编者按”分布统计与一般特征

(一)《诗刊》(1957—1964)“编者按”分布统计

据笔者统计,《诗刊》(1957—1964)这八年共出刊80期③,发表“编者按”44条。它们包括“编者按”“编者”“诗刊编者按”“编者注”“编者附言”“诗刊编辑部”等几种形式(本文论及的“编者按”不包括“译注”“译者注”“译者附记”等

① 洪子诚、刘登翰:《中国当代新诗史》(修订版),北京:北京大学出版社,2005年版,第24页。

② 程光炜:《〈文艺报〉“编者按”简论》,《当代作家评论》,2004年第5期。

③ 这里以1964年第11月、12月合刊号刊尾的总刊数为准。八年中,《诗刊》两期合刊情况有多次,总期数有时以一期计数,有时以两期计数。

形式）。八年来“编者按”的具体分布情况见下表。

出版时间（年）	出版周期	编者情况	编者按数量（条）	附注
1957（1957.1.25—1957.12.25）	月刊	主编：臧克家 副主编：严辰、徐迟 编委：田间、艾青、吕剑、沙鸥、袁水拍、徐迟、臧克家、严辰	1	自11月号（总第11号）起，严辰由副主编降为编委；艾青、吕剑、袁水拍不再任编委，新增编委卞之琳、阮章竞、郭小川。
1958（1958.1.25—1958.12.25）	月刊	主编：臧克家 副主编：徐迟 编委：田间、卞之琳、阮章竞、沙鸥、郭小川、徐迟、臧克家、严辰	16	
1959（1959.1.25—1959.12.25）	月刊	主编：臧克家 副主编：徐迟 编委：田间、卞之琳、阮章竞、贺敬之、郭小川、徐迟、臧克家、严辰	5	自6月号（总第30号）起，沙鸥不再任编委，新增编委贺敬之。
1960（1960.1.25—1960.12.20）	月刊	主编：臧克家 副主编：徐迟（阮章竞、葛洛） 编委：田间、卞之琳、阮章竞、贺敬之、郭小川、徐迟、臧克家、严辰	4	自4月号（总第40号）起阮章竞由编委升为副主编；11月、12月合刊号（总第47、48号），葛洛代替徐迟任副主编，徐迟降为编委；此期起卞之琳、郭小川不再任编委，新增肖三、李季、纳·赛音朝克图为编委。
1961（1961.1.10—1961.11.10）	双月刊	主编：臧克家 副主编：阮章竞、葛洛 编委：田间、肖三、阮章竞、贺敬之、李季、徐迟、臧克家、严辰、葛洛、纳·赛音朝克图	1	

续表

出版时间（年）	出版周期	编者情况	编者按数量（条）	附注
1962（1962.1.10—1962.11.10）	双月刊	主编：臧克家 副主编：葛洛 编委：田间、肖三、阮章竞、贺敬之、李季、徐迟、臧克家、严辰、葛洛、纳·赛音朝克图	3	自第1期（总第55号）起，阮章竞由副主编降为编委；从第3期（总第57期）起，刊尾的总刊数由“号”改称为“期”。
1963（1963.1.10—1963.12.10）	双月刊	同上	10	从7月（总第64期）起恢复为月刊。
1964（1964.1.10—1964.12.1）	月刊	同上	4	第11月、12月号（总第80期）为合刊。
			合计：44条	

（二）《诗刊》（1957—1964）“编者按”一般特征

首先，“编者按”总数并不多，年均不到6条。也就是说，约两期《诗刊》才有1条“编者按”，这在高度政治化的“十七年”文学期刊中，比较少见。我们可以拿同一时期中国作协直属的另一机关刊物《文艺报》的“编者按”来做比较。有学者统计，1949—1966年的《文艺报》“编者按”共有244条[①]，平均每年约为15条，此数据是《诗刊》“编者按”的年均两倍还要多。

其次，“编者按”年度分布极不平衡。1958年和1963年这两年的“编者按”最多，分别为16条和10条，占整个八年“编者按”总数量的36.36%和22.72%。

① 魏宏瑞：《文学场与政治场——以“十七年”（1949—1966）〈文艺报〉“编者按”为考察中心》，《扬子江评论》，2008年第5期。

1961 年和 1962 年“编者按”相对较少,分别为 1 条和 3 条;创刊时的 1957 年全年也只有 1 条。整个八年《诗刊》的“编者按”呈波浪形排列。

第三,就具体内容来说,这些“编者按”涉及的问题五花八门,大致可分为下面几种类型。

其一,对重大时政与重要文艺政策的“鼓”与“呼”。由于《诗刊》自创刊伊始,就“形成积极贯彻上级和文艺政策,配合运动办刊的基本特色”[①],这种“特色”除了在所发表的诗文本身体现出来之外,当然也体现在“编者按”上。这些“编者按”是《诗刊》表明自己政治立场的直接“宣言”,尤其是在“政治气候”比较紧张的时候,《诗刊》自然马虎不得。这类“编者按”约有 12 条。

其二,转载说明。与当年《文艺报》《人民日报》等报章相似,《诗刊》对于其他报章所发表的一些诗文进行了多次转载,从而表达《诗刊》的某种办刊理念或政治立场。在转载时,有时冠以“诗刊编者按”字样,以区别原刊可能有的“编者按”。《诗刊》的转载又分为以下方式:对全文转载、选载、原作修改后重新发表、原作选载加新作一并发表。对于这几种转载方式,《诗刊》在“编者按”中都加以具体说明。这类转载“编者按”约有 12 条。

其三,对读者来信的反馈。尽管这八年来的《诗刊》对“读者来信”的“编者按”仅有 3 条,但联系到整个《诗刊》围绕“读者”而设置的栏目、“编后记”“征求意见”等情况来看,“读者”的影子始终是《诗刊》的头顶的“达摩克利斯之剑”[②],其作用不容忽视。

其四,对文艺动态的介绍。这类“编者按”在《诗刊》所有“编者按”中最带有某种“纯文学”色彩,也最多,约有 17 条。就涉及内容而言,它又集中表现在两个方面。第一,对文学活动的介绍。包括出版信息、诗歌座谈会简介、栏目更

① 程光炜:《中国当代诗歌史》,北京:中国人民大学出版社,2003 年版,第 15 页。

② 在一定意义上说,“十七年”文学中的“读者”“人民”与“群众”三者的概念可根据某种“需要”相互转化,那么“读者来信”就成为“人民来信”或“群众来信”的代名词。毛泽东在 1951 年《必须重视人民群众来信》一文中指出:“必须重视人民的通信,要给人民来信以恰当的处理,满足群众的正当要求,要把这件事看成是共产党和人民政府加强和人民联系的一种方法,不要采取掉以轻心置之不理的官僚主义的态度。”为此,《诗刊》编者不可能对“读者来信”以漠视。毛文见《毛泽东文集》(第 2 卷),北京:人民出版社,1999 年版,第 164 页。

名说明、评论引介等。第二,对诗人诗作的评介。国内诗人如毛泽东、董必武、陈辉、黄安、李季、李冰等,国际友人如越南国家主席胡志明、列宁夫人克鲁普斯卡娅、蒙古国作协主席达·僧格、智利诗人聂鲁达、古巴诗人非力斯·比达·罗德里格斯等。对国外诗人诗作介绍时大都采用“编者”这一形式。

当然以上几种归类只是大体而言的,分类间也有一些重叠。如对古巴诗人非力斯·比达·罗德里格斯的诗作既是转载,同时又对诗人有某种介绍性质,等等。

二、《诗刊》(1957—1964)“编者按”揭示出诗歌与政治间复杂关系

在谈到“十七年”诗歌成就时,学界普遍认为其整体水平不高,并将其原因大都归结为政治因素对诗歌发展的限制。这只是问题的一部分。它遮蔽了许多问题,尤其是将政治与诗歌间关系的丰富性与复杂性简单化了。如,政治和诗歌二者间是否存在某种掣肘?是否还有其他因素影响、制约着新诗的发展?通过对《诗刊》(1957—1964)“编者按”的政治“言说”,我们或许对上述问题能得到某些新的启示。

(一)“编者按”反映出政治与诗歌间的潜在互动关系

从上表统计数据来看,就整体而言,在政治激进年代《诗刊》“编者按”较多,反之则较少。如在政治激进时期的 1958 年和 1963 这两年,在“大跃进”和“千万不要忘记阶级斗争”等口号的刺激下,《诗刊》急于“表态”,紧跟政治运动的“编者按”就多。这两年“编者按”加起来共有 26 条,占八年《诗刊》“编者按”总数的近 60% 。相反,在政治空气相对缓和的 1957 年上半年和 1960—1962 年间,《诗刊》的“编者按”比较少。这四年“编者按”加起来总共才 9 条,平均每年不到 3 条。其原因在于诗歌受当时“双百方针”和文艺政策调整的影响。这四年间的“编者按”也大都为诗人介绍、出版信息、栏目设置等内容,“火药味”也

不浓。“十七年”诗歌发展在这两个时段出现新中国成立以来少有的繁荣局面。

这种政治与诗歌间的张弛关系，在“编者按”所发诗文上也能体现出来。以《诗刊》加“编者按”的转载诗文为例。在政治相对缓和的1960年与1961年，转载诗文本身也相对平和。如为纪念胡志明七十寿辰的《胡志明主席的诗》(1960年第2期)、“歌剧拔萃”的歌剧《洪湖赤卫队》(1960年第2期)、郭小川的组诗《煤都的回声》(1961年第3期)，等等。而在政治激进年代，其转载的内容也相应“激烈”得多。如1958年第12月号《诗刊》转载了余音《批判孙静轩的诗》一文，从中我们看到《诗刊》在反“右”时宣称的“不获全胜，决不收兵！”[①]的“雄心”。

就“编者按”言辞本身来说，其同样反映出诗歌与政治间的松紧关系。如《诗刊》1960年第6期《毛主席诗词在国外》一文的“编者附语”写道：“这个资料很不完备，国内外读者如发现有遗漏，请即函告我们。”用语简略、平实。1963年12月号《诗刊》在《记柳州万人山歌会》一文下的“编者按”中两次提到在“中共柳州市委”的领导，从而突出此次山歌会与往届的不同：“由于做了这些工作，所以这次歌会不但参加的人多，特别热闹、红火，而且内容充实，群众通过歌会对自己进行了一次生动的社会主义阶级教育。”这里“编者按”的措辞就严正得多。

(二)“编者按”在对政治进行图解时也推动了新诗本身的发展

当代新诗发展的每一步，包括其中的经验教训都是新诗成长本身必不可少的环节。《诗刊》“编者按”在对政治进行赞歌与图解时，在某种程度上也推动了新诗本身的发展。

此处以“新民歌运动”为例。它本是1958年“大跃进”运动和“人民公社化”的副产品，但某种程度上也是对20世纪30年代以来新诗“大众化”讨论的一次呼应，客观上对新诗在新中国成立后的普及、民族化与大众化等方面起到

① 《反右派斗争在本刊编辑部》，《诗刊》，1957年9月号。另外，此句话曾是《文艺报》(1955年第13期)作为批判“胡风反党集团”时一篇文章的标题，可见《诗刊》引用此话时的态度与立场。

一定的作用。在《诗刊》1958 年 16 条“编者按”中，涉及这方面内容的就有 10 条。如 5 月号的“民歌六十首”专辑下有很长一段“编者按”，其中不乏这样一些表述：“随着大跃进的脚步，民歌响起来了，像一阵风。它的数量多到难以计算，像潮水一样，后浪推着前浪。它表现出中国人民在共产党的领导下，以冲天干劲征服大自然的壮举和豪情”，“这六十首民歌，比起同类的其他创作来，更朴素、精练、明快，艺术表现力更强一些，因而也就更加令人喜爱”，“这些创作，都是优美的诗。它所表达的思想情感是高强豪迈，其中有许多是革命浪漫主义和革命现实主义结合的作品”，“至于想象的大胆，用语的新颖，节奏的明快，真可以说开一代诗风”。在 10 月号的“新民歌笔谈”专栏下，《诗刊》“编者按”就提出了“新民歌”有无局限性、如何向民歌学习以及新诗的主流等问题，“很值得我们讨论”，“使新诗能够更好更快地发展”。同时，1958 年《诗刊》有 3 条转载“编者按”谈到“新民歌运动”，包括如何看待群众诗歌创作、如何对民歌进行加工整理等。

上述“编者按”涉及了“大跃进民歌”的产生动因、创作手法与意义、有无局限性等诸多问题，对我们现在重新认识这场“大跃进时期最有名的文化产品”[①]有重要参考价值。其中《诗刊》首倡的“开一代诗风”提法，与当年《星星》提出的“诗歌下放”口号、《处女地》倡导的“新诗发展问题”的讨论等共同构成当代诗歌史上关于“大跃进民歌”运动的重要论述，一些论断影响深远。另外《诗刊》“编者按”对叙事诗、朗诵诗、街头诗等的强调，也对新诗本身的发展都起到一定的推动作用。

（三）“编者按”显示出两种特殊政治力量对当代诗歌史书写的影响

“十七年”诗坛存在一群特殊的“诗人”与“读者”，他们是两股特殊的政治

① 费正清、罗德里克·麦克法夸尔主编：《剑桥中华人民共和国史》（1949—1965），王建朗等译、陶文钊等校，上海：上海人民出版社，1990 年版，第 474 页。

力量,他们直接参与了当代诗歌的生产与构建。从上述文艺动态介绍的“编者按”所列名单中,我们看出这些“诗人”为数不少,且身份特殊,是一群“超级作者”①。他们要么是政界要人,如毛泽东、董必武、胡志明、克鲁普斯卡娅;要么是具有“榜样”意义的“革命烈士”“工农兵”或“国际友人”,比如陈辉“是一位有才华的青年诗人。一九四四年春天不幸在平西地区(现在北京西南涿县一带)牺牲,战死时才二十四岁”②,黄安是“一位盲人。他能以这样的热情来工作,而且在他的诗歌中得到表现,我们认为是应该向读者说明的”③,殷光兰是“安徽省民间女歌手”④,而“国际友人”也都来自于第三世界或亚非拉国家。这些都反映出在特定年代即使是“纯文学”活动,依然有某种政治倾向与选择。

与“作者”对应的是“读者”。在“十七年”文学中,“读者”的内涵极其丰富,但更多的时候“读者”的概念,“一般不具备独立存在的意义,而作为权威批评的一种延伸”⑤。那么相应的“读者来信”也就成为当代文坛组织文学批评、调控文艺方向的一种手段和方式。如上所述,八年来《诗刊》对“读者来信”的“编者按”虽只有 3 条,但其意义非凡,反映出《诗刊》在“读者来信”问题上所采取的不同态度与立场。如在 1962 年 10 月号上,一位署名苏恒的“读者”在来信中提到了三个问题:关于新诗“民族化、群众化问题”“新诗如何到群众中去的问题”和新诗“如何反映阶级斗争”的问题,并就此谈了自己的看法。从该来信所提出的问题、话语方式等来看,苏恒并非一般意义上的“读者”,而是有着较高水平的“专业读者”,尤其是第三个问题明显带有时代烙印。为此《诗刊》不得不重视,“我们认为这些问题都是值得加以注意的,信中有不少意见也是值得深入探讨的”,并欢迎读者接着来信、提出问题,以“促进诗歌创作和诗歌评论的发展,帮助我们不断地改进编辑工作”。这里“编者按”的语气还有所保留。

相较而言,《诗刊》对 1964 年 2 月号上署名青野、田棚的两位“读者”(从姓名我们可推测到这两位读者为化名,以显示其“工农兵”身份)的来信《请诗人

---

① 程光炜:《〈文艺报〉“编者按”简论》,《当代作家评论》,2004 年第 5 期。

② 见 1958 年 2 月号《诗刊》陈辉诗《平原手记》“编者”。

③ 见 1958 年 2 月号《诗刊》黄安诗《第一个工作日的早晨》“编者按”。

④ 见 1963 年 9 月号《诗刊》殷光兰诗《收工之后》“编者按”。

⑤ 洪子诚:《中国当代文学史》,北京:北京大学出版社,1999 年版,第 26 页。

们写些街头诗》就谨慎得多。这两位“读者”认为，推动当前诗歌同群众结合，除了近年来的诗歌朗诵活动外，“街头诗”也是必不可少的。为此在来信末尾，他们“大声呼吁：诗人和业余作者们，多写一些街头诗吧！生产斗争需要街头诗，阶级斗争需要街头诗，群众需要街头诗！”《诗刊》为此所加的“编者按”不像1962年对苏恒来信时的态度，此处对这封来信的观点持完全肯定的态度，“我们认为是值得重视的。新诗如何同广大群众结合，是当前诗歌工作者面临的重要问题”，“开展‘街头诗’活动，也是可以采取的方式之一。我们希望有条件开展街头诗活动的地方，都能把这项活动开展起来。我们也希望诗人们多写些街头诗”。这也反映出当时强调阶级斗争的氛围越来越浓。其后5月号上的陈靖诗歌《风云枪剑录》中就有街头诗、标语诗的特色，这也是《诗刊》以实际行动来呼应这两位读者的来信。“编者按”对这些“读者来信”的认同，说明“这些看似普通的来信实则构成了一个集文学、权力、话语的特殊场域，在当代文学的草创时期，扮演了重要的角色，发挥着难以取代的作用”①。

三、《诗刊》（1957—1964）“编者按”背后的某些“历史细节”

我们看到，强烈的意识形态性是这40多条“编者按”的总体特征。但问题并非如此简单。在伊格尔顿看来，每种意识形态都不是铁板一块，即便是出于主流地位的统治阶级的意识形态，也存在内部的矛盾与分歧，“一种意识形态从来不是一种统治阶级意识的简单反映；相反，它永远是一种复杂的现象，其中可能搀杂着冲突的、甚至是矛盾的世界观”②。我们继续要追问的是，在“十七年”“政治—文化”相胶合的年代，这些“编者按”背后，是否隐藏着某种新的“解读”因素？是否提供某些不为人知的“历史细节”？

---

① 斯炎伟：《“有意味的形式”——“十七年”文艺报刊中的“读者来信”》，《中国现代文学丛刊》，2011年第4期。

② ［英］特里·伊格尔顿：《马克思主义与文学批评》，文保译，北京：人民文学出版社，1980年版，第10页。

（一）“编者按”折射出编委人事变迁及文艺斗争的复杂性

尽管进入“当代”后，期刊的“编者按”大都采取“匿名作者”的写作方式，但无论它们是出自主编之手还是各专栏编辑组组长或者编辑之手，“由于在同一个时代语境之中，作者是谁并不重要，问题在于这些文本都自觉地体现了党办文艺的意图、策略和政策，也体现出大致接近的‘历史意识’，是‘编者按’这一当代文体共同的创造者和推进者”①。因此，编委的人事变动也势必影响“编者按”的写作，从中折射出文艺界思想斗争的频繁性与复杂性。从上表中我们看到，在1957年《诗刊》创刊时，期刊具有某种“同人性质”，“诗刊社犹如一个和谐的大家庭，使每个成员都感到温馨舒畅”②，另外处在“双百方针”这样的大环境下，“编者按”就相应要少，所以1957年上半年没有“编者按”。随着下半年的“反右”运动的升级，波及《诗刊》编委变化：严辰由副主编降为编委，艾青、吕剑也从编委中消失，新增郭小川、卞之琳、阮章竞三人为编委。其中郭小川时任中国作协党组副书记兼秘书长，负责分管《诗刊》以加强领导，因此1958年诗刊的“编者按”就骤增。同样，1960年是《诗刊》编委变动最频繁的一年，副主编与编委人选数次更换。这种“编委会成员经常被调整”③自然会影响到编辑部对所发稿件态度的连贯性，1961年“编者按”只有1条与此不无关系④。

但更为重要的是，这种人事的变迁，从一个侧面反映出当时意识形态领域内的某些斗争的轨迹。以《诗刊》创刊与停刊为例。在《诗刊》创刊时，主编臧克家就担心编委中党员太少，而当时作协的负责人刘白羽以斩钉截铁的语言打消了臧克家的这一顾虑：“‘诗刊’没有党员，你和徐迟就是党员！”⑤同样是刘白羽，在1964年9月9日又以作协党组的名义向中宣部报告说：《诗刊》“这个摊子可以说烂了，主编臧克家（非党员）资产阶级个人主义极端严重”，“编辑部成

---

① 程光炜：《〈文艺报〉“编者按”简论》，《当代作家评论》，2004年第5期。

② 白婉清：《〈诗刊〉忆旧思今》，《诗刊》，1997年第1期。

③ 程光炜：《中国当代诗歌史》，北京：中国人民大学出版社，2003年版，第5页。

④ 当然，“编者按”的多寡与主编臧克家的“性格”等因素也有关，对此笔者将另文论述。

⑤ 臧克家：《个人的感受》，《文艺报》，1957年第8期。

分复杂，党员力量薄弱，实际上整个编辑部已被资产积极所溶化，我们建议停刊或暂时停办，以后看情况，再决定办不办”①。这些言行的背后，就折射出当时文艺界内部某些高层心态的微妙变化，也折射出当时政治风云变幻的某些面影。

（二）“编者按”映射出“诗性”对意识形态的“韧性”“抵抗”

1957—1964 年这八年间，中国政治波诡云谲，诗歌发展也随之风雨飘摇。“编者按”就成为这种变化的“晴雨表”，尤其是那些带有“纯文学”色彩的“编者按”，更在一定程度上显现出诗歌“诗性”的回归，也在一定程度上消减了政治对诗歌的“磨损”，是文学“诗性”对主流意识形态的韧性的“抵抗”。如 1958 年 11 月号《诗刊》在“评四部叙事诗”栏下发表了五篇有关叙事诗的评论，其中尹一之、吕恢文二人针对戈壁舟诗歌《青松翠竹》做出观点截然相反的评论，为此“编者按”指出：“我们希望这些文章能引起讨论，这不但有利于叙事诗的创作，也会帮助读者了解作品。”这里《诗刊》似乎有某种鼓励“争鸣”的倾向，这在“文艺大跃进”之年实属难得。1960 年 9 月号《诗刊》的“在诗歌座谈会上的发言”专辑下发表了一组参加第三次文代会诗人们的发言，包括老舍的《诗与创造》、力扬的《诗歌要百花齐放》、陈山的《关于诗歌的几个问题》等，其中一些观点是 1958 年“双百时期”文艺政策的某种“回声”②。

这里一个有意味的现象是，《诗刊》“编者按”在重大历史时刻或政治事件上的“沉默”态度。如 1959 年的 5 条“编者按”全部在上半年，而像新中国成立十年这样具有“历史意义”的重大政治事件，《诗刊》除了在 9 月号为“国庆十年专号”、10 月号配以庆祝国庆的诗文外，竟无 1 条“编者按”和“编后记”！同样，1962 年对毛泽东《在延安文艺座谈会上的讲话》发表二十周年、1964 年新中国

---

① 此据丁力回忆。见连敏：《〈诗刊〉（1957—1964）研究》，郑州：河南人民出版社，2010 年版，第 185 页注③。

② 又如，《星火》1961 年第 2—3 期发表梁勋仁的诗《龙飞凤舞》后，该刊 1961 年第 4—5 期刊出戴发惠、叶艺灵《一首又新又美的好诗——“龙飞凤舞”读后》和吴燃、班静《低级的情趣，歪曲的形象——谈长诗“龙飞凤舞”的思想倾向》这两篇观点相左的争鸣文章。这都体现了在 1959—1962 年上半年文艺政策调整时期文学有限的宽松氛围。

成立十五周年等重大事件,《诗刊》“编者按”均保持了“沉默”。这种“沉默”不能不令人惊奇。

(三)“编者按”值得“玩味”的言说“策略”

如何使办刊思想在主流意识形态与文学性间保持平衡,是《诗刊》编委们必须经常考虑的问题。在《诗刊》八年来的17篇“编后记”①中,我们可以看到《诗刊》在这个问题上的犹疑和徘徊。如1957年6月号的“编后记”“希望‘诗刊’成为一个真正的百花齐放园地”;一个月后的7月号“反右派斗争特辑”的“编后记”马上又声称“‘诗刊’将以更大的篇幅提供给这一场战斗”。同样,后来的“编后记”始终处于这种“摇摆”状态:“‘诗刊’争取成为大跃进的一名鼓手”②,“我们决心把‘诗刊’办成人民群众喜爱的刊物”③。另外,我们还可以看到《诗刊》相隔不久的两篇《本刊征求歌颂祖国的诗稿》,其前后措词的变化。在1958年10月号的“征稿”中,最后一段为“诗刊这园地,等待着大家深耕密植,希望能发出(原文如此,引者按)一颗颗诗歌卫星来”。到了1959年1月号以后的“征稿”中,此段话后一句“希望能发出一颗颗诗歌卫星来”已经没有了④。

为了减少这种直接“言说”的“艰难”,《诗刊》于是采取某些“策略”,以减轻

---

① 连敏、巫洪亮二人都认为《诗刊》(1957—1964)有13篇“编后记”〔参见连敏:《〈诗刊〉(1957—1964)研究》,郑州:河南人民出版社,2010年,第146页;巫洪亮:《夹缝生存中的艰难“言说”——1957:〈诗刊〉“编后记”话语方式微观透视》,《嘉应学院学报》(哲学社会科学)2010年第1期〕。据笔者统计,应为17篇。其中14篇在《诗刊》目录中标有“编后记”字样,其他3篇未在目录中而在正文中出现,它们分别是1958年4月号、1958年5月号和1960年第5期。

② 见《诗刊》1958年3月号“编后记”。

③ 见《诗刊》1958年4月号“编后记”。

④ 这种变化,与当时中央高层对文艺的态度有关。如在1959年3月郑州召开的中央政治局扩大会议上,毛泽东就明确表明了对“全民写诗”的不满:“文化、教育、体育事业只能一年一年地发展,写诗也只能一年一年地发展。写诗不能每人都写,要有诗意才能写诗。有诗意的人才能写诗,你让我在郑州写诗,我的诗跑到九霄云外去了。无诗意,怎样写诗呢?你不是冤枉人家吗?叫每个人都要写诗,几亿农民要写多少诗,那怎么行?这违反辩证法。辩证法是一步一步地发展,质变要有一个过程,怎么会有今年内每人要写多少诗呢?放体育卫星、诗歌卫星,通通取消。遍地放,就没有卫星了。”另外,周总理也“不同意文教‘放卫星’的提法”。毛文参见陈晋《文人毛泽东》,上海:上海人民出版社,1997年,第454—455页;周文参见黎之:《文坛风云录》,郑州:河南人民出版社,1998年版,第162页。

这种直接表态的尴尬。如通过在栏目设置、诗文的安排等方式来“转述”《诗刊》的政治立场。如上述在新中国成立十周年这一问题上，同为中国作协机关刊物的《文艺报》《人民文学》，它们的庆祝方式却直截了当得多。如《文艺报》在第18—20期，共出了两个庆祝专号，并在每一专号上配发“社论”加以纪念；而《人民文学》在10月号的“编者的话”中，以热烈的笔法对新中国成立十年来的文学成就加以讴歌，并决定“将以三期的篇幅，陆续发表作家们为庆祝新中国成立十周年而投寄的佳作，并选载全国各地方文学刊物上的优秀作品”①。与这种“高调”相比，《诗刊》似乎“低调”了许多，除了9月号为“国庆十周年专号”外，而仅靠作品本身去表达热切之情。这种言说间的差异，值得玩味。

又如上面提到的《诗刊》对“读者来信”加“编者按”这一方式，既给“读者”以交代，又贯彻了“群众批评，这是文艺领域内的一个新现象，一个值得十分重视、拍掌欢迎的现象”②的意图。另外像对重要诗文转载加“编者按”的方式，也是《诗刊》在政治激进年代“自保”的一种举措，尽管这种“自保”依然艰难。因此，《诗刊》何时、以何种方式采取“编者按”，其“策略”似乎就值得我们深思。

通过以上对《诗刊》(1957—1964)“编者按”的简要分析，我们可以看到，这些“编者按”在时间的安排、评论对象的选择以及“如何”去“表述”等方面，都似乎潜藏着的某些深意。但无论是“言说”还是保持“沉默”，它们都显现出“十七年”诗歌及其内涵的丰富性与复杂性，也正是通过“编者按”这一小小的窗口，折射出“十七年”诗坛是“一个交锋台、一个多重声音的混杂之所”③。

〔原刊《安徽大学学报》(哲学社会科学版)2013年第5期〕

---

① 《编者的话》，《人民文学》，1959年10月号。

② 周扬：《整顿文艺思想，改造领导工作》，《周扬文集》(第2卷)，北京：人民文学出版社，1985年版，第138页。

③ 魏宏瑞：《文学场与政治场——以“十七年”(1949—1966)〈文艺报〉“编者按”为考察中心》，《扬子江评论》，2008年第5期。

论“十七年”臧克家的新诗选本批评

福柯曾言:“我忍不住梦想一种批评,这种批评不会努力去评判,而是给一部作品、一本书、一个句子、一种思想带来生命;它把火点燃,观察青草的生长,聆听风的声音,在微风中接住海面的泡沫,再把它揉碎。……下判决的那种批评令我昏昏欲睡。我喜欢批评能迸发出想象的火花。它不应该是穿着红袍的君主。它应该夹着风暴和闪电。”①以此标准来考察“十七年”的文学批评,更多时候是“下判决的那种批评”。但同时,存在零星的“想象的火花”。臧克家“十七年”的诗歌选本批评就反映着这种批评上的悖论。

我们选择臧克家作为立论对象,是出于两方面考虑:一是臧克家政治上的激进性。这种激进性与“十七年”左翼批评家如周扬、林默涵等人有共同的时代特征。如在“十七年”,相较于《文艺报》与《人民文学》主编的频繁更换不同,臧克家一直担任着《诗刊》的主编。刘白羽说:“‘诗刊’没有党员,你和徐迟就是党员!”②另外,臧克家在新中国成立后的多次政治运动中始终未受到太大冲击,这些都与他政治上的“进步”姿态不无关系。二是臧克家选本批评的相对客观性。不同于“十七年”一些左翼文学批评家的一贯激进色彩,臧克家的选本批评中还有着其相对远离政治批评的某些因素,流露出臧克家作诗人的一面;同时他身为民盟会员,是中共的统战对象,加上他在新中国成立后是毛泽东诗词的

---

① [法]福柯:《权力的眼睛——福柯访谈录》,严锋译,上海:上海人民出版社,1997年版,第104页。

② 见臧克家:《个人的感受》,《文艺报》,1957年第8期。

权威阐释者之一等因素,因此其选本批评中的某些“出格”行为会得到有限“容忍”。因此,臧克家的诗歌选本批评就突出地反映了“十七年”诗歌批评上的某种矛盾性与复杂性。

所谓选本批评,它是“选者(批评家)根据某种文学批评观制订相应的取舍标准,然后按照这一标准,通过‘选’这一具体行为对作家作品进行排列,以此达到阐明、张扬某种文学观念的目的”[①]的一种批评方法,它体现了特定时代的诗歌批评的历史风貌。序跋批评与选本删改是这种选本批评的两种主要方式。

一、序跋批评

作品的序跋,“是一个作家长途跋涉中的印痕点点,从中可以窥视时代、环境与文艺的动向与发展”[②]。“十七年”间臧克家为自己和他人撰写过不少诗歌选本序跋,鲜明地表达了他对“十七年”诗歌的看法。这些序跋批评的特点主要体现在三个方面:颂扬与悔恨、规劝与批判和引导与规范。

在一些诗选序跋中,臧克家常常流露出对“伟大时代”的讴歌,以表达他为“人民诗歌”创作的骄傲。如他在自己的新诗选《一颗新星》“后记”中写道:“这些诗,多半是对于一些具有重大的政治事件的个人抒情”,其中第一辑里的诗歌,“歌颂祖国的主题是重点”[③]。联系到该诗选中的具体作品,如《在毛主席那里作客》《祖国在前进!》《社会主义的花朵》等,臧克家的这些表达是由衷之言。同样,1962年臧克家为严阵诗集《琴泉》所作的长篇序言中,借评价严阵诗歌,表达了他对“伟大时代”的无限自豪:“眼见,耳闻,一片令人人欢腾鼓舞的气象,诗人从中取得了灵感,用彩色的笔,给新的土地,新的人物,新的生活绘出了影,绘出了声。生活是这么美好,这么喧腾……这情景,有如走进了春天的百花

① 邹云湖:《中国选本批评》,上海:上海三联书店,2002年版,第1页。
② 臧克家:《〈序〉中序》,见刘增人编:《臧克家序跋选》,青岛:青岛出版社,1989年版,第2页。
③ 臧克家:《一颗新星·后记》,北京:作家出版社,1958年版。

园。"[①]另外,中国作协编选的1956年与1957年度诗选,臧克家都为它们作了长篇序言。在这两篇序言中诗人也都表达了自己的欢欣之情:"1956年,对于中国人民说来,它是怎样波澜壮阔、丰富多彩的一个年头呵","沸腾的生活像海洋。而诗呢,诗就是它的波浪。它反映出社会主义生活的五彩埃纷,它歌唱出人民创造的巨大声音","这部选集,就是它前进的脚步声"[②];"一九五七年,是诗歌的丰收年","诗人们凭着亲身的体会,写出了各种题材、各种式样的诗",他们"凭着高度的热爱祖国的感情,歌颂了美好的事物,对反动的东西作了无情的讽刺"[③]。

在颂扬的同时,诗人在序跋中还表达了对自己"跟不上"时代步伐的某种"愧疚"。1954年,诗人在为自己新中国成立后出版的第一本诗选《臧克家诗选》"后记"中就表达了这种心情:"这个集子里所选的30几篇作品,除了《六机匠》,其余的都是短诗。开头一篇《难民》,写作时期是1932年,最后一篇《高贵的头颅,昂扬着》,是1953年的创作,前后相隔20年挂零。这20年,是伟大的20年!而我所能够拿出来的却只有这么30几篇短诗。"紧接着诗人又指出:"这本集子里的作品,整个说来,暴露黑暗的多,正面歌颂的少;同情人民疾苦的多,鼓动人民斗争的少。"[④]这些言词一方面反映出诗人面对新中国成立后"火热的生活"需要一段时间去适应,另一方面也表达了诗人对当时国家正在开展的"思想改造"运动的某种"表态"。在两年后出版的增订本中,诗人在序中将这种"愧疚"之情进一步深化,开始将旧作中的一些"不足"的原因指向思想层面,即"自身存在着小资产阶级的思想感情"这一"最重要"的因素[⑤]。这种表白,与新中国成立初期一批知识分子"检讨书"中的检讨思路如出一辙,目的是"彻底"与这种"旧阶级""旧感情"决裂,重做新人,"结束了旧的,希望新的作品不断地产生出来"[⑥]。

① 臧克家:《严阵的诗——〈琴泉〉小序》,严阵:《琴泉》,北京:作家出版社,1963年版,第2页。
② 臧克家:《1956诗选·序言》,北京:人民文学出版社,1957年版。
③ 臧克家:《1957诗选·序言》,北京:作家出版社,1958年版。
④ 臧克家:《臧克家诗选·后记》,北京:作家出版社,1954年版。
⑤ 臧克家:《臧克家诗选·序》,北京:人民文学出版社,1956年版。
⑥ 臧克家:《一颗新星·后记》,北京:作家出版社,1958年版。

相较于自己的“愧疚”，臧克家还在一些序跋中对他人的诗歌创作提出一些批评。批评对象既有诗坛前辈，也有革命新人。但其批评的口吻不尽相同。对已逝的前辈诗人，臧克家在为他们诗选所作的序跋中，除了对他们的诗作进行赞扬之外，还对其中的某些不符合“新时代”要求或者“瑕疵”的作品提出了批评。如臧克家批评王统照：“因为生活的限制，诗人没有具体地反映出人民的苦痛和轰轰烈烈的斗争”，“某些诗里透露了对人生的失望和哀伤的心情”，一些诗“不大容易感到时代的脉搏”①；批评蒲风：“他的诗风是豪爽的，热情奔放的，但精美、谨严不足，这和他的多产是有关系的。他摸索，探讨，试验过多种形式，但个人风格还不够鲜明、突出。”②这里，臧克家的批评有为王统照进行某种辩解的意味，对蒲风的批评，则反映出臧克家作为一个批评家的某种独到眼光。在一定意义上说，后者的批评更有学术价值。

与对逝者委婉的批评态度不同，对生活在“新时代”的一些诗人诗作，臧克家的序跋批评则直接提出了某种规劝。以《1956 诗选》序为例。在该序中，臧克家对一些青年诗人的“爱情诗”提出了严厉的批评：“爱情主题是该受到欢迎的。可是，如果从爱情的描写里抽去了高尚的情操，使它变成一种低级的情感的一个出口，使读者从中得到的是色情感觉的满足，或是享乐的思想，这样发展下去，以至成为一种不健康的倾向（类似《吻》或别的一些发表和未发表出来的诗篇），这就值得我们严重警惕了”，“老实说，这类爱情诗，比起旧诗里的‘香奁体’还瞠乎其后”。同样，臧克家对一些“风景诗”提出了批评，认为这些诗作“表现了诗人情感的不健康，读过以后，令人感到消沉。这样的一些诗篇，辞藻往往很华丽而内容却是陈腐的。作者借着歌咏风景抒发了和时代抵牾的情绪”。臧克家还点批评青年诗人公刘，认为其“某些作品在形式上对古典诗歌作生硬的模拟，这不是一条康庄大道”③，等等。臧克家的这种规劝性批评，目的是让这些诗人能及时追赶上“沸腾的生活”：“一定要提高作品的思想性，一定要去

---

① 臧克家：《王统照先生的诗——〈王统照诗选〉代序》，《王统照诗选》，北京：人民文学出版社，1958 年版。

② 臧克家：《蒲风的诗——〈蒲风诗选〉序言》，见，刘增人编：《臧克家序跋选》，青岛：青岛出版社，1989 年版，第 200 页。

③ 臧克家：《1956 诗选 · 序言》，北京：人民文学出版社，1957 年版。

追求、抓住时代意义、现实意义强大的主题";或者悬崖勒马,"投身到人民的火热斗争生活里去锻炼改造自己的思想情感","成为社会主义时代的歌手"[①]。臧克家的另一些序跋批评则有警告的意味。如在《1957 诗选》序言中,臧克家对当时的一些所谓的右派诗人进行了猛烈批评:"许多'诗人'滚入了右派的泥淖。他们反党、反社会主义"[②]。在臧克家看来,"右派"就是反党、反社会主义的代名词。这种批评已转化为现实生活中的某种斗争武器了,"让我们用火辣的诗句来发言吧"[③]。

除了上述序跋批评,还有一类序跋批评更值得我们重视,即臧克家通过序跋批评建立中国新诗"道路"的某种"规范"和"引导"。这些序跋中,以《"五四"以来新诗发展的一个轮廓(代序)》[④]为代表。该序言被认为是"新中国成立后对新诗的第一次系统总结,并提供了总结新诗历史的一个有影响的批评视角和选择模式"[⑤]。的确如此。

首先,他把五四以来的新诗划分为相互对立和斗争的两条阵线:左翼阵线和右翼阵线。代表左翼阵线的诗人有郭沫若、殷夫、臧克家、蒲风、艾青、田间、袁水拍以及解放区诗人等。臧克家对他们的诗作予以高度评价。如认为郭沫若"《女神》的出世,在新诗的世界里,甚至在整个现实主义文学的领域里有着划时代的意义";蒋光慈"初期的诗创作乐观的情调有如朝霞一般的鲜亮";解放区的诗歌,"呈现出一种新鲜的色彩,喷放出一种扑鼻的香味。像早晨阳光下闪耀的露珠,像新春园圃里初放的花卉",等等。代表右翼阵营的诗人有胡适、徐志摩、朱湘、李金发、戴望舒等,他们被臧克家当作"和当时革命文学对立斗争的一个反动的资产阶级文艺作家的集体",受到严厉批判和彻底否定。如,从《尝试集》中,我们"可以嗅到胡适的亲美的买办资产阶级思想掺合着封建士大夫思想

---

① 臧克家:《1957 诗选·序言》,北京:作家出版社,1958 年版。

② 臧克家:《1957 诗选·序言》,北京:作家出版社,1958 年版。

③ 臧克家:《让我们用火辣的诗句来发言吧》,《诗刊》,1957 年 7 月号。

④ 臧克家:《"五四"以来新诗发展的一个轮廓(代序)》,臧克家编选:《中国新诗选(1919—1949)》,北京:中国青年出版社,1956 年版。另外,此序言自 1954 年发表至 1979 年,前后共有五六个版本,其内容也随时局的变化而删改。见郑苏伊,臧乐安:《编后记》,《臧克家全集》(第 12 卷),长春:时代文艺出版社,2002 年版,第 755 页。

⑤ 洪子诚、刘登翰:《中国当代新诗史》(修订版),北京:北京大学出版社,2005 年版,第 7 页。

喷发出来的臭味”;徐志摩赤裸裸地“站在和人民革命敌对的立场上,成为反动统治者文艺上的代言人”;而“朱湘最后的结局是投水自沉,这正象征恶资产阶级诗人的绝路”;“李金发留学法国,巴黎的那种霉烂生活,使他沉浸在感官的享受里,形成了他的颓废的买办资产阶级思想”,等等。

其次,这篇序言对中国现代文学中的一些诗歌流派做出了全面的定性。除了极力赞颂左翼革命诗歌外,其对新月派、象征派与现代派等诗歌流派予以完全否定。如其认为新月派和象征派“是一个反动的资产阶级文艺作家团体”,“不管它们的形式如何不同,作为诗派来讲,它们以消极颓废的思想去毒害读者这一点是完全相同的”;而“‘现代派’诗像一股逆风一样”,它与象征派“在颓废伤感的精神实质上却是一脉相承的”,“是李金发倡导的‘象征派’的一个继续与发扬”,是资产阶级、小资产阶级落后知识分子没落情感与情趣的体现,因此这些流派有“很大的反面影响,值得提出来批判”。

臧克家的这篇序言,目的是为新诗“为了更好的前进”和确定一条“正确的方向”,即新诗未来只能是“人民诗歌”的方向。这种对新诗方向的“规范”和“引导”,对后来的新诗道路的评价产生了巨大的“示范”作用。如邵荃麟在《门外谈诗》《文学十年历程》等文章中,也都采用了这种批评视角和批评模式。另外,在后来当代诗歌史的写作中,对有关中国新诗的分期、诗人诗作的评价等问题,臧克家的这篇序言也影响深远。

二、选本删改

选本删改也是臧克家诗歌选本批评的一种重要方式。通过这一批评方式,他表达了对“十七年”诗歌的“发言”。大致而言,臧克家对诗歌选本的删改可分为艺术性删改与“规范性”删改两类。

我们先来看选本的艺术性删改。这主要体现在臧克家对毛泽东诗词的删改与评点上。作为当代毛泽东诗词最权威的阐释者之一,臧克家也是毛泽东诗词重要的删改者之一。总体而言,臧克家对毛泽东诗词的删改主要包括词句的精炼、修辞的得体、意境的纯美等。如1962年《词六首》在《人民文学》发表之前,原稿词前"小序"中有这样的表达:"这六首词,于1929—1931年,于马背上哼成的……"臧克家看后将第一个"于"字勾去①。这样一改,使词句更显得精练。毛泽东后来致信臧克家:"你细心给我修改的几处,改得好,我完全同意。还有什么可改之处没有,请费心斟酌,赐教为盼。"②而臧克家对毛泽东《沁园春·雪》的修改更是传为文坛佳话。他将原稿中的"原驰腊象"中的"腊"修改为"蜡",虽为一字修改,但联系到词的上句"山舞银蛇",这样,改动后"蜡像"与"银蛇"相对,整首词的意境更符合词咏雪的主题,形象也更加生动。1963年《毛主席诗词》出版之前,先出了征求意见本。臧克家应邀出席了为此在钓鱼台召开的一个会议。臧克家事先与《诗刊》副主编葛洛商量写了23条意见,会后托田家英代转给毛泽东。《毛主席诗词》正式出版后,"我兴奋地即时拜读一遍,其中13处采纳了我的意见,有标点、个别字、小注中的字句,还有整个句子的调换。我心里激动而又感动,感动而又钦敬!"③虽然我们无法知道臧克家对毛泽东诗词删改的具体内容,但是按照毛泽东对自己诗词一贯精益求精的态度来看,"13处采纳"就已能说明问题。

除了删改,臧克家还以"讲解"的方式对毛泽东诗词进行阐释。这种"讲解"类似于中国古代选本的"评点"。不过相较于古代选本评点的多种形式(如眉批、旁批、尾批、双行夹批等),臧克家的"讲解"大都是对毛泽东诗词中的字词、用典、句子等方面进行疏通。但这种"讲解"方式,因臧克家个人深厚的古诗文功底和通俗易懂的语言形式而取得了良好的效果。如,《沁园春·雪》一诗,"题为咏《雪》,实际上,它却不仅仅是一幅美丽的风景画,而是一首雄壮的抒情诗"④;《长征》一诗,"虽然只有八句,却抓住了典型性的事物,把红军所遇到的艰苦和他们勇往直前不畏艰难的伟大精神表现出来了"⑤,等等。他和周振甫合著的《毛主席诗词十八首》1957年出版后很快脱销,1958年更名为《毛主席诗词

① 臧克家:《毛泽东同志与诗》,《红旗》,1984年第2期。
② 孙琴安、李顺贞:《毛泽东与著名作家》,北京:人民文学出版社,2003年版,第170页。
③ 臧克家:《毛泽东同志与诗》,《红旗》,1984年第2期。
④ 臧克家讲解,周振甫注释:《毛主席诗词讲解》,北京:中国青年出版社,1961年版,第48页。
⑤ 臧克家讲解,周振甫注释:《毛主席诗词讲解》,北京:中国青年出版社,1961年版,第72页。

讲解》,成为"十七年"毛泽东诗词众多注家中的权威版本,印数达一百多万册[①],成为全国最畅销的书籍之一,也对毛泽东诗词的普及起了推波助澜的作用。臧克家的这种追求艺术性的选本删改与评点,虽然只是一家之言,但在"十七年"选本删改现象中实属难得,显现出"十七年"选本删改与中国传统选本删改的某些相通之处。

与对毛泽东诗词的删改与评点不同,臧克家对自己旧作的删改则呈现出另一番特色。在此问题上,臧克家像"十七年"其他诗人一样,退回到一个"被改造"的知识分子角色,评点毛泽东诗词的那个追求艺术性的臧克家没有了,有的只是一个紧跟形势、急于表态的臧克家。《烙印》《罪恶的黑手》《自己的写照》等作品的删改就是如此。

《烙印》和《罪恶的黑手》是臧克家的第一本和第二本诗集,也是诗人的成名作与代表作。《自己的写照》是臧克家的第一部长诗,完成于1936年,"从中可以窥见第一次国内革命战争时代、它以前和它以后每个时代精神的一点影子"[②]。但在新中国成立后1954年和1956年出版的《臧克家诗选》中,臧克家对这几本诗集中的一些内容做了删改和"技术处理",从而让"旧作"换"新颜"。我们以1934年开明书店出版的《烙印》(以下简称"1934版《烙印》")、1936年文学出版社出版的《自己的写照》(以下简称"1936版《写照》")、1947年星群出版公司出版的《罪恶的黑手》(以下简称"1947版《黑手》")和1956年人民文学出版社的增订版《臧克家诗选》(以下简称"1956版《诗选》")为例,来探讨在"十七年"间臧克家是如何对自己相关旧作进行删改的。

首先,在入选篇目上的取舍。"1956版《诗选》"共收录臧克家1932—1955年这30余年间诗歌94首,除了《罪恶的黑手》《自己的写照》和《六机匠》为几部长诗外,其他均为短诗。其中,在第一辑里,收录有"1934版《烙印》"26首诗歌中的14首,"1947版《黑手》"16首诗歌中的9首。这些入选"1956版《诗选》"诗作大都是以表现"积极情感"为主导的作品。而落选的篇目,或是表现

① 臧乐安:《臧克家和毛主席的诗缘》,《光明日报》,2014年1月17日。

② 臧克家:《臧克家诗选·序》,北京:人民文学出版社,1956年版。

个人生活情趣与反映低落颓废情感的诗篇（如《失眠》《像粒砂》《亮的影子》）；或是向往都市的作品（如《都市的夜》《都市的春天》）；或是反映农村破败景象的作品（如《逃荒》）；或是宣扬旧时代安宁生活的作品（如《元宵》《新年》）等等。他们被臧克家“遗弃”，原因显而易见，即这些作品无论是反映生活的“广度”还是作品情感的“深度”，都不符合“新时代”的要求。如被闻一多极力称赞的“1934 版《烙印》”中的诗篇《烙印》《生活》，却被臧克家舍弃了①。原因也许就是其中某些诗句的情感基调过于灰暗，如“这可不是混着好玩，这是生活，/一万支暗箭埋伏在你的周边”，“我嚼着苦汁营生，/像一条吃巴豆的虫，/把个心提在半空，/连呼吸都觉得沉重”（《烙印》）。而像“1934 版《烙印》”中《失眠》《像粒砂》《变》《万国公墓》等诗作也不曾入选，同样是因为“那个时期，思想陷于痛苦之中，情成上也有着失望消沉的一面”②。因此，臧克家以“选家眼光”来打量着自己的旧作，也权衡着这些旧作，在“选”与“不选”之间完成对诗人面对“新时代”所做的选择，即入选的作品必须主题积极，情感健康。其中最重要的就是批判旧社会，歌唱新生活，以符合“人民诗歌”的情感需求。

其次在内容上的删改。这主要围绕思想主题和人物形象两方面进行。主题思想方面的删改有两种情况。一是删改旧作中有损革命主题、美化旧社会的内容。在“1956 版《诗选》”中，但凡旧作中涉及“中华民国”等纪年法全部改为公历纪年法，表明现在是“新时代”。另外对旧作中“国旗”这一政治性极强的句子也一律进行了删改。如将“1936 版《写照》”中的“租借的楼头插一杆三色的国旗”“民间的人我们是兄弟，/在旗子下列起队伍”，分别修改为“租借的楼头高高地插一杆国旗”与“穷苦的人我们是兄弟，/在红旗下列起队伍”。二是删改旧作中表达低沉情感的内容。如对《希望》一诗，“1956 版《诗选》”中就对“1934 版《烙印》”原相关内容进行了删改。如“1956 版《诗选》”删除了“1934 版《烙印》”中下面一些诗句：“在无边的黑影中隐没，/你到底是真实还是虚幻？”“现实在你后面，像参星向辰星赶，/当中永远隔一个黑夜，/在晨光中，参瞅

---

① 闻一多说：“若没有《烙印》《生活》一类的作品作基础，前面的那些诗的意义便单薄了，甚至虚伪了。”闻一多：《烙印 · 序》，重庆：开明书店，1934 年版。

② 臧克家：《烙印 · 新序》，北京：人民文学出版社，1963 年版。

白了眼,/望不见辰在天的那边。"而将"1934 版《烙印》"中的"人类追着你的背影乞怜,/你从不给他们一次圆满,/他们掩住口老不说厌倦,/你夹着他们的心永远向前",在"1956 版《诗选》"中修改为:"人类在你的背后追赶,/你从不给他们一次圆满,/他们抖擞精神永不厌倦,/你夹着他们的心永远向前。"同样,"1956 版《诗选》"中将原诗的结尾一句由"从昨天度到今天,从今天再度到明朝"改为"从昨天度到今天,从今天度到更美丽的明天"。因此,经过这样一些删改,"1956 版《诗选》"中的《希望》较之原作,整个诗的感情色彩就由低沉变为明亮,充满着"希望"。

在人物形象删改方面,臧克家对旧作中有损于革命者或者农民形象、美化"敌人"的内容都做了删改。如收录"1934 版《烙印》"中的《罪恶的黑手》一诗,诗人试图通过描写帝国主义在中国修筑教堂这一事实,揭露帝国主义"文化侵略"的实质,并对工人阶级的反抗寄予希望,整首诗"其向主流意识形态靠拢的趋向已十分明显"①。但臧克家在"1956 版《诗选》"中将原诗中对工人阶级"思想觉悟"不高甚至有些麻木的诗句进行了删改,特别是对其中"有损"工人阶级形象的句子进行了删除。如删除了下面一些诗句:"他们一点也不明白为什么要盖这教堂,/却惊叹洋人真是有钱,/同时也觉得说不出的感激,/有了这建筑他们才有了饭碗。/(虽然不像是为了吃饭才工作,/倒是像为了工作才吃饭。)""(工人)狂烈的叫嚣如同沸水,/像地狱里奔出来一群魔鬼。"同样,对《自己的写照》一诗,臧克家在"1956 版《诗选》"中将"1936 版《写照》"中有损于革命者形象的诗句也做了大幅度的删改。如将原诗开篇描写"我"祖辈几代人身上"匪性"与"蛮力"的诗句,臧克家干脆整节整节地删除,等等。这种对革命者的"洁化"处理,是臧克家在"十七年"文学"规范"下的自我"规范",与删改毛泽东诗词比较起来,就反映了臧克家诗歌选本批评的某种矛盾性。

① 钱理群等:《中国现代文学三十年(修订版)》,北京:北京大学出版社,1998 年版,第 357 页。

三、“缝隙”之声

尽管“十七年”间臧克家的诗歌选本批评在批评思维、批评标准与批评话语等方面都与当时倡导的“批评必须是毛泽东文艺思想之具体应用,必须集中地表现广大工农群众及其干部的意见,必须经过批评来推动文艺工作者相互间的自我批评,必须通过批评来提高作品的思想性和艺术性”[①]步调相一致,但是,正如伊格尔顿指出的,每种意识形态都不是铁板一块,即便是出于主流地位的统治阶级的意识形态,也存在着内部的矛盾与分歧:“一种意识形态从来不是一种统治阶级意识的简单反映;相反,它永远是一种复杂的现象,其中可能掺杂着冲突的、甚至是矛盾的世界观”[②]。在臧克家的诗歌选本批评中,我们依然可以寻求到某种批评的“缝隙”之声。透过这些“声音”,我们可以看到“十七年”诗歌的另一片风景。

对诗歌的某些真诚见解。在臧克家的选本批评中,在知人论“诗”时,不乏某些闪光点。一是呼唤“大诗”。这种“大诗”,在臧克家眼中就是“纪念碑式”的作品,就是“长诗”。在《1956 诗选》的序中,他多次表达了这种渴求:“一座人民英雄纪念碑巍峨地建立起来了,为什么我们不要求自己也建立起一座诗的英雄纪念碑?”[③]那么,什么是臧克家眼中的“纪念碑式”的“大诗”呢?其特点又是什么?联系到臧克家的一些文章,我们可以从中找到某些“蛛丝马迹”。在臧克家看来,“革命史诗”就是“纪念碑式”的作品之一,它们具有“表现伟大现实”[④],且能“高歌长吟,蕴含深厚”[⑤]等特征。这种对“大诗”的呼唤,既是臧克家自己创作的自勉(如诗人后来就创作了长诗《李大钊》),也是对其他诗人创作的某

① 周扬:《新的人民的文艺》,《周扬文集》(第 1 卷),北京:人民文学出版社,1984 年版,第 535 页。

② [英]特里·伊格尔顿:《马克思主义与文学批评》,文保译,北京:人民文学出版社,1980 年版,第 10 页。

③ 臧克家:《1956 诗选·序言》,北京:人民文学出版社,1957 年版。

④ 臧克家:《1956 诗选·序言》,北京:人民文学出版社,1957 年版。

⑤ 臧克家:《呼唤长诗》,《诗刊》,1958 年 10 月号。

种鼓励。但是我们看到,从呼唤"大诗"的主张中,我们能感觉到臧克家对中国新诗创作(包括"十七年"诗歌创作)的某种不满。新诗自诞生以来,虽然取得了一些成绩,但就诗歌本身形态和表现的气度来看,新诗缺乏"大诗"。这样,臧克家对"纪念碑式"的作品的渴望,就有了某种历史的穿透力。二是对诗歌诗本性的某些认识。如,诗需要概括,"概括的可能愈大,写出来的东西概括力也就愈强!这虽是一个老问题,但对诗人们来说,仍然是一个切身的问题",但现实许多诗"粗糙,不精练,诗的意境不完美"①;诗用有真实的情感,包括用典,"一个作者,如果他没有个人的真情实感……用典的目的只是为了做装饰,那么典故一定是死板板令人讨厌的,好似死人穿一身斑斓的尸衣"②;诗要锤炼字句,"力求谨严,苦心地推敲、追求,希望把每一个字安放在最恰当的地方,螺丝钉似的把它扭得紧紧的"③;诗人需要深入生活,"诗歌创作没有深厚的生活基础,好似花木没有深厚的土壤"④,"生活愈深,感受愈强"⑤,写出来的作品就愈深厚,等等。这些对诗歌本身的看法,在臧克家诗歌选本批评中,虽然是只言片语,但这些思考本身就已经显现出臧克家作为一名"诗人"可贵的一面。

下面再谈谈批评的言说策略。尽管"十七年"的文学批评主要特点是政治批评,"文艺应该服务于政治,批评应该领导文艺服务于政治。这应该是今天的文艺批评的原则"⑥。但是,在批评"服务于政治"的过程中,还有一个"如何为"的言说策略问题。我们看到,臧克家诗歌选本批评中的一些言说策略值得我们重视,从中我们可以窥见臧克家对"十七年"诗歌中政治批评原则的某种有限"疏离"。

一是将诗歌的不足归结于"年幼无知"或时代剧变。臧克家对自己和王统照新中国成立前的一些诗歌不足原因的分析就属此类。如,"在我初学写诗的

---

① 臧克家:《1956 诗选·序言》,北京:人民文学出版社,1957 年版。

② 臧克家讲解,周振甫注释:《毛主席诗词讲解》,北京:中国青年出版社,1961 年版,第 53 页。

③ 臧克家:《臧克家诗选·后记》,北京:作家出版社,1954 年版。

④ 臧克家:《1957 诗选·序言》,北京:作家出版社,1958 年版。

⑤ 臧克家:《1956 诗选·序言》,北京:人民文学出版社,1957 年版。

⑥ 郭沫若:《当前的文艺诸问题》,《中国新文学大系 1939—1949》编辑委员会编:《中国新文学大系 1937—1949》(第 1 集),上海:上海文艺出版社,1990 年版,第 258 页。

那个时代,民族矛盾和阶级矛盾都是很深刻、很尖锐的,由于生活圈子的狭窄和思想上的限制,我写下的诗,和人民与时代所要求的比较起来,差得很远","《烙印》《罪恶的黑手》里的诗就成为我正式学习的开始。这些诗,当年写它们的时候是痛苦的,因为那个时代就是痛苦的"[①];"王先生的整个诗创作,无疑是现实主义的,但拿他的作品和他所处的时代大变动的情况相比的话,他的诗的声音还是微弱了一些。这一点,他自己早已认识到了"[②],等等。

二是避而不谈。臧克家对闻一多的诗歌批评就属于此。闻一多早年是新月派的主将之一,与徐志摩等过从甚密,也创作了许多表达自由主义和个人主义的诗作,这一点毋庸讳言。但是这些诗歌活动与闻一多"民主战士"形象不相符。因此,为了绕开闻一多这一早年诗歌活动和创作中的"不足",臧克家在为1955年出版的《闻一多诗文选》所作的序中,就不谈诗人早期某些新月派的诗作;在《中国新诗选(1919—1949)》序中又指出闻一多"虽然是'新月派'的一分子,但他的情况和徐志摩、朱湘等是不同的","他的诗里贯彻着爱国主义精神"[③],等等。这些批评策略就是为闻一多诗作中的"瑕疵"进行"开脱"。这种言说方式类似于李广田在处理"开明版"《闻一多选集》(1951)时的一些做法。如李广田将闻一多《最后一次讲演》中有关歌颂司徒雷登的文字进行了删除,并在序中称赞闻一多是"学习《整风文件》"、追随共产党的斗士[④]。

三是用诗歌选本本身发言。作为学养深厚的诗人与批评家,臧克家知道如何利用选本本身的一些构成因素为自己或他人做某种"保护",甚至对"十七年""一体化"的文学秩序提出某种"挑战"。"十七年"《烙印》和《罪恶的黑手》的版本变化问题就属于前者。"十七年"间,收录这两部诗集的选本除了上述1954年和1956年的《臧克家诗选》外,1963年出版的《烙印》(以下简称"1963版《烙印》")是另一个版本。"1963版《烙印》"是《烙印》和《罪恶的黑手》两本

---

① 臧克家:《烙印·新序》,北京:人民文学出版社,1963年版。

② 臧克家:《王统照先生的诗——〈王统照诗选〉代序》,《王统照诗选》,北京:人民文学出版社,1958年版。

③ 臧克家:《"五四"以来新诗发展的一个轮廓(代序)》,臧克家编选:《中国新诗选(1919—1949)》,北京:中国青年出版社,1956年版。

④ 陈改玲:《重建新文学史秩序》,北京:人民文学出版社,2006年版,第176—178页。

诗集的合集。这倒是次要的,最主要的是诗人在这本合集中,基本恢复了新中国成立前两本诗集在内容上的原貌,上述有关删改内容绝大多数都得到了恢复。这背后折射出政治时局的某些变化,也反映了诗人对这两部早年诗作的喜爱。另外,臧克家还用选本之"选"这一行为对"一体化"的文学秩序提出有限"挑战"。如他对左翼诗歌创作中的一些"警醒式"批评就是如此。如在批评王统照诗歌的一些不足时,臧克家就指出某些诗作"虽然调子很激昂,但总不免抽象或近似口号"①;批评蒲风诗歌创作时,臧克家又认为,"诗人的不少作品好似在一种热情冲击下急速写成,不暇锤炼,有时未免口号化"②,等等。这里臧克家就对左翼诗歌的某些弊病提出了批评。同时,对"十七年"诗歌中的颂歌创作臧克家也是警惕的。如他批评一些诗人对社会主义建设的书写:"只从外表上歌颂它们的成就,是不够的,还应该把劳动人民克服困难的雄伟气魄和伟大力量写出来。乐观不应该是廉价的,必须深刻地体验到建设事业的艰苦性和人民克服困难的坚强意志和战斗精神。"③这里诗人就含蓄地批评了颂歌的"廉价"与"表面化"。这些诗歌选本批评中的"缝隙"之声,是我们重新"发现"并解读臧克家在"跨到新的时代来"④之后其文学活动的多样性与复杂性的有力表现。

通过以上对臧克家诗歌选本批评的"说"与"被说"的考察,我们看到,"十七年"诗歌批评一方面发挥着"意识形态国家机器"⑤的功能,但另一方面由于意识形态与文学本身的复杂性以及批评家自身的个体差异性,国家在行使意识形态统治的途中,依然存在着如福柯所梦想的"青草的生长"和"风的声音"的文学批评之境。

(原刊《东岳论丛》2015 年第 5 期)

---

① 臧克家:《王统照先生的诗——〈王统照诗选〉代序》,《王统照诗选》,北京:人民文学出版社,1958 年版。

② 臧克家:《蒲风的诗——〈蒲风诗选〉序言》,刘增人编《臧克家序跋选》,青岛:青岛出版社,1989 年版,第 200 页。

③ 臧克家:《1956 诗选·序言》,北京:人民文学出版社,1957 年版。

④ 丁玲:《跨到新的时代来——谈知识分子的旧兴趣与工农兵文艺》,《文艺报》,1950 年第 11 期。

⑤ [法]路易·阿尔都塞:《意识形态和意识形态国家机器》,李讯译,《当代电影》,1987 年第 3 期。

第二辑

《今宵酒醒何处》:一部被忽略的曹禺佳作

提到曹禺,现当代文学史大都将他定位为中国现代著名的剧作家,而说到他的作品,人们想到的也往往会是《雷雨》《日出》《原野》《北京人》《家》《王昭君》等这些名作。这些固然不错,但也许是曹禺的剧作之名盖过了其诗文之名,除了话剧,曹禺还创作了不少诗歌、散文和文艺随笔等其他体裁的作品。中篇小说《今宵酒醒何处》便是其中之一。这部小说原载1926年9月天津《庸报》《玄背》副刊6至10期,由于连载刊物的第9期散佚,因此目前我们看到的是该小说的残稿[①]。但就整体而言,这并不影响我们对小说故事的理解。它是曹禺生前发表的唯一一部小说,也是作家首次用“曹禺”这一笔名发表的处女作,作家时年16岁。

也许是“少作”或者其他原因,现在很少有人提及它。一些研究曹禺的专著在谈到曹禺作品时,对该作要么不提,要么一带而过。较早评介该小说的是田本相先生的《曹禺传》和《曹禺访谈录》这两部著作,但其论述也只是一种背景式的介绍,并未做具体分析。其后曹树钧、胡叔和、张耀杰等学者在他们的相关著作中,对这部小说进行了一些评析,但对该小说做整体性观照的不多[②]。其中张耀杰先生《戏剧大师曹禺——呕心沥血的悲喜人生》一书值得重视,该书将此

---

① 曹禺:《今宵酒醒何处》,《曹禺全集》(第5卷),石家庄:花山文艺出版社,1996年版,第5页注①。本文所引该小说均出自该书,不再一一注明。

② 可参见曹树钧、俞健萌:《摄魂——戏剧大师曹禺》,北京:中国青年出版社,1990年版;胡叔和:《曹禺评传》,北京:中国戏剧出版社,1994年版;张耀杰:《戏剧大师曹禺——呕心沥血的悲喜人生》,太原:山西教育出版社,2003年版等著作相关论述。

小说作为一个问题单列出来,并结合作家身世与其早期诗文以一种“互证”的方式来解读这部作品①。另外,2011年9月,湖北省潜江县召开了“纪念曹禺处女作《今宵酒醒何处》发表85周年暨曹禺研究会2011年会”,曹树钧等“与会专家分别从《今宵酒醒何处》的创作准备、艺术特色、艺术实践等角度展开研讨”②。但目前笔者尚未看到与此会议相关的专业论文出现。但这些情况都表明,人们已经开始认识到曹禺这部小说的意义与价值。如果我们不带任何偏见,“还原”当时的历史情境,并将此小说放到作为剧作家的曹禺的创作中来考察,我们认为《今宵酒醒何处》这部小说不仅仅是“居《玄背》所发文学作品之冠”③,同样在中国现代小说史上占有一席之地。

一、“时代苦闷”的精微体察

曹禺曾说这部小说“大概是在1927年到1928年写的,我高中时代”④,其实这是作家的误记。据《曹禺年谱》记载,该小说应作于1926年作家在南开中学读高一时,“本年结识天津《庸报》编辑王希仁,并与同学创办文学周刊《玄背》,作为《庸报》副刊出版”⑤。我们在此之所以强调“1926年”这一“时间点”,意义在于:小说集16岁的曹禺“个人苦闷”与五四落潮期知识分子的“时代苦闷”于一身,显示其特有的“个人”与“时代”特色。

从一些资料来看,曹禺的早年是极其“苦闷”的。曹禺曾说:“我少年时候,生活上一点不苦,但感情上是寂寞的,甚至非常痛苦的,没有母亲,没有亲戚,身边没有一个可以交谈的人,家里是一口死井,实在是闷得不得了。”⑥这种“寂

① 张耀杰在其新著《曹禺:戏里戏外》中第一章中第三节“处女小说的男权意识”中,有关该小说的评论文字,基本上是沿用了其《戏剧大师曹禺》一书中的观点,详见前书第12—15页论述,上海:东方出版中心,2012年版。

② 马亚伦、于业成:《潜江纪念曹禺处女作发表85周年》,《湖北日报》,2011年9月22日第5版。

③ 胡叔和:《曹禺评传》,北京:中国戏剧出版社,1994年版,第23页。

④ 田本相、刘一军:《曹禺访谈录》,天津:百花文艺出版社,2010年版,第73页。

⑤ 田本相、张靖:《曹禺年谱》,天津:南开大学出版社,1985年版,第11页。

⑥ 曹禺:《我的生活和创作道路》,《戏剧论丛》,1981年第2期。

寞”“闷”,让曹禺自小就受到心灵的煎熬,只能“躲到自己的房间里去读书”①。但他过于沉溺于书本,对生命本身的关注与审察又加重了这种孤独与苦闷。所以曹禺后来走上创作这条道路与这种作家早年的个人“苦闷”不无关系,写作成为宣泄“苦闷”的方式之一。

另外,作家所处的青少年时期,中国社会正处于一个新旧思想碰撞时期,尤其是五四新文化运动对国人产生了巨大影响。但是五四启蒙运动中所呼唤的个性解放,其实在当时中国社会并没有得到真正实现。所以在五四落潮之后,无论是“五四先驱”们还是“五四之子”们大都面临着无路可走的境遇,诚如鲁迅所言:“那时候觉醒起来的知识青年的心情,是大抵热烈,然而悲凉的。即使寻到一点光明,‘经一周三’,却更分明的看到了周围无涯际的黑暗。”②当时文坛笼罩着孤独、彷徨、虚无、迷惘等“时代情绪”,“苦闷”成为此期文学的主要特征之一。曹禺的《今宵酒醒何处》这部小说是“个人苦闷”与“时代苦闷”的产儿。

就故事本身来看,这是一篇爱情小说。它叙述的是20世纪20年代在中国北方B地K大学教书为生的青年夏震,邂逅了在同校学习看护的女生梅璇,二人迅速坠入情网并同居。但梅璇的叔父在日本青年贵族野村三郎的挑唆下,干涉夏、梅二人的恋情,逼迫梅璇与野村交往。梅璇暂不得已,中断了与夏震的往来并与野村周旋,误会中的夏震陷于极度的苦闷之中,整日纵酒狎妓,日益沉沦。最后夏、梅二人在友人谢文伟(小谢)的帮助下冰释前嫌,重归于好,一起投奔到夏震的南方老家。

这个故事本身并不复杂,也属于五四落潮后20世纪20年代流行的“问题小说”之一。当时许多作家都曾涉足这一题材,如冰心的《两个家庭》《斯人独憔悴》,庐隐的《海滨故人》《丽石的日记》,许地山《缀网劳蛛》《命命鸟》等等,它们都对当时社会诸多问题,尤其对青年男女在婚恋问题上予以深切的表现,在现代文学史上留下浓郁的一笔。但这部小说的独到之处在于,它为我们成功

① 曹禺:《我的生活和创作道路》,《戏剧论丛》,1981年第2期。

② 鲁迅:《中国新文学大系·小说二集·序》,上海:上海良友图书有限公司,1935年版。

地刻画了几个五四落潮时期"苦闷"的知识青年形象,丰富和发展了中国现代文学史上这一人物谱系,另一方面也通过这些人物身上的"苦闷",揭示出五四落潮后知识分子内心苦闷这一"时代病"的某些根源。

小说中梅璇、夏震和谢文伟是作家正面刻画的三位知识分子,他们都属于五四落潮时期"苦闷的一代"。但他们苦闷的缘由不尽相同。小说中的女主人公梅璇,作品并未对其身世过多介绍,只介绍了她读书时由其叔父代为监护,是位"有法国血的"美丽看护。男主人公夏震是一位高校青年教授。梅、夏二人的苦闷来源于"爱而不能"。此二人的形象,让我们很容易想到鲁迅小说《伤逝》中的子君与涓生,但又有所差异。《伤逝》作于 1925 年 10 月,是鲁迅先生一生中唯一一部以爱情为主题的小说,1926 年 9 月收入小说集《彷徨》,此前未在报刊上发表过。巧合的是,《今宵酒醒何处》这部小说的发表时间也为 1926 年 9 月。由此我们可以推测,当年曹禺在创作《今宵酒醒何处》时不曾看过《伤逝》。有意味的是,两位大师都在各自唯一以爱情为主题的小说中表达了对婚恋苦闷的探索。梅璇与子君,她们就像一对孪生姐妹,面对的是同样的社会压力(如族权、政权与神权)以及恋人的怯懦。不同的是,鲁迅笔下的子君虽然喊出"我是我自己的,他们谁也没有干涉我的权利!"[①]这一振聋发聩的口号,但最终子君被封建势力压迫致死。相较而言,梅璇则有了一个较美好的结局:与恋人一起出走。梅璇后来命运会不会重蹈子君的覆辙?小说没有指出,这倒给了读者一种温暖的选择。但子君与梅璇二人"出走"稍有不同,子君是带着涓生"镇静地缓缓前行,坦然如入无人之境"[②];相较而言,梅璇的"出走"相对艰难得多,其阻力除了来自叔父为代表的封建势力外,还有一个"第三者"——野村三郎的介入。这是梅璇"出走"途中苦闷的最大根源。从某种程度上说,小说中野村的形象是一种外来文化的隐喻,即帝国主义强势文化对中国女子婚恋的强权与干涉,那么梅璇的"苦闷"与"出走"就比子君多了一份重压。但梅璇最终胜利了,即使只赢得了"出走"这一步,但这一"出走"意义重大:梅璇这一形象丰富和发展了

① 鲁迅:《伤逝》,《鲁迅全集》(第 2 卷),北京:人民文学出版社,1981 年版,第 112 页。
② 鲁迅:《伤逝》,《鲁迅全集》(第 2 卷),北京:人民文学出版社,1981 年版,第 114 页。

子君的形象,显示出五四知识女性从“人的发现”到“自我发现”,从反抗国内各种腐朽势力的压迫到抗争异域强权的转变,而后者更为重要。我们看到,在20世纪20年代的同类婚恋题材小说中,很少有作家将此作为一个“问题”提出来,这也是我们今天重新审视这部小说的原因之一。

相较于梅璇的苦闷,夏震的苦闷除了源自于爱情之外,还有当时知识青年所特有的时代病:生之烦恼。小说中,夏震整日生活在空虚与寂寞之中,“一切都俱成狂乱与烦躁”,除了教书勉强糊口之外,没有人生追求,甚至时时怀疑人生,“人类本是残酷无知的蠢物”……夏震身上始终流露着软弱与自暴自弃等性格弱点。夏震与《伤逝》中的涓生相似。不同的是,在鲁迅那里,涓生身上虽也存在诸如自私、怯懦、逃避、消沉等不足,但最终涓生开始清醒,认识到自己与子君爱情的悲剧主要原因是“人必生活着,爱才有所附丽”①这一事实。鲁迅试图探寻当时知识分子爱情“苦闷”的某种根源。这是鲁迅的深刻。但夏震找不到自己苦闷的真正缘由。夏震这一形象,与罗家伦小说《是爱情还是苦痛》中的程叔平、庐隐小说《或人的悲哀》中的亚侠、郁达夫小说《沉沦》中的“他”等形象一起,共同构成现代小说史上的“零余者”这一人物系列。

小说中的谢文伟又是另一番形象。他是夏震的同事,也是梅、夏二人的朋友。在小说不多的篇幅中,我们能感觉到这一人物的正直、热情与乐观。但他也是苦闷的,有时“烦躁而凄惶”。他是五四时期另一类苦闷知识分子类型——对黑暗中国现实虽有不满,但依然为生存、事业与理想进行探索与拼搏——的代表,如同鲁迅《在酒楼上》的“我”、叶圣陶《城中》的丁雨生、郁达夫《迟桂花》中的“我”。小谢的形象寄寓着少年曹禺对当时理想一代青年的朦胧设计与肯定,同时隐含着“五四时期的先进知识分子展示了‘人’自身的局限性与‘人’所能获得的‘自由’的有限性”②的批判性思考。

在此我无意于比较曹禺与鲁迅等作家在“问题小说”上所开“药方”的优劣,以及他们笔下所塑造人物形象的高下,而是想说明年仅16岁的少年曹禺,

---

① 鲁迅:《伤逝》,《鲁迅全集》(第2卷),北京:人民文学出版社,1981年版,第121页。

② 钱理群:《试论五四时期“人的觉醒”》,《文学评论》,1989年第3期。

是如何紧跟前辈与同辈作家们探索的脚步，用自己虽稚嫩却真诚的笔墨表达了对“自身苦闷”与“时代苦闷”的深刻思考，表达了“一个十六岁的青年对人生的明与暗、美与丑、甜与苦的悲剧性的忧郁而又痛苦的体验”①，并初现曹禺作为中国新文学第二代作家佼佼者之一的端倪。

对五四启蒙主义精神的重估

美国学者微拉·施瓦支在谈到五四时期中国知识分子面临的困境时指出：“他们不知道怎样把启蒙运动遍及中国从而使民众摆脱奴性道德的束缚，也未能消除对自己不适当地代表了新思潮的解放力量的怀疑。”②我们想要追问的是，五四落潮后文学作品是如何书写这一“束缚”和“怀疑”的？落潮期的启蒙书写与五四启蒙书写有何差异？这种差异中又有哪些因素值得我们今天重新去审视？等等。我们看到，在曹禺的这篇小说中，对上述问题就有某种可贵的思考与探索。

首先，这种思考与探索体现在对“启蒙者”本身的批判上。小说中，身为大学教授的夏震按理是一位“启蒙者”。但我们看到，在小说中几乎每一个正面人物都是夏震的“启蒙者”。如上所述，夏震没能肩负起“把启蒙运动遍及中国”的重任，他教书只是谋生的一种手段，而非对学生的精神启蒙与引导。当女生梅璇闯进他的生活后，也许被梅璇的美丽所吸引，也许出于真心爱恋梅璇，他开始了一段“师生恋”，并开始反叛他所在的社会。这些在当年都难能可贵，不乏五四高潮时期的某种时代风貌。但他最终是怯懦的，尤其在他的爱情遭到外来干预时更是如此。此时的夏震常失去自制力，纵情酒色，甚至诋毁自己的恋人梅璇，说她是“眼光如豆般的狭小”“只解欢愉的女子”；当梅璇毅然与他私奔时，他“骤然想报复”她，等等。作品中，夏震有这样一段独白文字：

---

① 胡叔和：《曹禺评传》，北京：中国戏剧出版社，1994 年版，第 26 页。

② [美]微拉·施瓦支：《中国的启蒙运动——知识分子与五四遗产》，李国英等译，吴景平校，太原：山西人民出版社，1989 年版，第 158 页。

梅璇，既以前月下的谈心你一片谎语，现在只要你在我面前求恕；那么，因为你仍为惧怕触发我高傲的狂情而编织些悦耳的言语，我恕宥你了。既说你自己是富贵中人，不甘于清贫的恋爱生活；那么，因为女子多爱名利的，我也恕宥你了。说我穷酸么？我回家变卖些财产，也可供给你开销一时。说我卑贱么？那么，今后我捐弃这“吃不饱，喝不足”的教书生涯，每日在漆黑的社会中钻营，将来弄几个督军几个总长的官职，想你的虚荣欲也能满足了。唉，只要你等待我，总有一天你知道夏震为如何人。他给你钻石，我给你镭（Radium）珠。他不是日本野村公舞的长子？我要作世界的伟人。唉，梅呀！

这里，夏震名义上是在说自己处处在“恕宥”梅璇，但其实恰恰相反，“捐弃”“钻营”“官职”“伟人”等字眼，折射出其灵魂深处的卑劣。其实，夏震骨子里是一个封建遗少而非“启蒙者”，五四知识分子的那种理性批判精神在他身上已荡然无存。如果说《伤逝》中涓生在子君死后还在反思、忏悔，反映出一个“启蒙者”的内心煎熬与挣扎的话，那么此处的夏震则一直在自戕与沉沦。很难想象，当梅璇与他“出走”后会有怎样的结果，也许她真的会成为第二个子君。

不仅如此，夏震作为“启蒙者”却时时被“他者”启蒙。小说中，梅璇、小谢以及母亲等形象就是作为夏震的“他者”形象而存在。如上所述，梅璇的言行，尤其是对待爱情上的果敢与勇毅是夏震无法比拟的。在小说阅读中，我们时常感到一种阅读上的“错觉”：梅璇与夏震的关系，不仅仅是恋人关系，更像是姐弟或者说是母子关系。如夏震“搬入那所明亮的平房里了，并且每晨还走人林中练习身体”，这种“改革”，“皆是梅璇看护的手段使他如此”。另外在困难面前，不是夏震安慰梅璇，而是相反，如小说开篇梅璇主动向夏震“认错”、结尾处梅璇的毅然与夏震私奔等。小说的整个故事，与其说是一对青年男女的爱情故事，不如说是一个学生对其老师的爱的启蒙故事。这是一种“下”对“上”的启蒙，而非“上”对“下”的五四式启蒙。

作品中小谢这一人物，不仅仅是作为夏震的对比形象而设计的，更扮演着夏震的另一位“启蒙者”的角色。这是一种平辈间的启蒙。小说中,自梅、夏恋情自始至终,小谢都在尽力,“他时常鼓励着,使他们的爱建设在巩固的地基上,不落在进锐退迅的深谷里”。可以说,正是有了谢文伟这一人物,梅、夏二人之恋最终没有沦为悲剧。他是作品中除了梅璇之外的另一亮色人物。

梅、谢二人在小说中扮演着夏震“启蒙者”的身份,但这只是问题的一方面。小说的深刻性还在于,这两位“启蒙者”最终的“启蒙”也是无力的。小说结尾我们发现,夏震精神状态依然故我,在那里自吟自唱柳永“多情自古伤离别,更那堪,冷落清秋节。今宵酒醒何处”的诗句,“启蒙”的梅璇最终还是投向“被启蒙”者的怀抱。这里就是这部小说值得深思的地方。此处一方面似乎说明少年曹禺无力解决自己笔下的人物的困境,只“不过是借这不长的作品,向这丑恶的社会抒发悲愤之情;向善良可敬的人送一些爱”①,另一方面也似乎隐含着无论是哪一种“启蒙”,都难以解决五四落潮时期一代知识分子的“人生最痛苦的是梦醒了无路可走”②的尴尬与悲哀。

其次,这种探索还表现在对五四启蒙精神在遭遇中国传统文化时的思考上。实际上,《今宵酒醒何处》不只是一个简单的爱情故事,它还是一部交织着丰富的“性别文化”与“政治文化”问题的复杂文本。在梅璇的人生恋爱过程中,与其有关并且对其有所“示爱”的两个异性都代表着一种话语力量,代表着这种话语力量背后所相应的文化传统。在夏震这里,“督军”“总长”等代表的是中国传统的男权文化;而在野村那里,“鲜明宽阔的汽车”“帝国影院”等则代表着西方文化,当然这种西方文化不仅仅只有“文明”,更有“霸权”。五四启蒙就是在这种中西文化的碰撞与纠缠中行进,但“五四新文化运动的最后落脚点,完全落在上层建筑上”③而非经济基础等方面,所以这也是五四新文化运动为何最终草草收场的原因之一。曹禺这篇小说,就体现了对五四新文化运动这种启蒙性质的某种质疑,尤其是在对传统文化的认识方面。小说中,梅璇周旋在叔父、夏震与野村之间,其实也是某种中西文化间的交流与较量。如上所述,叔父

---

① 曹树钧、俞健萌:《摄魂——戏剧大师曹禺》,北京:中国青年出版社,1990年版,第64页。

② 鲁迅:《娜拉走后怎样》,《鲁迅全集》(第1卷),北京:人民文学出版社,1981年版,第159页。

③ 刘再复:《共鉴五四》,福州:福建教育出版社,2010年版,第166页。

代表的是以父权、族权为核心的传统文化,野村代表的是西方帝国主义强势文化,而夏震身上体现的文化因子比较复杂,可以说他身上集传统文化和西方文化的精华与糟粕于一身。梅璇最终选择与夏震私奔,这一行为既有西方文化的影子,同时更有夹着传统文化的成分。我们看到,小说中二人私奔的目的地为夏震的"南方老家"。"南方老家"实际就是中国传统文化的一种隐喻。因此,梅璇的最初的"出走",终点却是为了"回归"。

这种对中国传统文化的认同,我们从作品中隐藏着的两位母亲形象身上看得很清楚。作为夏震的母亲与小谢的母亲,她们不仅仅是儿子的物质上的资助者,更是他们精神上的庇护者。小说中不乏这样的深情表达:"昨夜我又梦见我的姆妈""儿痛,母哭;儿肥,母苦""老母望儿儿不归,莹莹眼珠如水流"等。这里不只是寄托了曹禺对从小失去生母的一种缅怀,更是一种文化隐喻。母亲是中国传统文化的象征。小说中,身为高校知识分子的夏震与小谢,无论受过怎样的欧风美雨教育,其血液源头依然源自于滋养他们的传统文化。这里小说就昭示了中国传统文化的强大惯性,揭示出在五四落潮后一些知识分子再试图利用西方文化来"启蒙"国人的艰难,反映了一代知识分子心灵"撕扯"的苦痛,"对自己不适当地代表了新思潮的解放力量的怀疑"。正如刘再复所指出的:"五四时代的知识分子,尽管他们对传统的态度相当激烈,但在某种意义上,他们其实都是分裂的人:他们的身上既体现某种新时代的文化性格,但又积存着旧时代的文化基因;他们掌握着两种文化,同时又被两种文化掌握着和撕裂着;他们在价值观念上与西方文化认同,但在行为模式与伦理态度上又就范传统文化;他们的内心充满着理想和现实的矛盾,个人主义与人道主义的矛盾,历史主义与伦理主义的矛盾;他们既塑造着新的时代,又同时被旧的时代所塑造;他们企图用新的文化精神去规范别人,又同时被别人用旧的文化精神所规范。由于他们的灵魂中被两种互不相容的文化所占据,所撞击,因此,他们显得格外苦闷、焦虑,常常在两个极端上摇摆。"①此处就显示出小说对五四启蒙精神所进行的新的探寻,也似乎给我们提出了在五四落潮后五四启蒙精神的另一条道路:

① 刘再复:《共鉴五四》,福州:福建教育出版社,2010年版,第170—171页。

不是来自于西方文明中的“德先生”(民主)与“赛先生”(科学),也不是来自西方的强权文化,而是来自中华传统本土文化自身。这就使得这部小说在五四落潮时期的同类题材创作中显示出其特有的意义。

三、创作技艺的“总演习”

在谈到这部小说的写作动因时,曹禺曾说他偶然中“受到一个漂亮的女护士的触动而作”,并“受到郁达夫的影响才写出来的”,尤其是喜欢郁达夫的《春风沉醉的晚上》等小说[①]。这就使得整个小说具有浓厚的抒情色彩,尤其给人以“凄冷”的感觉,一种“沉醉”的艺术基调。“一个作家早期的美学追求和倾向,并不一定在他后来的创作中原封不动地保留下来,但却可能成为他未来创作美学倾向的基因”[②],如果将此部小说放到曹禺整个话剧创作中来考察,我们会发现作家后来的剧作风格大都能从此小说中找出“源头”与“身影”,这也是我们今天重读这部作品的另一价值所在。

如上所述,在人物刻画方面,《今宵酒醒何处》这部小说以细腻的笔调主要描写了一对青年男女心灵的起起伏伏。作品中,梅璇是作家极力美化的形象,如同她的姓“梅”一样冰清玉洁,犹如郁达夫《春风沉醉的晚上》的主人公陈二妹一样晶莹剔透。作家日后话剧中的美好女性,大都能从梅璇身上找到影子,如《雷雨》中的四凤,《北京人》中的愫方,《原野》中的花金子,《黑字二十八》中的韦明,《蜕变》中的丁大夫,《家》中的瑞珏、梅表姐,《桥》中的归容熙,《王昭君》中的昭君、玉人阏氏等等,正如作家所言:“我总觉得妇女是善良的”,“所以,我愿用最好的言词来描写最好的妇女”[③]。有意味的是,作家后来创作中非常喜欢用“梅”这一意象,或作为人名(如该小说中的梅璇,《雷雨》中鲁侍萍原是周公馆梅妈的女儿),或作为某种情感的象征与寄托(如《雷雨》中鲁侍萍给

---

① 田本相:《曹禺传》,北京:北京十月文艺出版社,1988年版,第46页。

② 田本相:《曹禺传》,北京:北京十月文艺出版社,1988年版,第44页。

③ 曹禺:《我的生活和创作道路》,《戏剧论丛》,1981年第2期。

周朴园衬衣上的梅花补丁，《家》中觉新洞房与窗外的梅花）等等，“梅”寄寓了作家太多的美好情感，这些偏好都能从这篇小说中找到某种情感上的内在联系。有论者认为这种对“梅”的偏爱源于作家的初恋①，这不妨为一说。

在叙事风格上，小说也开启了曹禺作为“一个杰出的现实主义剧作家”②的“诗化现实主义”③的美学风格。在这部小说中，这种“诗化现实主义”风格主要以“抒情+写实”的手法来实现。在抒情手法方面，曹禺主要采取第一人称视角的策略。夏、梅二人在热恋时的深情与喜悦、在误解时的痛苦与绝望以及误解消除后的惊喜与惶惑，都以这种视角或隐或显、或淡或浓地表现出来。另外，小说中穿插的书信、中英文诗歌等体裁的综合运用，也加重了这种抒情氛围，使整部小说像一篇浓郁的散文诗。同时，如前所述，小说讲述的是一个“问题故事”，所以现实主义手法又是作品的基本底色，如白描手法与传统第三人称客观叙述的交叉运用。所以我们看到作家以后的一系列作品，从《雷雨》到《日出》，从《家》到《明朗的天》，都潜藏着这一“抒情+写实”特点。典型的如话剧《原野》。剧本所揭示的主题之一就是人性本能与理智较量。其实，仇虎的复仇、焦母的护犊、金子的狂野、还有种种环境的神秘，都在现实笔法基础上充分象征化与诗意化了，成为曹禺剧作中的一个“异数”。

在结构上，这部小说也对曹禺日后的创作产生影响。小说的开头与结尾，均采取开放式手法，开篇以悬念始，结尾又以悬念终；小说中间又以补叙、插叙进一步设置波澜，最后类似于“戏中戏”的方式结束故事。很难想象这些繁复技巧的运用是出自一个16岁少年的笔端。后来作家的诸多话剧结构大都是沿着这条路子。以小说结构中的“戏中戏”为例，这是目前该作品中脱落的文字。从小说前后文来看，应是夏震临走前一晚，朋友谢文伟与他的交谈，其中就讲了一个“故事”。这个“故事”实际上就是夏震与梅璇现实情形的翻版，意在为二人翌日的团圆做一铺垫。这一设计十分精巧。在作家后来的话剧如《雷雨》中的“序”与“尾声”，让姐弟俩的对话引出周家“雷雨”故事、《黑字二十八》第二幕

---

① 张耀杰：《戏剧大师曹禺——呕心沥血的悲喜人生》，太原：山西教育出版社，2003年版，第30页。
② 田本相、刘一军：《曹禺全集》（第1卷），石家庄：花山文艺出版社，1996年版，第1页。
③ 田本相、刘一军：《曹禺全集》（第1卷），石家庄：花山文艺出版社，1996年版，第3页。

中，汉奸沈树仁上台扮演“汉奸”这一角色等等情节设计均有异曲同工之妙。早在20世纪40年代，吕荧就曾指出，“在曹禺的全部剧作里，存在着一种非常的构造情势的才能”，曹禺以高超的手法，“用惊，用惧，用哀，用喜构成感情因素的交错综合”，使剧情更生动真切、紧凑动人[①]。其实，这些“构造情势”等才能在这部小说中早已显现。

语言方面，这篇小说显现出清丽悠婉的特色，这也是曹禺话剧语言的一贯追求。如上所言，作家在创作此篇小说时，受郁达夫小说影响，加上自身身世以及作家正处在青春年少时期，这些都使得小说语言浏丽绚烂与抑郁伤感奇妙地组合在一起。小说中，作家尤其注重色彩词、感觉词汇的选择，如写野村三郎为“黑胖的”（汪曾祺1980年创作的《受戒》中大师兄仁山形象为“黄，胖”！），麦秆是“黄长的”，江南的夏天是“红满枝，绿满枝”，而北方的夜晚“满地浮幻着月的海银光”，情为“细情”，雨为“斜雨”。另外小说中带“凄”字的词语非常之多：“凄悲”“凄惶”“凄切”“凄冷”“凄迷”“凄寂”“凄凉”“凄闷”“凄乱”“凄风”“凄紧”“孤凄”“凄然”“凄凄”“凄吟”“凄音”等等。其中“凄闷”一词重复达六次之多，也间接地传达着作家的某种压抑与苦闷，即便“为赋新词”，却也笼罩着一层淡淡的“愁”云。这些都显示出一个作家对语言的敏感与天赋。由这篇处女作出发，作家日后创造了“一种最富于戏剧语性的魅力、最富于人物性格化、也最具有民族特色的戏剧语言”[②]，并为大家所熟知与推崇。如《日出》中黄省三被大丰银行裁退后，跪着向潘月亭求情的那场戏。在这一长段台词中，作家连用了六个“写”字：“我为着这可怜的十块二毛五，我整天地写，整天给你们伏在书桌上写；我抬不起头，喘不出一口气地写；我从早到晚地写；我背上出着冷汗，眼睛发着花，还在写；刮风下雨，我跑到银行也来写！”[③]这里，曹禺除了重复“十块二毛五”外，特别强调一个“写”字，揭示出黄省三这个小录事的痛苦和希望、悲酸和屈辱。“写”字如上面的“凄”字一样，非常精确地表达了人物的内心与命运，从中我们看到曹禺这种语言运用的前后依承关系，“特别是在语言的动作

---

① 吕荧：《曹禺的道路》（下），《抗战文艺》，1944年第9卷第5—6期。

② 田本相、刘一军：《曹禺全集》（第1卷），石家庄：花山文艺出版社，1996年版，第13页。

③ 曹禺：《日出》，《曹禺全集》（第1卷），石家庄：花山文艺出版社，1996年版，第288页。

性、抒情性方面达到了相当高的成就”①。

曹禺的这部小说,虽然也存在一些不足,如借鉴模仿当年流行的“问题小说”的套路,故事主人公最终的命运也存在“娜拉走后怎样”的问题等等,但这些都不足以遮掩这部小说的光辉。就像当年作家话剧处女作《雷雨》发表前后其价值有一个被人发现的过程一样,在我看来,这部小说也存在一个“被人发现”的历史境遇,“任何一部巨作问世以后,在一段或长或短的日子里没有引起批评界的关注是正常的现象。这是因为要真正评论好一部杰作,哪怕它已问世半个世纪或更长的时间,也不是容易的事情”②,确乎如此!诗人冯至也曾说过:“许多有成就的诗人,他们深邃的思想与浓厚的情感,人们也往往能够从他早期的作品里探求出具体而微的最初的痕迹。”③冯至这里虽然指的是诗人创作,但同样适合于剧作家的曹禺。《今宵酒醒何处》的成就与意义,就在于它的作者年龄和发表的年代,在于它对五四启蒙精神的重估与再认识,在于它是作家后来创作各种技艺的“总演习”。

(原刊《长江师范学院学报》2014 年第 5 期)

① 孙庆升:《曹禺论》,北京:北京大学出版社,1986 年版,第 226 页。

② 张慧珠:《曹禺剧评》,北京:北京十月文艺出版社,1995 年版,第 32 页。

③ 冯至:《新的萌芽——读缪弘遗诗》,《冯至全集》(第 5 卷),石家庄:河北教育出版社,1999 年版,第 322 页。

“五十年代生人”的“焦虑的马拉松”
——论张炜的小说《你在高原》系列

在一篇名为《焦虑的马拉松》的演讲中，张炜谈到了中国当代文学和东方文学面对西方文学的某种焦虑问题。这里，我想借用这个美丽的比喻来形容我读张炜《你在高原》系列后的感受。在这部长达450万言的皇皇巨著中，在我看来，它们是张炜对“五十年代生人”的某种焦虑情怀的文学体现，表达了作家对一代人在面对自身、面对生命、面对历史时的深刻体察与思考。

一

“焦虑”本是一个医学术语，它是人类在面对外部世界与自身生命时所表现出来的一种不安与恐惧的情绪。“焦虑”也是近现代以来文学艺术中常见的书写主题之一：“如果我们能穿透政治、经济、商业、专业或家庭危机的表层，深入去发掘它们的心理原因，或者试图去了解当代艺术、诗歌、哲学与宗教的话，我们在每个角落几乎都会碰到焦虑问题。”①焦虑的其本质，是“为某种价值受到威胁时所引发的不安，而这个价值则被个人视为是他存在的根本”②。在《你在高原》这部“长长的行走之书”（《自序》）中，我们可以看到一群无处不在的“五

---

① ［美］罗洛·梅：《焦虑的意义·初版前言》，朱侃如译，桂林：广西师范大学出版社，2010年版。

② ［美］罗洛·梅：《焦虑的意义》，朱侃如译，桂林：广西师范大学出版社，2010年版，第172页。

十年代生人”的“某种价值受到威胁时”的焦虑吟哦。

小说中，有两处直接对这代人生命特征的描写。一处在《忆阿雅》中，理想主义者的林蕖有过一段宏论：

> 时代需要伟大的记忆！这里我特别要提到五十年代出生的这一茬人，这可是了不起的、绝非可有可无的一代人啊……瞧瞧他们是怎样的一群、做过了什么！他们的个人英雄主义、理想和幻觉、自尊与自卑、表演的欲望和牺牲的勇气、自私自利和献身精神、精英主义和五分之一的无赖流氓气、自省力和综合力、文过饰非和突然的懊悔痛哭流涕、大言不惭和敢作敢为，甚至还要包括流动的血液、吃进的食物，统统都搅在了一块儿，都成为伟大记忆的一部分……我们如今不需要美化他们一丝一毫，一点儿都不需要！因为他们已经走过来了，那些痕迹不可改变也不能消失……①

另外，在《我的田园》中，作者通过人物“眼镜小白”之口转述了“我”对“五十年代生人”的另一种认识：“作为概念接受下来的英雄主义、表演的欲望、批判而不自省的性格，以及复杂阅历和经验所带来的巨大能力、伴随这种能力的各种有效尝试。”②

从这两段话中，我们可以看出张炜对这代人某种精神焦虑来源的一种探寻：时代赋予这代人理想与激情，但时代又毁灭了这样的理想与激情。的确，在20世纪的代际更替中，“五十年代生人”有它自身的特点。这是真正的“生在新中国，长在红旗下”一代，他们的精神成长一方面烙上了“作为概念”的“英雄主义”父辈革命时代的印记，另一方面，他们又见证了新中国成立后的中国社会的风风雨雨。有学者曾指出，新时期文学的作家队伍中，有两代人值得重视，其一就是“五十年代生人”。这代人在新时期之初正值盛年，文学上“共同建构起了以拨乱反正为旨归的宏大叙述，延续了五四思想启蒙”③，历史称他们是“了不

---

① 张炜：《你在高原 · 忆阿雅》，北京：作家出版社，2010 年版，第 260 页。
② 张炜：《你在高原 · 我的田园》，北京：作家出版社，2010 年版，第 254 页。
③ 贺绍俊：《五十年代生人的精神之旅——读张炜的〈你在高原〉》，《当代作家评论》，2011 年第 1 期。

起的、绝非可有可无的一代人”。但这种思想启蒙很快就遭遇到中国以“经济建设为中心”的“后革命时代”,这又使得这代人的精神信仰在顷刻间轰塌。这种强烈的精神落差,让他们在中年后充满了矛盾、痛苦和徘徊,也开始迅速分化,或高升或沉潜,或飞翔或堕落,“这是怎样的一代,你尽可以畅言,却又一言难尽”①。

作家的这种焦虑情怀首先表现为对一种人到中年时精神困境的思考。典型的就是系列作品中对“我”精神状态的描写。“我”先后从03所、杂志社辞职,后经营一片葡萄园,办杂志,开酒厂等等,乐此不疲,在一切成为泡影返城后,又一次次地漂泊游走于山区、平原、海滩、小岛,但每一次又都伤痕累累地归来,等待下一次的出走,周而复始。这种焦渴、流浪与煎熬的过程,实际上是“我”对生命的一次次体悟、内省与反思的过程。小说中大段大段的内心独白就是“我”这种思绪的体现,它沿用了张炜此前《柏慧》等小说中倾诉与低语的写作手法。其中许多是“我”人到中年的直接感喟:“我处在了人生的一个十字路口,我必得回答和解决何去何从的问题。”(《曙光与暮色》)这些“问题”,有对中年世故的发问——“男人过了四十岁,迟早都是一只狐狸”(《我的田园》)、“中年人的嘴巴又紧又深”(《人的杂志》);有对过去人生的警醒与悟彻——“关于生命和时光的全部问题,好像都在一个人的中年突然地清晰了、逼近了、令人始料未及”(《橡树路》)、“人到中年的身心究竟积累了更多的善还是恶?”(《无边的游荡》);有对中年生命再出发的希冀与豪情——“中年一只手扯着悲风,另一只手牵着梦想”(《鹿眼》)、“四十岁了,生命不容浪掷”(《无边的游荡》);但更多的是对人到中年的无奈和茫然,“我刚刚四十多岁,可是显然已经走入了令人沮丧的时刻”(《曙光与暮色》)、“不期而至的中年,两手空空的中年,不知该诅咒还是庆贺的中年……”(《鹿眼》)。

不仅仅是“我”,系列作品中也记载了其他“五十年代生人”“他们是怎样的一群、做过了什么”。与“我”的刻画稍有不同的是,这代人按精神状态又大致可分为以下几种类型:第一类为“高贵的迷茫者”。他们以《橡树路》中的庄周、吕擎等为代表。他们“高贵”,是因为出生在所谓的“橡树路”上;他们“迷茫”,是

① 张炜:《你在高原·自序》,北京:作家出版社,2010年版。

胆战心惊。少年的张炜“从一开始就成为难得的另类角色。校园内一度贴满了关于我、我们一家的大字报”[①],而“学校师生已经不止一次参加过我父亲的批斗会”,“如林的手臂令人心战”[②]。作家初中毕业后被迫离家出走,游荡于深山、平原与小岛……恐惧、孤独、焦灼伴随他成长,直到二十多岁时精神还处于一种紧张状态,“只要有人大声喊叫一句,我心上还要产生突然的、条件反射般的惶恐。直到现在,我在人多的地方待久了,还常常要头疼欲裂”[③]。这种独特的人生经历,对作家性格与创作带来了巨大的影响,所以他小说中的那份孤独与焦虑,从一开始就渗透了作家个人刻骨铭心的刺痛,也正是这种刺痛才孵育出他性格中博大的焦虑情怀。《你在高原》系列作品就是这种情怀的集中体现。

张炜的创作,也离不开他出生的齐鲁大地这方水土的滋养。作家就十分推崇儒学和孔子,尤其是儒家文化中的入世情怀与仁爱思想,“从一九八四年至今……逐步对儒学向往起来。那是几乎天天读中国典籍,主要是儒家”[④];“孔子不是单向的商业和金钱思维,他对于世界的存在有立体的、全局的把握。所以他是极懂得科学治理社会的人”[⑤]。同时,齐文化对作家也影响深远,作家对莱子古国的兴衰、莱夷人的大迁徙、秦始皇的东巡、稷下学派的兴亡等都做过认真的考寻。如在《海客谈瀛洲》《人的杂志》等小说中,作家借“我”之口,表达了为自己身上流淌有古莱夷人的血脉而自豪:“长长的源流,长长的历史。我一次次被先人的业绩所感动。”(《人的杂志》)另外,“天人合一”的道家思想、浪漫恣肆的荆楚文化和奇幻神秘的聊斋文化等也都为作家的创作以精神滋养[⑥]。此外,屈原、苏东坡、鲁迅、托尔斯泰、马尔克斯、福克纳、索尔·贝娄等古今中外作家对张炜创作也有所影响。

当代新弗洛伊德派先驱者之一的德裔美国心理学家卡伦·荷妮(Karen

---

① 张炜:《游走:从少年到青年》,桂林:广西师范大学出版社,2012 年版,第 3 页。

② 张炜:《游走:从少年到青年》,桂林:广西师范大学出版社,2012 年版,第 5 页。

③ 张炜:《游走:从少年到青年》,桂林:广西师范大学出版社,2012 年版,第 143 页。

④ 张炜:《张炜自述:野地与行吟》,北京:中国社会出版社,2007 年版,第 74 页。

⑤ 张炜:《张炜自述:野地与行吟》,北京:中国社会出版社,2007 年版,第 73 页。

⑥ 王辉、王万顺:《“民间”意义的生成及中国传统文化的影响——张炜小说的一种理论思考》,《当代文坛》,2012 年第 6 期。

Horney）曾指出，一些容易成为焦虑症的患者，大都是“那些十分敏锐地体验到文化环境艰难的人”[①]这里，我们可以借用这一理论来解释张炜《你在高原》中表现出来的焦虑情怀的来源，也即上述的个人经历、地域文化与古今中外作家的影响，其实都是一种“文化环境”对人的熏陶与浸染。在张炜这里，这种“文化环境”的影响是一种综合的存在，而作家似乎更偏重于这些精神内涵中内省、偏执的一面，典型的如系列作品中的独语，它们是作家张炜诗心与诗性的真情写照。同时，这种“文化环境”也是“五十年代生人”的“文化环境”，这样系列小说就有了对中国当代同类题材小说创作在精神主旨上的某种提升和超越，显示出其独特的意义与价值。

小说中的这种焦虑情怀，丰富和发展了中国新时期文学的精神内涵。“高原”是继“野地”“葡萄园”之后张炜为我们提供的又一丰富审美意象，它与莫言的“高密东北乡”、张承志的“西海固”、王安忆的“太平洋”、苏童的“枫杨树故乡”等一起成为当代文学宝贵的精神遗产。但正如一些学者所言，张炜小说中有着他自身的局限，如文化保守主义、对现代技术主义等的过度警惕，同时“始终无法回避道德乌托邦理想与中国中国知识分子实践理性入世情怀的矛盾，无法回避社会责任感强烈而持久的冲动，使理想的突兀与艺术的张力处于难以调和的矛盾之中”[②]等不足。这些问题在这部作品中依然存在，如故事情节的重复、叙述者/主人公“我”和作者“我”的混淆、感情的泛滥等等[③]，这些不足也都限制了作家“走向高原”的胸襟与高度。尽管作家声称想去高原，“这简直成了一个心病”[④]，但“高原”在哪儿？它只是一个幻影，一个影像，一个乌托邦。从“融入野地”到“走向高原”，张炜用了22年的时间与大地、与神灵、与生命、与他的“五十年代生人”进行了一次“马拉松式”的焦虑回眸与深情长吻。

（原刊《当代文坛》2014年第5期）

① ［美］卡伦·荷妮：《焦虑的现代人》，叶颂寿译，台北：台湾志文出版社，1978年版，第258页。
② 王辉：《纯然与超然——张炜小说创作论》，北京：中国社会科学出版社，2007年版，第169页
③ 徐勇：《匮乏中的繁复与反复——解读张炜〈你在高原〉系列》，《创作与评论》，2012年第2期
④ 张炜：《葡萄园畅谈录》，北京：作家出版社，1996年版，第164页。

故土的执着守望

——贾平凹乡土小说论

作为新时期文坛“奇才、鬼才、怪才”的贾平凹，从1974年发表第一篇作品以来至今（2015）已逾40年。纵观他四十年来的小说创作，一个关键词就是对乡土的深情书写，无论是早期的《山地笔记》，还是确立其文坛声名的“商州系列”，抑或是20世纪90年代以来的《高老庄》《怀念狼》《秦腔》《古炉》等小说莫不如此。因此，我们此处重点论述的就是贾平凹的这些乡土小说，而对于其都市小说如《废都》等只是将其作为一种论述时的参考背景。此处的“乡土小说”，是指贾平凹以乡土为主要书写对象或为故事背景而展开的小说，其重要特征是对“工业文明参照下的‘风俗画描写’和‘地方色彩’”[①]描写，以及由此寄寓的对当代中国乡土问题的思考。

一、神奇之故土

贾平凹的文名和闻名，是与其故乡“商州”联系在一起的。“贾平凹的肉身生养是商洛的山水和大地滋养的，他的创作灵魂和艺术生命也来自于商洛的历史和现实。因此，贾平凹——商洛，商洛——贾平凹，已成了一个地域和它的文

① 丁帆等：《中国乡土小说史》，北京：人民文学出版社，2007年版，第2页。

化的通用符号，一个生命的共同体”①。作家也说：“商州的乡下……一直是我写作的根据地”②，“我是商州生长的一棵树”③。因此，对故土之奇的书写就是贾平凹乡土小说创作的一个重要特点。

贾平凹的小说开头喜欢对商州自然之景特别是奇景进行细细描摹，这“几乎成为一个定式”④，早年“流寇时期”⑤和20世纪80年代“商州系列”小说创作更是如此。如，作家写山与石之雄奇：“路旁的川里，石头磊磊，大者如屋，小者似斗，被冰封住……山已看不见顶，两边对峙着，使足了力气的样子，随时都要将车挤成扁的了。”（《商州初录·黑龙口》）写丹江水之变化：“丹江从秦岭东坡发源，冒出时是在一丛毛柳树下滴着点儿，流过商县三百里路，也不见成什么气候，只是到了龙驹寨，北边接纳了留仙坪过来的老君河，南边接纳了寺坪过来的大峪河，三水相汇，河面冲开，南山到北山距离七里八里，甚至十里，丹江便有了吼声。经过四方岭，南北二山又相对一收，水位骤然升高，形成有名的阳谷峡，乱石穿空，惊涛裂岸，冲起千堆雪，其风急水吼，便两边石壁四季不生草木。”（《商州初录·龙驹寨》）写白浪街一石踏三省的奇妙：“以这怪石东西直线上下，南边的是湖北地面，以这怪石南北直线上下，北边的街上是陕西，下是河南。”（《商州初录·白浪街》）等等。

除了奇景，奇人奇事也是贾平凹笔下常见的描写对象。如，拎着大包裹四处流浪的美丽提兜女阿娇（《提兜女》）、一生坎坷生前就写悼词的厦屋婆（《“厦屋婆”悼文》）、身怀绝技的“河南旦”（《沙地》）和村长成义（《土门》）、每日用漂流瓶征婚的“摸鱼捉鳖的人”（《商州初录》）、有特异功能的石头（《秦腔》）和狗尿苔（《古炉》）等等。奇人必有奇事。于是，赵阴阳预测并应验的黑豆丰产和死后有人盗尸（《龙卷风》）、侯七奶奶预言死时天空出现五个太阳（《瘪家沟》）、

① 李星：《一部独特的区域作家群研究专著——序〈当代商洛作家群论〉》，见邰科祥等：《当代商洛作家群论》，西安：三秦出版社，2005年版，第9页。

② 贾平凹：《高老庄·后记》，《贾平凹文集》（第15卷），西安：陕西人民出版社，1998年版，第408页。

③ 贾平凹，黄平：《贾平凹与新时期文学三十年》，《南方文坛》，2007年第6期。

④ 汪政：《贾平凹论》，《钟山》，2004年第4期。

⑤ ［日］盐旗伸一郎：《贾平凹创作路上的第二个转机》，《小说评论》，1998年第1期。

天空会出现飞碟(《土门》)、狼变成人(《怀念狼》)等奇诡之事在贾氏小说中也数见不鲜。这些带有“几分奇异、怪异、诡异乃至妖异”[①]的奇人奇事描写,使小说故事引人入胜,同时充满了某种神秘感。

风俗之奇亦是故土之奇的一个方面。所谓风俗,“指人民群众在社会生活中世代传承、相沿成习的生活模式,它是一个社会群体在语言、行为和心理上的集体习惯”[②]。贾平凹小说中的商州民间风俗也充满了神奇。这些风俗之奇的描写,大致包括诞生礼仪、婚嫁礼仪、丧葬礼仪、节庆礼仪等方面。如,认干亲、招夫养夫、换亲、冥婚、踏坟、“做七”、闹社火、乡会、占卜、测字等等。这些风俗,是商州地域文化开出的一朵朵奇异之花。

贾平凹对故土之奇的描写,不是就事论事,而是将这些描写与小说的整体氛围结合起来,使其成为小说中不可或缺的一部分,同时寄托了某种思考。如《浮躁》中对州河浮躁的描写,与改革之初人心和社会的“浮躁”这一主题相吻合;《古堡》中的张老大和光大的换亲,折射出乡村的贫困和婚姻的无奈;《怀念狼》中的人狼大战,意在表达现代化进程对乡村文明侵蚀;《秦腔》中“清风街,天天都有致气打架的,常常是父子们翻了脸,兄弟间成了仇人”[③]的描写,表现了作家对现代乡村伦理的失落思索,等等。故土之奇的书写,贯穿了贾平凹乡土小说的创作始终。这一方面表明作家自觉继承现代乡土小说以来注重小说风景画、风俗画和风情画这一“现代乡土小说赖以存在的底色”[④]外,另一方面也显示出作家创作有着自己的宏达抱负,“以商州这块地方,来体验、研究、分析、解剖中国农村的历史发展,社会的变迁,生活的变化,从一个角度反映这个大千世界和人对这个大千世界的心声”[⑤]。写故土之奇就是写中国之奇,从而使小说具有了某种深远的文化意义和历史意义。

---

① 郜元宝:《贾平凹研究资料·序》,郜元宝、张冉冉编:《贾平凹研究资料》,天津:天津人民出版社,2006年版。

② 钟敬文主编:《民俗学概论》,上海:上海文艺出版社,2009年版,第3页。

③ 贾平凹:《秦腔》,北京:作家出版社,2005年版,第138页。

④ 丁帆等:《中国乡土小说史》,北京:人民文学出版社,2007年版,第24页。

⑤ 贾平凹:《在商州山地——〈小月前本〉跋》,《贾平凹文集》(第6卷),西安:陕西人民出版社,1998年版,第400页。

二、神秘之故土

神奇和神秘仅隔一道门槛。神秘性亦是贾平凹乡土小说的一个重要特点。这种神秘性主要体现在四个方面：自然之神秘、人物之神秘、神秘之事件以及生命体验之神秘。

自然之神秘：在贾平凹乡土小说中，一些山川河流、花草木石、鸟兽虫鱼等等都充满神秘。如每月三次如期而至的达坪镇雾罩（《商州》），仙游川沟口两个石崖的神奇（《浮躁》），湖心岛石眼每年四月五日出鱼奇观（《龙卷风》），有飞碟出现的白云湫（《高老庄》），地形酷似女阴的七里沟（《秦腔》）和瘪家沟（《瘪家沟》），八石洞中似人非人的八具钟乳石（《妊娠》）……这些自然景物，除了神秘外，还充满某种灵性与神性。如，在《怀念狼》中，红岩寺老道去世后，群狼口衔金香玉为之送葬，以报答老道的昔日救助之恩；《古炉》中，"文革"因"太岁"被挖而始因"太岁"被食而终，等等。

人物之神秘：这在贾平凹乡土小说中随处可见。这些"异秉"人物大致可归为以下几种情况：一类是儿童或老人，儿童如《高老庄》中的石头、《古炉》中的狗尿苔；老年如《土门》中的云林爷，《秦腔》中的星爹等。一类是美男子，如《浮躁》中的金狗、《白朗》中的白朗，《五魁》中的景唐等；一类是传说中的先祖，如《土门》中梅梅的祖先、《妊娠》中苟旦的始祖等。这些神秘人物，或有病，或身世奇特，或经历传奇。如石头出生时，高老庄出现飞碟；金狗出生大难不死，被誉为是"钻山狗"转世；土匪白朗的升伏与宝塔的合裂；小儿麻痹的独眼云林爷，一病之后精通肝病医术；梅梅和苟旦的祖先都长有尾骨等等。

神秘之事件：这些神秘事件在贾平凹乡土小说中俯拾皆是。典型作品如《太白山记》。这是一组由十六个小故事构成的中篇小说。如，寡妇和死去的丈夫晚上过夫妻生活而寡妇浑然不知（《寡妇》）；村祖由一个鸡皮鹤首的老者变为一名新生儿（《村祖》）；挖参人悬挂照贼镜护家，其妻却在镜中看见他每日行踪直至他横死（《挖参人》）；村寨人在情欲中活得逍遥自在，等到那个被认为是

“万恶之源”的泉水被隔绝后，一切情欲全部消失(《人草稿》)；公公与媳妇“意淫”，媳妇生下了酷似公公的孩子(《公公》)……这些作品，“一方面，他有意继承了古代小说谈玄说怪的传统，写出了民间奇特的信仰和感觉……另一方面，他也在作品中融入了对当今农村弊端的讽刺，使作品具有了当代性”①，而被称为当代“新志怪”小说。

生命体验之神秘：与上述几种神秘不同，生命体验之神秘，主要强调生命体一种内化于心的东西，是一种类似“第六感觉”的冥冥之思。这种生命，既包括人，也包括动物。在《高老庄》中，小说多次写到了西夏的“梦”，而这种“梦”不久在现实中就得到验证。如一次西夏梦见石头舅舅欠她十二元三角四分钱，后来背梁淹死后，果然从他身上找出十二元三角四分钱。这里的数字一、二、三、四就是一个谜，象征着小人物背梁一生的匆匆与无奈。《秦腔》中夏天智死后，陪伴他的那条叫来运的狗也不吃不喝，呜咽不止，狗似乎也感觉到了主人死亡的气息。“人为灵，兽为半灵”②，这是动物的生命体验。

上述贾平凹乡土小说中的神秘书写，使这些小说充满了“浓郁的史诗性、寓言性”③。除此之外，在我们看来，这些神秘性内容的书写背后，更透露着作家对自然与生命的一种体悟和思考，尤其是对庄禅思想的偏爱。贾平凹曾说：“我作品中写的这些神秘现象都是我在现实生活中接触过，都是社会中存在的东西，我老家商洛山区是秦楚文化的交界处，巫术、魔法民间多的是，小时候就听，看那些东西，来到西安后，到处碰到这样的奇人奇闻逸事特多，而且我自己也爱这些，佛、道、禅、气功、周易、算卦、相面，我也有一套呢！”④由此可以看出，在中外文化尤其是地域文化的熏陶下，贾平凹的个体生命已开始与传统文化中的佛、道相契合，并投身于自己的创作。同时多年的疾病让他对自然和生命多了份内在参悟：“我开始相信命运，总觉得我的人生剧本早被谁之手写好，我只是一幕幕往下演的时候，有笑声在什么地方轻轻地响起。《道德经》再不被认作消极的

① 樊星：《当代文学新视野演讲录》，桂林：广西师范大学出版社，2008 年版，第 218 页。
② 贾平凹：《动物安详》，《贾平凹文集》(第 13 卷)，西安：陕西人民出版社，1998 年版，第 439 页。
③ 丁帆等：《中国乡土小说史》，北京：人民文学出版社，2007 年版，第 26 页。
④ 贾平凹、张英：《地域文化与创新：继承和创新》，《作家》，1996 年第 7 期。

世界观,《易经》也不再是故弄玄虚的东西,世事的变幻,一步步看透,静正就附体而生,无所慕羡,已不再宠辱动心。”[①]贾平凹老师费秉勋先生曾指出,贾平凹的创作具有“生命的审美化”的倾向[②],尤其是在20世纪80年代以后,他对宇宙人生的苦思冥想空前沉静和深入,“结果,他从对中国古代文化的混沌感受中,感性地、融合性地接受了中国的古典哲学,其中既有儒家的宽和仁爱,也有道家的自然无为,甚至有着程朱理学对世界的客观唯心主义的认识。在这种融合中,老庄哲学似乎占了较重要的地位,而禅宗的妙悟也使他获益良多”[③]。因此贾平凹的这些乡土小说中的神秘性就有了一种宗教色彩[④]和生命色彩。

三、撕裂之故土

如果说贾平凹乡土小说中有关神奇与神秘的书写,还带有作家对故土的某种欣赏的话,那么,对于故土正在发生的一切,尤其是在中国现代化进程中乡村发生的巨变,作家笔下的乡土书写则充满了矛盾——“故乡呀,我感激着故乡给了我生命”,但同时“我清楚,故乡将出现另一种形状,我将越来越陌生,它以后或许像有了疤的苹果,苹果腐烂,如一泡脓水,或许它会淤地里生出了荷花,愈开愈艳,但那都再不属于我”[⑤]。这种复杂的情感,在作家乡土小说中表现为一种煎熬与守望交织的撕裂之痛。

这种撕裂之痛的表现是多方面的,如对现代化进程中乡村土地流失与环境破坏的无奈、金钱与权力对人性腐蚀的愤怒、都市对人性异化的哀伤等等。在

---

① 贾平凹:《高老庄·后记》,北京:人民文学出版社,2008年版,第357页。

② 费秉勋:《生命审美化——对贾平凹人格气质的一种分析》,《当代作家评论》,1992年第2期。

③ 费秉勋:《贾平凹论》,西安:西北大学出版社,1990年版,第223页。

④ 谭桂林先生认为:“贾平凹的小说神秘叙事的形成则是中国民间宗教与佛道文化结合的产物。”(谭桂林、龚敏律:《当代中国文学与宗教文化》,长沙:岳麓书社,2006年版,第235页)。石杰也认为,《太白山记》和《烟》等作品,是典型的中国“当代的佛教文学”〔石杰:《贾平凹及其创作的佛教色彩》,《徐州师范学院学报》(哲社版),1994年第1期〕,同时她还认为,贾平凹小说与道教有深厚的关系(石杰:《道家文化与贾平凹作品中的意象建构》,《中国人民大学学报》,1998年第6期)。

⑤ 贾平凹:《秦腔·后记》,北京:作家出版社,2009年版,第499页。

此我们不想就这些问题做些简单的文本罗列，而是想探讨作家对上述问题的思考是如何深化的，从而揭示出贾平凹作为一位“深具现代眼光的批判者与思想者”①的心灵之痛的过程。实际上，作家从创作之初就开始关注这些问题。一方面，作家渴望农村尽早摆脱贫困与愚昧，农民过上好日子，“一九七九到一九八九的十年里，故乡的消息总是让我振奋”②；另一方面，作家对现代化对乡村的负面作用以及农民的劣根性保持着某种必要的警醒，“为这个时代的一至两代人的茫然和无措的生命而悲哀”③。就贾平凹四十年来的乡土小说创作而言，作家对上述问题的态度大致经历了两个过程。

在20世纪80年代，作家对乡村现代化进程持一种乐观态度。一个典型的例证就是，此期乡土小说中出现了一批农村改革者的正面形象，如《鸡窝洼人家》中的禾禾、《腊月·正月》中的王才、《小月前本》中的门门、《浮躁》中的金狗等。作家对农民的发家致富持肯定与鼓励态度。同时作家对现代化与都市文明的负面作用也开始有所警惕，如在《阿秀》《任小小和他的舅舅》《浮躁》等作品中，作家也开始对都市文明对人性的异化做了初步的探讨：为何淳朴的阿秀、忠厚的舅舅一到城市就变得虚荣与虚伪？为何“淳朴的世风每况愈下，人情淡薄，形势烦嚣”④？但总体而言，在这一时期，作家对现代化与都市负面作用以及农民的劣根性的认识，处在一种中间情感状态，批判的锋芒不强。

进入20世纪90年代以后，随着国家市场经济的实行和大规模的现代化建设，农村开始显现一系列问题，如土地大面积被征用、农民工进城、金钱至上与道德滑坡等等。自此，贾平凹的乡土小说开始这对种现代化与都市的负面影响、人的劣根性进行了深入、持久的反思，批判的锋芒逐渐占据主导地位。《土门》《高老庄》《秦腔》《高兴》等就是作家对上述问题思考后的系列作品。

《土门》是贾平凹第一篇书写乡村城市化的乡土小说。作品讲述了仁厚村反抗都市化而失败的事故。仁厚村最后的失败，就像作家创作《废都》与《白

---

① 程光炜、杨庆祥与黄平主持的“贾平凹与新时期文学”专栏之“主持人的话”评价语，《南方文坛》，2007年第6期。

② 贾平凹：《秦腔·后记》，北京：作家出版社，2009年版，第497页。

③ 贾平凹、黄平：《贾平凹与新时期文学三十年》，《南方文坛》，2007年第6期。

④ 贾平凹：《浮躁》，北京：作家出版社，1992年版，第474页。

夜》时“流露了对现代性城市明显地反感和厌恶”[①]的情感相似,《土门》表达了作家对土地撕裂后的反思,以及“对今后中国命运的深切关怀和忧患”[②]。《秦腔》《高老庄》《高兴》几部小说则是沿着这种思路不断深化。在《秦腔》中,我们看到的是一幅乡村荒芜图:田园荒废、人口流失,就连平日抬棺、开墓道的人手都不够。另外,人性的异化现象处处皆是。小说中有一个细节,在夏天智死去的当天,侄孙女翠翠和曾经的恋人陈星躲在屋内做爱,最后已进城打工的翠翠竟找陈星要钱而大吵大闹。这里,情义彻底输给了名利,乡村伦理已丧失殆尽。正如作家在《秦腔》后记里所言:“旧的东西稀里哗啦地没了,像泼去的水,新的东西迟迟没再来,来了也抓不住……”[③]无奈之情溢于言表。

《高老庄》与《高兴》可看作一对相反的故事。前者写子路“返乡”,后者写刘高兴“进城”。二人的原始身份均是农民。两部小说试图通过子路和刘高兴之眼观察现代化进程中的乡村之变化。但结果是,高老庄依旧是落后破败的乡村,这里有暗娼、皮条客和争权夺利的乡政府政客;而城市,也不是刘高兴、五富、孟夷纯们的城市,商州清风镇依然是他们最终的归宿。五富之死便是最好说明。而对农民身上劣根性的批评,已摆脱了早期乡土小说中的犹疑。如子路,这个从农村走出来的大学教授,返乡后身上的劣习如沉渣泛起,不讲卫生、自私、冷漠等等,就连自己的妻子西夏都认为子路已是另外一个人。子路和《秦腔》中的夏风是一对孪生兄弟。因此,贾平凹的 20 世纪 90 年代的这些乡土小说,将笔触深入到当下中国农村的现实与人性深处。

实际上,中国现代乡土小说自诞生以来,在文化层面一直存在两个传统:一是以沈从文、赵树理为代表的封闭型传统,一是以鲁迅、茅盾为代表的开放型传统。前者表现为乡村文明对现代文明采取某种排斥与抗拒姿态,后者表现为乡村文明对现代文明的某种吸纳与借鉴眼光。以此参照,贾平凹在两者之间徘徊,更倾向于前者。因此,这种对故土撕裂书写的背后,寄寓着作家对故园的深

---

① 旷新年:《从〈废都〉到〈白夜〉》,《小说评论》,1996 年第 1 期。

② 孟繁华:《面对今日中国的关怀与忧患——评贾平凹的长篇小说〈土门〉》,《当代作家评论》,1997 年第 1 期。

③ 贾平凹:《秦腔·后记》,北京:作家出版社,2009 年版,第 498 页。

切隐忧、焦虑、警惕甚至是“仇恨”[1]。这样，贾平凹这些乡土小说就生动地展示了中国自改革开放以来的乡村变迁的图景，揭示的依然是“中国都市的发达似乎并没有促进乡村的繁荣。相反的，都市兴起和乡村衰落在近百年来像是一件事的两面”[2]这百年来中国现代化的未竟事业。这种现代化，当然也包括农民在内的国人的整体国民素质的现代化。因之，贾平凹乡土小说中有关故土撕裂的书写就显现出一种纵深的历史厚度。

四、故土之后何为

陈忠实先生曾经这样评价当代陕西作家的文学创作：“无论老一代作家和这一茬中青年作家，他们的全部创造性的劳动成果，都是中国当代文学的一个组成部分；陕西作家的作品带着普遍的地域特色，艺术上有着迥然不同的个性，成为当代文学百花园里的西部之花。”[3]确乎如此。贾平凹的乡土小说，以编年史的形式忠实记录了三秦大地乃至整个乡土中国在新时期以来发生的巨变过程，描绘了四十余年来传统农业文明在向现代文明转型的壮丽图画，表达了作家在农村现代化途中的欣喜、忧患与思考。这些乡土小说，是作家自觉继承和丰富了自鲁迅、茅盾等前辈作家开创的中国现代乡土小说传统的生动体现。商州，一如鲁迅的鲁镇、沈从文的湘西、莫言的高密东北乡，是贾平凹奉献给当代文学的重要贡献。因此，贾平凹以“对中国农民的历史命运、道德品格、意识情绪的不倦探索这个总目标”[4]的乡土小说创作，具有重要的文学史意义。同时，

---

① 在《高兴·后记(一)》中，贾平凹写到：“我虽然在城市里生活了几十年，平日还自诩有现代的意识，却仍有严重的农民意识，即内心深处厌恶城市，仇恨城市，我在作品里替我写的这些破烂人在厌恶城市，仇恨城市。我越写越写不下去，到底是将十万字毁之一炬。”（贾平凹：《高兴》，北京：作家出版社，2008 年版，第 446 页。）

② 费孝通：《乡土重建》，上海：上海观察社，1948 年版，第 17 页。

③ 转引自李继凯：《秦地小说与三秦文化》，长沙：湖南教育出版社，1997 年版，第 98 页。

④ 雷达：《模式与活力：贾平凹之谜》，《读书》，1986 年第 7 期。

这些作品还具有一定的文化史、民俗史与移民史等方面的意义①。

在肯定这些乡土小说意义的同时，我们也应看到贾平凹乡土小说创作的某些不足。

一是小说情节结构、人物与意象等的重复。在早期一些乡土小说的开篇，如《春暖老人》《阿秀》《二月杏》《古堡》等，作家就喜欢来一段景物描写，然后再进入小说主题。到了20世纪90年代，作家喜欢以简洁、设置悬念、以大信息量等方式的开头，尤其是在长篇创作上。如《土门》的开头："当阿冰被拖下来，汪地一叫，时间是一下子过去了多少岁月，我与狗，从此再也寻不着一种归属的感觉了。"②《高老庄》的开头："子路决定了回高老庄，高老庄北五里地的稷甲岭发生了崖崩。"③《秦腔》的开头："要我说，我最喜欢的女人还是白雪。"④《古炉》的开头："狗尿苔怎么也不明白，他只是爬上柜盖要去墙上闻气味，木橛子上的油瓶竟然就掉了。"⑤另外，在一些长篇小说的后半部分，总有一个事件掀起故事的高潮，然后小说走向结束。如《高老庄》中的蔡老黑抬尸大闹地板厂，《土门》中的村长成义与警察间的"警匪大战"，《秦腔》中的清风街村名年终抗税风潮，《怀念狼》中的人狼大战，《古炉》中的劫人事件，等等。在人物雷同方面，如《浮躁》中的金狗与《高老庄》中的成义，《秦腔》中的引生与《古炉》中的狗尿苔，《商州》中的珍子与《秦腔》中的白雪，《高老庄》中的子路与《秦腔》中的夏风等等，均存在人物塑造上的相似性。在意象方面，为了表达乡土的神奇与神秘，一些意象在不同小说中反复出现，如再生人、通说、太岁、被雷击、测字卜卦、半神半仙的老者等等。因此，在这些情节结构、人物以及与意象的雷同，让读者觉得作

---

① 商州，按期地理区位来看，处在陕南，是黄河流域与长江流域的分水地带。在文化上有秦楚两地的特色，但"商州文化中楚文化的韵味更浓郁"（崔志远：《乡土文学与地缘文化：新时期乡土小说论》，北京：中国书籍出版社，1998年版，第216页）。在阅读贾氏的这些乡土小说时，我时时惊异于其作品中的某些"安庆元素"。这些"安庆元素"至少包括以下内容：有关"下河人"的描写、安庆戏曲、习俗与方言等。这是个饶有兴趣和值得研究的课题。参见拙作：《贾平凹小说中的"安庆元素"》，http://weibo.com/p/1001603881567645757327？from = page_100505_profile&wvr = 6&mod = wenzhangmod。

② 贾平凹：《土门》，《贾平凹文集》（第10卷），西安：陕西人民出版社，1998年版，第189页。

③ 贾平凹：《高老庄》，《贾平凹文集》（第15卷），西安：陕西人民出版社，1998年版，第1页。

④ 贾平凹：《秦腔》，北京：作家出版社，2009年版，第1页。

⑤ 贾平凹：《古炉》，北京：人民文学出版社，2011年版，第3页。

家是在重复自己，抄袭自己，做无谓的思维惯性滑行。所以有学者指出，“大约是从长篇小说《商州》开始，贾平凹的作品就存在着一种人物类型和结构模式”①，这在 20 世纪 90 年代的小说创作中表现得尤为突出，故当时有“好的 80 年代，坏的 90 年代”②的惊呼。另外，对故土神奇与神秘的书写，似乎也有故弄玄虚之感，在“追求相对独立的‘道家’风范，不仅实际上难以行得通，而且易被当作‘异人’和‘怪物’”③。

二是思想力度的提升问题。出生于陕西的批评家李建军先生曾直言陕西当代作家存在两个致命性的欠缺：一是接受完全、系统教育的比例较低，这影响了他们在思想上的成熟和深刻，使不少作家“不能以更高远的视界来审视世界、观照生活”；二是部分陕西当代作家“缺乏现代文明指衡下的主体精神姿态和价值理念”，“缺乏彻底的批判精神，独立的人格意识，现代的公民意识和自由意识”④。这两种缺陷在贾平凹身上或多或少都存在，尤其是思维与眼光的局限性。贾平凹总是说他是农民，并著有《我是农民》一书。这一方面说明他不忘初心，不忘乡情，另一方面也说明作家的这种“农裔城籍”⑤的身份导致了思维的狭隘性，“一旦失去了这片土壤，作家便会失去优势，变得六神无主”⑥。因此，如何书写有深度的乡土，突破自己创作上的瓶颈并提升自己的思想境界，是贾平凹成为真正意义上“大师级的作家”⑦的必然选择。

〔原刊《海南师范大学学报》（社会科学版）2016 年第 5 期〕

① 汪政：《贾平凹论》，《钟山》，2004 年第 4 期。

② 程光炜：《批评对“贾平凹形象”的塑造》，《当代文坛》，2010 年第 6 期。

③ 陈继会等：《中国乡土小说史》，合肥：安徽教育出版社，1999 年版，第 437 页。

④ 李建军：《关于文学批评和陕西作家创作的答问》，《文艺争鸣》，2000 年第 6 期。

⑤ 李星：《论“农裔城籍”作家的心理世界》，《当代作家评论》，1989 年第 2 期。

⑥ 吴炫：《贾平凹：个体的误区》，《作家》，1998 年第 11 期。

⑦ 三毛：《三毛致贾平凹的信》，《贾平凹文集》（第 12 卷），西安：陕西人民出版社，1998 年版，第 276 页。

让莫言回到莫言

说实在的,这个时候谈论莫言,有点凑热闹之嫌。但作为一名文学爱好者和以研究为饭碗的人,面对铺天盖地的“言莫”和形形色色的“莫言现象”,似乎又不能无动于衷。因为莫言正被一种无形的东西给“绑架”了——从政界到商界,从媒体到大众,从文学界到文化界,似乎“人人说莫言,个个谈诺奖”。一个文学事件竟演变为一个泛文化事件、一个社会公共事件。

出于职业习惯,在这些言说中,我更留心文学界对莫言的批评。我们看到,这些批评文字争来吵去好像就那么两个问题:莫言的“文”与莫言的“人”。

对于莫言的“文”,有那么多的专著和论文摆在那儿,见仁见智,在此不再饶舌。莫言获诺贝尔文学奖,当然值得赞扬与肯定,但获奖后批评界对莫言文本的评介,似乎沿着两个极端在走:“捧”和“棒”。其实大可不必。好处说好,坏处说坏,才是正常心态。就我个人阅读而言,我最欣赏莫言一点的就是其良好的艺术感觉。它是作家的理性和直觉、意识和潜意识、情感和思维的汇聚,如丹纳在《艺术哲学》中所言:“一个生而有才的人的感受力,至少是某一类的感受力,必然又迅速又细致……而这个鲜明的,为个人所独有的感受不是静止的;影响所及,全部思想机能和神经机能都受到震动。”从早期的《球状闪电》《透明的红萝卜》《红高粱家族》等作品开始,一直到近些年来的《丰乳肥臀》《生死疲劳》《蛙》等,这几十年来莫言始终保持着“全部思想机能和神经机能都受到震动”的艺术感,实属罕见。但所谓“成也萧何,败也萧何”,我们也应看到,莫言的有些小说就过分依赖其这种感觉,叙事缺乏节制和分寸,成为某种情感的宣泄。

这也是莫言作品为人诟病较多的地方之一。这倒印证了作家小说《檀香刑》中的一句话:“世界上的事情,最忌讳的就是个十全十美。”

因此,与其说获奖是对莫言创作的褒奖,毋宁说是对以莫言为代表的一群中国当代作家整体创作水平与创作方向的肯定。另外,诺奖也不是评价一个作家作品质量优劣的唯一尺度,将莫言作品吹上天不符合实情。这是问题的一方面。另一方面是,批评界对莫言作品的批评,这本是件好事,既是交流,也是交锋,在此过程中作者、读者、批评家以及文学本身等都可从中获益。但现在的问题是,对莫言作品的批评,开始有了某种变味的色彩。如一本叫《莫言批判》的论文集,一看书名,就让人想起近年来中国当代文坛中诸如“十作家批判”“美女作家批判”等现象在当下的某种故伎重演。也许编选者的初衷是出于好意,但也不乏借莫言炒作之嫌。其实这也不算什么,20 世纪以来的中国新文学从来就不缺乏此现象,一些文学争论往往开局很热闹,但随后即演变成为一种褊狭的门户之见,或乏味的人身攻击,或不了了之的游戏,鲜有公允中正的批评。很不幸这次莫言也成了靶子。

再看莫言的“人”。中国人历来重视知人论世,在文艺批评上多主张道德文章的统一,或“文如其人”。如果说“怪才”“鬼才”“文学巨人”等这些是对莫言文学之名的美誉,那么“多重人格”“幽闭而骚乱”、有“心理障碍”等言辞则是对作家某种品行与人格的“鉴定”了。如许纪霖先生在莫言获诺奖后所作的那篇《鸡蛋与高墙:莫言的双重人格》一文中,就认为莫言身上存在“双重人格”。其例证就是莫言曾为重庆“唱红打黑”写过“打油诗”和手录《讲话》。作者认为此二举,让“小说家的莫言”与“知识分子的莫言”犹如“两个人格迥异的诺奖得主”。在此我不是对许先生的这种观点发难,而是说这种“非文学”批评现象具有一定的代表性,就像当年莫言小说《丰乳肥臀》获得《大家》文学奖后一些批评家对莫言的某些言论。我不认识莫言,所以也无法知晓莫言上述两个事件背后的某种心理动因。但从莫言的身世、他的创作谈以及一些亲友的访谈等中,我们可以窥见现实生活中莫言为人的某些“蛛丝马迹”。在我眼里,莫言只是个“胆小而妄为”的本分的作家而已。如 2005 年的一次演讲中,莫言说自己“在日常生活中,我可以是孙子,是懦夫,是可怜虫,但在写小说时,我是贼胆包天、色胆包天、狗胆包天”。此话有作家的某种自谦、自嘲或者自贬的意味,但也说明了莫言的真诚。一个真诚的人,在现实生活中“坏”不到哪儿去,顶多是借文字抒抒怀,发发牢骚,做做“纸上的皇帝”。但文字就是个怪东西,尤其是在中国,你的言与行之间稍有差池,往往就是自己的“罪证”而“授人以柄”。现身为中国作协副主席、在体制内“讨生活”的莫言,其言与行当然有某种身不由己,甚至不乏“农民式的狡猾”。这些都可以理解。只要不失去做人的底线(如诚实、良知、廉耻、背叛等等),我们都应该宽容视之。谁没有“多重人格”呢?这是人性复杂的表现,不然西方哲学就不会说“认识你自己”这个命题了。但现在似乎有一个怪圈:文人必须反体制,才是“真的勇士”。倘若一个作家与政治挂上钩,那么在一些人眼中这个作家就没有了文人的“骨气”。这其实是一种偏见。看看中外文学史上的屈原、韩愈、雨果、托尔斯泰等便知。虽然一个作家的职业、生存方式等可以影响或制约其创作,但作家最终还是活在他的作品中。因此正如有些批评者指出的,将“政治立场”与“体制”完全等同、用“道德”凌驾于“政治”之上来批评莫言,也许就有失偏颇。

因之,无论是对莫言的“文”与“人”,现在都应该是“松绑”的时候了。说到底,文学创作是一个人的事业,虽然它关乎政治、关乎社会、关乎人性。如何“松绑”?至少我们可以从思想的与艺术的标准评价他的“文”,历史的与同情的眼光打量他的“人”等方面去努力。毕竟,莫言是一个有血有肉的人、一个吃五谷杂粮的人、一个靠码字谋生的人。

(原刊《中国社会科学报》2013 年 5 月 20 日)

半部好戏

——谈电影《白鹿原》对原著的改编

一定意义上说,电影是一门缺憾的艺术,而由一部经典文学作品改编而成的电影其缺憾往往更是如此。对于一部原长 5 个小时再到 210 分钟"初剪版"直至 156 分钟的最终"公映版"影片而言,电影《白鹿原》在还未公映前就已是个"残本"。也许就是这个删减本,决定了影片"已经"失败,虽然责任不全在导演王全安。对于这样一部"畸形儿",谁都可以说三道四,甚至是骂娘。这也许就是《白鹿原》——从小说到电影——的宿命。在这些"遗憾"声中,我们若能从电影改编中看到对原著的某些创造,那么该片虽"败"犹荣。但在这一点上我们也只能说,影片只是半部好戏。

"民族秘史"还是"女人秘史"?

尽管电影改编理论历来有"忠实派"与"自由派"两大流派,也为是否忠实原著进行了长期喋喋不休的争吵。但一个事实是,无论是哪一派都认为,只要将原著的"精、气、神"真正改编出来就是好作品。古今中外对经典名著影视改编的成功范例都已说明此点。鲁迅生前就不太主张将他的小说《阿 Q 正传》改编成戏剧,其原因也是怕处理不当,"不但作品的意义和作用完全失掉了,还要由此生出无聊的枝节来"[①]。因此能不能抓住原著的精髓,是电影改编成功与否

---

① 鲁迅:《答〈戏〉周刊编者信》,《鲁迅全集》(第 6 卷),北京:人民文学出版社,1981 年版,第 145 页。

的关键。

虽然电影《白鹿原》的改编历尽艰辛,但最终“十年一剑”得以问世。在“初剪版”放映后有人认为该片“是小说改编电影里最成功的案例”(洪晃语)、“是这些年长篇小说改编电影,最成功的一部”(陈忠实语)等盛誉。但实际情形果真如此?陈忠实有没有参与剧本的写作我们不得而知,但同为陕西人的陈忠实和王全安在拍摄前有过某种交流是有可能的。但我们看到经过“陈忠实们”的再创作,电影版《白鹿原》的主题和原小说的主题还是发生了某种裂变。这是一出“历史戏”还是“本能戏”?是一部“商业片”还是“文艺片”?

陈忠实在《白鹿原》小说正文之前引用巴尔扎克的名言“小说被认为是一个民族的秘史”,说明陈忠实在创作之初就对该小说抱以厚望,即他将《白鹿原》的创作看成同巴尔扎克小说《人间喜剧》等作品有同等意义。而对于小说的主题,陈忠实在接受一些访谈时认为该小说是“关于我们这个民族命运的思考”①,“力图将我们这个民族在五十年间的不断剥离过程中产生的种种矛盾冲突和民族心路历程充分反映出来”②。这种抱负在原作中得到了较好的体现。就小说而言,作品涵盖了中国半个多世纪的苦难历史,从清末到民国再到新中国成立之初。在这里,民族兴亡、时代风雨、家族恩怨、人性撕扯等等在宏阔的历史进程中演绎得惊心动魄、荡气回肠。小说也正是通过白、鹿两个家族的兴衰史反映我们“民族的秘史”,从“正面关照中华文化精神和这种文化培养的人格,进而探究民族的文化命运和历史命运”③。小说之所以成为当代经典,其原因也就在此。

“公映版”电影《白鹿原》的故事只截取了原著一部分,时间从 1912 年到 1938 年抗战初期这 20 余年。故事以田小娥为主题展开。让田小娥成为主角,成为推动电影故事的原动力,本无可厚非,这也是原著故事的一个有力推手。但在影片中我们看到的只是这个女人被旧式家族的压迫史,一部女人的“情欲史”。尽管影片中也有政治风云的故事,如辛亥革命、国共合作、抗日战争等,但

① 李星、陈忠实:《关于〈白鹿原〉与李星的对话》,《小说评论》,1993 年第 3 期。
② 远村、陈忠实:《〈白鹿原〉获茅盾文学奖后答问录》,《延安文学》,1997 年第 6 期。
③ 雷达:《废墟上的精魂——〈白鹿原〉论》,《文学评论》,1993 年第 6 期。

这些都是“田小娥故事”的背景,而原著本身的厚重历史与意义指向均被弱化了。

田小娥的“欲望”叙事是原著和影片中的重点。但我们看到的是,小说和影片中对此的意旨有着根本的区别。小说中借助田小娥一系列“放荡”的言行,其目的是对传统文化“在所谓‘仁义’束缚下的性无能,她的大胆乃至最后的悲剧,所要瓦解的正是白嘉轩所刻意建筑在白鹿原之上的传统社会的‘王朝’”①。但在电影中,我们似乎看不到这一点,田小娥在几个男人间周转,似乎为“性”而“性”了:跟黑娃“性”是本能,因为郭举人性功能丧失,“正经事都从来没办成一回”(台词);跟鹿子霖虽有利用性来寻求安全保护的意图,但“性”得很欢,“再甭提黑娃了,我现在离他远得看都看不见了”(台词);跟白孝文,又变成了有爱情意味的男欢女爱了。同样,电影中这几个男人,为了田小娥的身体都纷纷铤而走险,本能在“逞能”的同时“真我”也呈现,他们纷纷为“色”而战。无怪网友戏称此片为“肉蒲团”“田小娥和她的男人们”等等。

另外,原著一个重要思想就是对中国历史的看法。小说中借助朱先生这一“关中大儒”的思想加以体现。在朱先生眼中,中国历史就像鏊子煎饼子,“白鹿原这下成了鏊子啦”,“原先两家子争一个鏊子,已经煎得满原都是人肉味儿;而今再添一家子来煎,这鏊子成了抢手货忙不过来了”②等等。这种历史观类似于《三国演义》里“天下大势,分久必合,合久必分”的“历史循环论”。这种观点显然不符合目前中国主流意识形态对历史的认识。据说当年“茅盾文学奖”颁给陈忠实的一个前提就是让作家修改这几句话,因为我们主流的历史观是唯物史观。这种历史观认为历史是呈阶梯状不断向前发展的。这是小说改编成电影“最难处理的一个问题”③。现在影片将朱先生这条线索隐去,恐怕也是导演对原著这一主题在当下难以处理的无奈之举。因此,电影和原著相比,其主题发生了很大的变化与转向,没有看过原著的观众,难以体会小说中这一文化的、历史的深层意义。另外,影片在上映前,把情欲戏当卖点来大肆炒作,这样的商业

① 孟繁华、程光炜:《中国当代文学发展史》,北京:人民文学出版社,2004 年版,第 237 页。

② 陈忠实:《白鹿原》,北京:人民文学出版社,1993 年版,第 275 页。

③ 石川:《改编最难处在于原作历史观》,《东方早报》,2012 年 9 月 19 日。

宣传本身就与原著精神相背离。实际上"公映版"影片中很少所谓的"少儿不宜"的画面,反而一些自然的唯美画面(如金黄的麦浪、肃穆的牌坊、古朴的祠堂、厚重的秦腔等)给人印象深刻,让人有一种文艺片的感觉。这种"错觉"也是影片一开始就缺乏自身定位的结果。

无疑,从小说到电影,原作的主题挖掘还不深,史诗变情欲,原著的格局与气量都大大变小了。如果只注重原著的故事情节,而不注重原著的叙事语境与主旨精神,那就等于把作家从作品中"排除了",使故事失去了其赖以产生的特定"语境""情境"和"心境",成了一个失去精灵的外壳。从这个意义上来说,《白鹿原》的电影改编只抓住了原著的某些"躯壳",貌似演绎了一个宏大故事,而实际上原著的精髓却流失了。"民族秘史"成为了"女人秘史"。这不能不说是个遗憾。

锦上添花还是良莠不齐?

既然是改编,不可避免地要对原著有所增删。电影史上的经典改编同样涉及增删的问题。小说《呼啸山庄》改编为电影时,主要情节被砍掉了一半,总数50场戏中新增加的竟占30场。影评家约翰·加斯纳认为,《呼啸山庄》的电影剧本甚至改进了原著。托尔斯泰的小说《战争与和平》被改编成电影时,也被编剧大刀阔斧地删去了许多重要的描写和场景,原作中23个主要人物在电影中只剩下17个,原作中的10次战争场面在电影中只剩下3次①。所以经典文学作品的改编成其他艺术门类,不是能不能增删的问题,而是如何把握好增删的度,即必须尊重原作的主题和风格,"改编者无论如何总得力求忠实于原著,即使是细节的增删、改作,也不该越出以至损伤原作的主题思想和他们的独特风格"②。由此我们来看电影版《白鹿原》对原著的增删情况,是锦上添花还是良

① 刘艳:《红色经典改编刍议》,《中国电视》,2005年第10期。

② 夏衍:《电影论文集·杂谈改编》,北京:中国电影出版社,1979年版,第171页。

莠不齐。

一般而言,电影情节对原著的改编不外乎两个方面,那就是“删减”和“增添”,其都是为了突出原著或影片主题,使故事线索更加明晰。我们来看“公映版”《白鹿原》对原著的“删减”情况。如上所言,将50万字的长篇小说浓缩为一部为两个半小时的电影,谈何容易。与原著比较,电影去掉了鸦片种植、国共内战、鹿家两子与白灵的爱情悲剧、田小娥冤魂索命、新中国成立后黑娃被枪毙等情节,同时去掉了魔幻、意象和一些影像表达上会造成误解的内容。如上所述,电影以田小娥的故事为主线,同时展现白鹿原人如何在大时代下生存的故事。总体观之,这一删减使故事与情节相对集中和紧凑,也符合电影本身的艺术要求。不过在我看来,影片最大的问题在于删除了朱先生和白灵两个人物的故事。朱先生是贯穿原著的关键人物之一,他集圣人、智者与预言家等角色于一身,是新时期文学中不可多得的典型人物之一。有观众称,电影《白鹿原》没了朱先生,就像《三国演义》没了诸葛亮。而作为“白鹿精魂”的化身的白灵,她的美丽与魅力、叛逆与坚毅、欢心与悲情等等,都寄寓了作家太多情感寄托。此二人故事被抽掉实为可惜。

总体而言,或许是审查等原因,整部电影的删减给人支离破碎、虎头蛇尾的感觉。鹿兆鹏掀起的土改没有交代清楚,一些人物命运如白孝文、黑娃等最终如何不明晰,影片在日本军机轰炸中莫名其妙地结了尾……而一些背景的删减,如田小娥和黑娃在郭举人家初次偷情、鹿子霖挑拨田小娥勾引白孝文、鹿三杀人等情节都显得突兀,让很多没看过原著的观众觉得莫名其妙。这些删减,导演试图想留下精华,结果把很多过渡、铺垫和人物细腻表现之处都给删减掉了,以至于在一些情节的衔接上出现唐突和顾此失彼的情况。这使影片有一种浮在表面而深入不下的感觉,和原著的气质距离较远。可以说在删减这一环节上影片是不成功的,也是“公映片”为人诟病最大的地方。

就增加情节来看,这一部分来说,影片《白鹿原》有精彩之处也有值得商榷的地方。原著中的秦腔、老腔在影片中被放大,这是影片的一个亮点。它较好地渲染了白鹿原上那种爱恨纠缠的情感基调。如黑娃刚当麦客不久,农民们在吃饭间隙的那一大段老腔表演——《将令一声震山川》,就得到不少观众好评。

这段描述战争的老腔戏文，与黑娃初历人生风雨的主题相吻合。随后的黑娃与田小娥第一次交欢时的秦腔，又以平行蒙太奇的方式，将人物的爱欲缠绵表达得恰到好处。片尾田小娥与白孝文进城寻欢作乐、房间外艺人们表演皮影戏和唱老腔那一场戏，更让民俗展示与人物的情绪、命运有机联系到一起。皮影戏里的皮偶受人操纵，与现实中田小娥和白孝文的命运相类似，表现了人物在命运面前的无能为力，进而传达出小说中人类无法抗拒自身命运这一哲思。影片中对秦腔、等地域风情的处理可以说是成功的，也是王全安所得意的地方："吼那几句秦腔、老腔，就可以将陕西人的光彩表达出来"，"这个运用对历史空间的延伸是有帮助的"①。但是影片中对这种氛围的渲染篇幅过长，经常一大段好几分钟，显得有些失调了。

电影中田小娥怀孕那场戏也值得肯定，也可以说是影片的精彩地方之一。原著中田小娥并没有怀孕，但王全安加上了这一出，其用意很明显：激起白孝文作为男一个人的使命感，同时彰显了原著"生殖崇拜"的思想，是对小说开篇那句"白嘉轩后来引以为豪壮的是一生里娶过七房女人"②内涵的一次呼应与提升。另外，影片在对原著人物、故事情节等进行"嫁接"方面，也是较成功的，比如将白灵认鹿三作干爸、白孝义无子等情节放到白孝文身上，鹿兆海和白灵谈论有关苏联的理论移植给鹿兆鹏等等。

总之，电影在对小说中原有情节删减和增添上，有成功也有欠缺。这也说明，导演一旦涉及自己熟悉的文化储备并进行艺术创作时，就会迸发出创造的火花；而一旦涉及自己的艺术短处时，往往就显得捉襟见肘。因此我们认为，对经典作品的影视改编，应先立足于脚本，从脚本阶段就要考虑影片的篇幅和可能遇到的问题，尤其是不应该先拍了再剪。就此点来看，影片《白鹿原》做得不够好，这还是导演不够自信的表现。

---

① 《〈白鹿原〉麦田苍苍，白鹿为伤》，《新京报》，2012年9月21日。

② 陈忠实：《白鹿原》，北京：人民文学出版社，1993年版，第3页。

可圈可点还是瑕瑜互见?

电影中的人物,尤其是主要人物是否表演得够好,是一部影片成败的关键因素之一。小说《白鹿原》人物众多,有鲜明个性的就达数十位。其中仁者、大儒、英豪、土匪、政客、劣绅与烈女等等随着小说的推进,一一登场,给人留下深刻的印象。因受制于两种不同艺术的特点,“公映版”影片中的主要人物只有七个,即三对父子(白嘉轩白孝文父子、鹿子霖鹿兆鹏父子、鹿三黑娃父子)加一个女人(田小娥)。他们的扮演者均是当下的一线演员,不乏像张丰毅、吴刚等大牌影星。与原著中人物的相较,他们的表演能否达到预期要求与效果?是可圈可点还是乏善可陈?我们看到,他们的演技既有值得肯定的地方,也有不尽如人意之处。概言之,张丰毅、张雨绮、段奕宏三人表演可嘉,吴刚、成泰燊、刘威三人次之,郭涛又次之。

白嘉轩是我们打开小说《白鹿原》所看到的第一个人物,也是原著中的最重要的人物之一。他是一家之长、一族之长,他是我们传统文化精神的象征:在他身上,既有传统美德的一面,又有封建糟粕的一面,“他的一身,仁义文化和吃人文化并举”①。我们看到,影片中张丰毅较好地完成了这一角色定位。整部影片他始终不温不火并保持着分寸:从诵读乡约的威严到先坚拒交粮后动员全村的狡黠,从让儿子孝文认长工鹿三为父的仁义、“学为好人”到不准黑娃、小娥进祠堂的保守顽固,从亲手刺杀儿子白孝文的冷酷到对鹿子霖各种挑衅的隐忍,从亲眼看着鹿三家破人亡的无奈到日军轰炸白鹿原的无助……当然,在张丰毅的表演中我们更多看到的是他“腰挺得太硬太直”的一面,而很少看到他温情与仁慈的一面。

对于田小娥的扮演者张雨绮的表演我们持肯定的态度,一个青年演员能够将原著中这一人物演成现在这个样子已属不易。原著中这一人物在小说中篇

---

① 雷达:《废墟上的精魂——〈白鹿原〉论》,《文学评论》,1993 年第 6 期。

幅不大（从第九章到第二十章），但给人印象深刻。在电影中田小娥的故事贯穿始终，其戏份占据了三分之二。如何演好田小娥这一人物的复杂性才是关键，比如她的善良、风情、不幸与堕落。我们看到，张雨绮较出色地把握住了这一人物，尤其是田小娥和着外面的秦腔唱桃花源的一段，张雨绮演得凄艳哀婉、韵味悠长。不足的是，张雨绮在影片中的整个表演还有点“紧”，不“辣”，也不够“魅惑”，虽有风情而没有那种致命的“杀伤力”，虽性感妩媚但还缺少一种摧人心魄的悲剧感。

段奕宏饰演的黑娃也是影片中一个可喜之处。原著中黑娃实际上是最叛逆的一个人物，也是作品中不可或缺的角色，他的故事左右、支配着整个故事的发展，“是整部《白鹿原》中的关捩”[①]。他身上有小农性、土匪性、侠义性和盲目性，“他国、共、匪、儒家信徒一身而四任，但他仍在长夜中摸索，他的困境实为我们民族的文化困境”[②]。我们看到段奕宏较为成功地将这一人物的复杂性演绎出来了，尤其是在影片最后刺杀白嘉轩那场戏，那几下对白嘉轩的闷棍，将人物身上的匪性、怨恨和悲催淋漓尽致地表现出来。但由于篇幅限制，黑娃的戏份被大大减弱，导致他的个性特征没能得到更全面的展示，应该说是影片一个不小的遗憾。

相较而言，电影中其他几个演员的表演都有些平淡，比较平面化，未能体现原著中相应人物的精神内涵。吴刚尽管曾凭借电影《铁人》获得金鸡影帝，近年来饰演的角色都有所突破，如在十三燕身边忙前忙后的费二爷（《梅兰芳》）、笑里藏刀的陆桥山（《潜伏》）、让人不寒而栗的六爷（《风声》），他大都能在不同角色间自在游走，但这一次吴刚塑造的鹿子霖不尽如人意。原著中鹿子霖是与白嘉轩形象互补的一个人物，他精明、投机、短视、虚伪。“公映版”中吴刚虽演出了鹿子霖的“复杂”，但没有表现出人物骨子里那种“坏”与“精”。比如影片开篇几场戏，吴刚的表演有失水准，有点“过”，观众看到的只是他“嘉轩、嘉轩”地叫喊外，竟没了别的性格；“革命了”那场戏也显得做作。倒是后来引诱田小娥

---

① 陈思广：《谁是〈白鹿原〉中的关捩——黑娃形象的叙述学研究》，《小说评论》，1993 年第 4 期。

② 雷达：《废墟上的精魂——〈白鹿原〉论》，《文学评论》，1993 年第 6 期。

那几场戏观众才看到吴刚的一些风采。刘威扮演的鹿三同样有吴刚“慢热”的特点（比如影片开头的大嗓门、性格的“一根筋”），直到电影的后半部才渐入佳境。如众乡党要求白嘉轩为田小娥盖庙那场戏，当众人吵嚷着“子霖当族长”时，影片给了在一旁默默抽烟斗的鹿三三个镜头，此时刘威的表演颇为真实，将人物内心的矛盾与纠结情绪很好地表达了出来。

从白家长子到后来的白鹿原族长，再沦落为浪子、乞丐，后又从军东山再起直至成为中共高干，白孝文是小说中心灵变化较大的人物之一。这种大跨度的转换，成泰燊的演绎只能说是一般，还未将人物大起大落的复杂嬗变表现出来。至于郭涛扮演的鹿兆鹏，可以说是最不尽如人意的一个，是一个“平面的”人物，除了古板还有几分滑稽。郭涛的表演还停留在《疯狂的石头》中的那个包世宏的水准。值得一提的是，几个次要人物的表演让人不忘，如田福贤的饰演者张德行、狗蛋的饰演者夏浩、杨排长的饰演者曹西安，还有几个老腔演员等，这倒是一个有意味的现象。

从小说到电影，《白鹿原》经历了太多。现在尽管影片带着缺陷公映，是半部好戏，但仍然是一件值得激动的事情，因为它的完成本身就是一项成绩。但愿日后此片的原初版本上映时，观众会有所惊喜与发现。这也是我所期待的。但不管怎样，现在的影片它至少可以唤起我们重读原著的激情与它诞生的时代记忆，也许我们还可以借机谈谈现在的电影审查制度以及其他。

（原刊《创作与评论》2012 年第 11 期）

“70后”:果真很凄零?

一位“70后”作家朋友曾对我说,他的写作是在“为父母买单”——替他们圆年轻时的文学梦。他父母一个生于新中国成立前,一个生于新中国成立后,都曾是乡村小学语文老师。他们的文学梦想已都沉入时代各种运动的湖底。这虽是朋友的个案,但有一定的代表性,一如宗仁发所说:“这一代作家仿佛都有与其年龄不相称的沧桑感,也许是由于他们的心理超负荷接收而又无法全面整理所致。”[①]这种“沧桑感”在我看来一则来自父母及其历史的巨大阴影,一则来自自身成长的焦虑与无奈,于是“70后”作家们大都背负这双重宿命踽踽前行。

的确,相对于20世纪五六十年代出生的作家不凡经历与功成名就,相对于“80后”、甚至“90后”作家的来势汹汹与商业上的巨大成功,相较而言,“70后”作家们似乎寒碜多了。创作上,虽然还有一批让当今文坛记住的“中坚”,但就整体气候而言,他们似乎是“沉默的大多数”。

但,“70后”果真如一些批评家所言是“一出生就衰老的一代”?

“70后”,果真很凄零?

陈思和教授认为考量作家群体创作与时代关系时要注意两个时间段:“作家的出生时间和进入写作的时间”[②]。这一点我很赞同。想想这代人在这两个

---

① 宗仁发、施战军、李敬泽:《关于“七十年代人”的对话》,《长城》,1999年第1期。

② 陈思和:《低谷的一代——关于“七〇后”作家的断想》,《当代作家评论》,2011年第6期。

时间段的环境都是比较恶劣的。他们自小就被父母灌输“好好学习,天天向上”,稍有一点个人的爱好就被训斥为“不务正业”。这种教育其实是一种功利的“招安式”的驯化教育——泯灭个性、扼杀创造。再看看这代人“进入写作的时间”的外部环境,只要看看2000年左右对卫慧、棉棉等的“围剿”便可知。其实大多是一种政治批评、社会批评。所以现在一提到“70后”作家,人们首先想到的依然是“美女写作”“下半身写作”“无根的另类”等等这类当年的标签。这是一种极大的误解与遮蔽。

首先,“70后”的出场本身就是一些期刊、媒体的策划的产物,是一次以偏概全的炒作。回想一下1997年前后几家知名文学期刊推出的“联网四重奏”,以及之后某些杂志包装出炉的所谓一群“美女作家”等行为,其背后的某种动机值得怀疑。当然,不排除这些举措有奖掖后辈、扶持新人的意思,但也有借新人炒作之嫌。看看新时期文学史上如新写实小说、新状态小说等等命名方式便可知。所以一些媒体与期刊对“70后”的这种“重演”和“包装”不能不令人心生疑虑。“美女作家”们并不能代表整个“70后”作家,“70后”作家也不仅仅是“美女作家”们,“美女们”只能是“美女们”,虽然其间不乏后来像魏微等这样的优秀写作者。退一步说,“美女作家”们创作本身也并非一无是处,她们的创作从某种程度上是对当年已有写作的一种反动,一如当年郁达夫早期自叙传小说之于20世纪20年代前后的文坛。

现在看来,2000前后一些对“70后”的“学术批评”也值得探讨。这也是一个有意思的现象:一方面是文学期刊对“70后”作家尤其是女性作家的热荐与鼓吹,另一方面则是批评界,尤其是主流批评对“70后”的围攻与挞伐。这使得“70后”在世纪之交集体登场时就遭遇厄运,为后来其他“70后”作家的出场制造了一个很糟糕的开局和不利的外部环境。“春苗”还在孕育时就遭到持久的“倒春寒”天气,对于本来就社会阅历就不多的“70后”来说,无异于一场集体“发配”与“流放”,就像鲁迅那篇著名演讲《未有天才之前》中所言:“恶意的批评家在嫩苗的地上驰马,那当然是十分快意的事;然而遭殃的是嫩苗——平常的苗和天才的苗。”

好在当一些“美女们”谢幕之后,还有一批坚实的“70后”写作者们,小说家如徐则臣、盛可以、李修文、李师江、冯唐、陈家桥、张学东，诗人如黄礼孩、胡续东、朵渔、尹丽川、沈浩波、李红旗、育邦等，他们以自己踏实的创作实绩正慢慢影响、“修正”着读者、批评界和同行，也在“洗刷”“改写”着人们对“70后”作家的“不佳”印象。“70后”代表作家、宁夏文坛“新三棵树”之一的张学东曾言：“我非常看重70后作家，他们在完成了童年、少年时期的个人化叙述之后，必然要转向反思社会的、民族的30年以来的种种问题。”但他也坦承这样的创作“前提是，这样的作家必须得有强烈的责任感和使命感”，因为“写作是非常个人化的行为，到头来拼的是人格魅力，拼的是心灵的深度、视野的广度和思想的厚度”[①]。这表明在经历了种种内外起伏之后，“70后”作家们开始找到了属于自己的表达和前行的方向。在我看来，他们和“60后”作家甚至他们的父辈在精神深处是相通的。我们没有理由怀疑这群还在上升期的青年人，也没有必要动不动就冷嘲热讽。他们还在生长。现在对“70后”作家定性还为时过早，我们应该有耐心和信心。

当然，我们应该看到“70后”作家自身的某些不足。他们似乎也都正遭遇着个人创作的瓶颈，其核心问题是存在着一个“精神立场的确立”问题[②]，也即精神情怀问题——对于时代、对于生活以及对于人自身的终极关怀的力度与厚度，而并不是仅仅局限于自身个体经验和语词迷恋。只有真实并深刻于内心、真实并深刻于生活、真实并深刻于人性，突破“气量小”的格局与自我复制，增强批判性思考，而不仅仅流于浮表，我想，“70后”作家们才会创造出属于这代人的光荣与梦想，也无愧于“为父母买单”。

（原刊《青春》2012年第6期）

① 张学东、张昭兵：《张学东：“70后”作家是整齐而有历史使命的》，《青春》，2009年第9期。

② 何言宏：《重建我们的精神立场——简单的写作或魏微小说的问题与可能》，《山花》，2009年第1期。

在叙述中凝思

——读丁伯慧长篇小说《第三只手》

可能跟我的职业有关，在阅读新时期以来的中国当代小说时，我好像习惯于除了看小说“讲了”些什么之外，有时更在乎小说是“怎么讲”的。因为当代小说在经历了 20 世纪 80 年代以来的所谓的种种思潮之后，各种小说技巧在中国当代文坛走马灯似的让人应接不暇，热闹了一番之后给人的感受就是在“形式上”中国当代小说似乎与“世界接轨”了，所以再看现在一些作家的小说技巧，似乎“日光之下，并无新事”。这就造成了长久以来当代小说轻故事、重形式的弊病。但也不尽然，在“形式”之外，中国当代小说仍有一些重心“向下”，贴近生活、有烟火气的作品让我留意、驻足，这也是中国当代小说的一种希望。青年作家丁伯慧的长篇小说《第三只手》就属于此，除了“讲故事”，还有“故事”。

《第三只手》是一部有关成长题材的长篇小说。当然首先让我留意的还是文本的叙事努力。与作家的《城市过客》《五十而立》等中篇小说叙事手法相类似，《第三只手》也是一部“复调”式文本，不同人物、不同故事、不同对话纠缠在小说之中。这样多元叙述者的设立和多重叙述视角的“交叉”，便给小说带来朦胧又紧张的艺术效果。小说的主要人物几乎都是小说的叙述者，每个人都有他们的“文本”，而各种“文本”、各种“声音”的组合就构成了《第三只手》的基本面貌与特点。

具体而言，小说的主要叙述者有黄力、丁三妹、“我”（作家）等三人，其中又以丁三妹、黄力为主体。故事主要采取双线叙事，城市和乡村、现在和过去这两条线索互相衬托、互相对照，不断通过情节的断续造成悬念，若干个故事的推进环环相扣,因而使小整个小说充满了饱满的张力。由于小说的主叙述者的叙事基本上都以第一人称展开,不仅不同的“我”之间极易混淆,而且常常与那个作家的“我”不时发生重叠,这就给小说叙述的驾驭带来了不少的难度,但丁伯慧在小说中处理的得心应手、举重若轻。我们看到,《第三只手》中两个主人公的叙述文本既是独立向前发展的,又是互相交叉的,而且在小说的行进当中,两个文本彼此切割、互相侵略。这不仅因为丁三妹与黄力、黄力与小松子、丁三妹与小豆皮等为一种朋友或者伙伴关系,而更因为作家在小说中为各自独立的故事设置了一种内在的联系,如小说第一章“逃出都市”第三节与第四节部分叙述就是与第二章“草药与童年”开始的故事,第五章“戏班子”第四节与第六章“这就是青春”开头叙述等等就相互重叠。而作家“我”与丁三妹之间的重叠在叙述中经常发生,一般读者恐怕很难区分开来。这样,对于人物叙事功能的开拓大大加强了。

同时,《第三只手》在赋予人物不同的叙事功能的时候,小说在结构上又做到了尽可能的简化,传统小说文本的类似与“花开两朵,各表一枝”的“交代”“过渡”等之类必需的环节在这部小说中几乎全部被省略了,代之而来的是主人公突如其来的甚至是毫无铺垫的“叙述”。比如小说第八章“小豆皮”,开始人物叙述的视角是“我”(作家),之后转到丁三妹的叙述,接着又换到小豆皮的视角,最后又回到丁三妹的叙述视角。他们都在讲述“我”的故事。但这里,不同人物视角,不同的“我”来回切换、腾挪,极大地丰富了故事的弹性与再生功能,给文本以无限的叙述空间和美学趣味。

另外,“元虚构”与“跨文体”写作使小说也呈现出一定的文体色彩。如《第三只手》中,作家有意暴露叙述行为或者虚构性,作者、叙述者和叙述对象三位一体,小说之内的世界和小说之外的世界、真实和虚构的区分被取消,就连作者在小说中呈现给读者的“丁伯慧”亦无所谓真实或虚构,唯一真实的就是叙述。比如,“丁三妹说,好了,现在你知道了,丁伯慧就是我,我的笔名”,“他就是丁伯慧,那个作家。丁三妹和丁伯慧,其实就是一个人”等等,就是打破传统小说关于真实与虚构的界限,明确告诉读者:你现在看到的故事是虚构的,是编造的,是假的。这和传统小说作者极力想让读者相信故事的真实性完全不同。

与这种“元虚构”策略相呼应的是,《第三只手》的文体也呈现出一定的新面貌,如将古典诗词、儿歌、网络帖子、流行歌曲、哲学等等都糅进文本构成一个整体,小说由此便变成了无所不包、无所不能的“综合文体”,而这一“综合文体”带给文本的是它的“无限性”,使文本达到无限开放与无限自由的境界。这些技法在先锋小说家马原、余华、潘军、刘恪等那里时常可见。这既体现了丁伯慧对自己小说故事营造的整体理解与安排,同时也表明作家在前辈作家之后故事叙述的“接着讲”。

当然,《第三只手》的特点并不仅仅在叙事和文体形式领域,尽管在这一领域在 20 世纪 80 年代的中国先锋文学中早已达到了登峰造极的地步。如果仅此而已,丁伯慧似乎目前还难以与 80 年代的先锋派实绩相抗衡,或者说,《第三只手》与其他先锋文本比起来也不过是五十步与一百步的关系而已。从某种意义上说,如果《第三只手》的价值不能延伸到意义或者精神领域,那么我们就仍然有理由对这部小说的价值产生某些怀疑。所幸的是,丁伯慧以他的精神深度消除了我们的疑虑,作家在“怎么讲”的同时,还告诉我们他在“讲什么”,努力构建小说与人的关系、小说与世界的关系以及人与世界的关系,所有的技巧背后都有最终的人性的或者灵魂的内涵。但我在这里不愿意用当下一些流行的所谓“后现代主义”的理论标签进行粘贴,这不但不能揭示出小说的真实价值,相反有时只会适得其反。

在我看来,《第三只手》的最大价值在于它故事的隐喻性。就故事本身来看,这是个非常形而下的故事,也是个习以为常的故事,正如小说扉页内容提要概括的那样:“一个从乡下逃学到城里去寻梦,一个从城里逃学到乡下去寻根。”两个不同年代的中学生在路上奇妙地相遇了。这个过程中,农民、干部、小偷、街头流氓、妓女、乞丐等人纷纷亮相,他们“一个无意中参与了一场重大案件的破获,另一个掀起了城市的小偷大战……”但就是这样一个普通的故事,作者却取了个“有意味”的书名《第三只手》。什么是“第三只手”?是小说中主人公说的那样是故弄玄虚的“噱头”抑或其他?其实,小说文本已经给了我们暗示,这“第三只手”就是一个巨大的隐喻。小说中对“第三只手”有过两次解释:一次是小豆皮对丁三妹说的盗窃时伸出来的“要快,要准,要轻”的有形之手;另一次是丁三妹对黄力说的“一只看不见的手”,这手“拿走你的好东西,把坏东西放到你的身上。可我们却常常分辨不出,什么是好东西,什么是坏东西,就像我们做过的那个游戏一样”。这里暂不考虑作家是否该跳出来直接发表议论,但关于什么是“第三只手”,其意义已经非常明显了,就是“既能拯救自我,也能拯救别人”(蔡家园语)的爱之手、思考之手、慎独之手。这让我想起了塞林格那篇著名的小说《麦田里的守望者》。“守望”与“手”在我看来都是相似的意义旨归。

由此,《第三只手》的价值还体现为故事背后的始终涌动着的一股大爱与关怀。虽然作家通过两个少年的流浪中带出一个个的故事,我们有时难免对故事中的人性恶表示鄙夷或者愤慨,但在这些背后,我们始终都能感受到那种对大爱的真诚呼唤。无论是丁大春和丁三妹的姐弟之情、还是黑五叔与小松子的父子之爱,抑或是小翠与丁三妹的萍水相逢……他们身上都有着一种人情美、人性美,人和人之间友爱大于险恶。作家在一篇随笔中曾说:“爱,其实是我们最需要的信仰,是让我们不再孤独的最重要的精神家园。在一个爱无能的时代,如何让我们爱起来,且让这种爱不遭外界的伤害而销蚀,是一个重要的课题。”[①]所以在《第三只手》中我们看到围绕丁三妹出现的人物老大爷、小翠、小豆皮,围绕黄力设置的人物小豆皮、黑五叔等等,这些非亲非故的众生都在做“如何让我们爱起来”的一种努力,一种姿态。一如作家旻旻所言,“在文字与文字的间隙中,一种人文的关怀正不动声色地粘贴在文字的汹涌中”[②]。

但是,小说似乎不只是告诉了我们这些。通过故事的叙述,我们发现,这里不仅仅是一个儿童的世界,其实更是一个大人的世界,以及作家“灵魂的挣扎与反省”。丁三妹和黄力为什么要逃学?小豆皮为何要行窃?小翠为何沦为妓女?黑五叔和小松子父子为何流浪?……所以,正如心理学家李孟潮所说:“《第三只手》与其说是儿童小说,不如说是写给成年人看的寓言”,“在指出第三只手的同时,它给了人们第三只眼”,也即“反思”[③]。在这篇小说中,只要我们看看这些书写的对象,我们便发现他们大都是弱势群体。其实,丁伯慧的其

---

① 丁伯慧:《我们处在怎样的时代》,http://blog.sina.com.cn/s/blog_53901c9b010003sm.html.

② 丁伯慧:《第三只手》,济南:明天出版社,2008年版,第292页。

③ 丁伯慧:《第三只手》,济南:明天出版社,2008年版,第295页。

他一些小说始终都在关注着当下中国的底层的书写,如《断翅的飞翔》反映的是一群残疾人的艰难生活、《我不是胆小鬼》写的是一个精神病人的“呓语”、《城市过客》描绘了一群打工仔的艰辛……这些向“下”的故事就显现了它足够的“力量”。在这些故事“反思”的背后都隐藏着一个相同的词:良知。正如作家在《小说到底写什么》一文中指出的那样:“小说写的,其实不是别的,只是小说家的良心。”“良知”是一个沉重的字眼,尤其在今天的这个社会。这就不仅仅道出了是《第三只手》这篇小说背后的创作动因,同时也说明了自己创作的一贯宗旨。所以“行而下”的故事回到了“行而上”的追问,小说在轻快的叙述中凝重起来,语言的所指与能指发生了倾斜,故事就不仅仅是“故事”了,“故事”就有了发现和存在的价值与意义。这是一个作家的慧眼、慧心所在。这也是作为一个和作家有着同样乡村记忆的同龄人的我读《第三只手》的最大感动之处。

海德格尔说过,语言是人类存在的家园。从某种意义上说,人不是生活在物质世界,而是生活在语言之中,是语言照亮了人类的存在。作家们正是通过自己独特的个体感悟,用“语言”书写、建构着自己对这个世界及自身的认识。《第三只手》也便是作家丁伯慧通过“自己的语言”,在叙述中传达出他对文学和这个世界凝思声音的一次有益尝试。

(原刊《出版商务周报》2008 年 9 月 28 日)

荒诞与悖论

——读陈然的中篇小说《蟑螂之歌》

一个有极度洁癖的中年男人遭遇到一只极度狡猾的蟑螂后怎么办?

我在开始阅读这部小说时,有点儿担心这又是一个类似于卡夫卡《城堡》的故事。故事中的这个有些病态的曹姓男人,为了消灭一只入室的蟑螂,想尽一切办法:关门窗、换鞋、搬沙发、喷灭害灵,“发誓一定要把那只蟑螂找出来”。他虽然最终将那只“占据了他的整个脑屏”的蟑螂杀死了,但旋即又被那些无形的密密麻麻的“蟑螂之影”折磨着:买手电,食物灭蟑法,地毯式排查,准备向单位请假,直至折腾到水管破裂……小说前半段故事在密集的语言、快节奏的叙事与大量的生活细节中一步步走向荒诞,一种压抑、焦灼的气氛让人喘不过气。当他的灭蟑螂建议被小区物管采纳后,小说节奏开始由紧张走向舒缓,我们终于也松了口气。但接下来的故事又急转直下,小区物管们想借用他这个“记者”的身份打起自己的小算盘,一件好事又走向其荒诞的一面。

这是人的某种荒诞与悖论。

小说中,曹先生是一个可怜的小人物。人到中年,生活才有一点点起色(如由出租房搬至新居),但仍活在一种莫名的焦虑之中。在家里,老婆的话就像圣旨,“老婆总是有道理”;在单位,“除了他,其他人都是当领导的”,事业上浑浑噩噩,“一毫米的理想”(张炜语)都没有;他每天步行、换公交,折腾半天去上班;现在又被那只蟑螂、“记者”身份弄得焦头烂额,恐惧不安……

曹先生类似于作家短篇小说《一根刺》中“他”的形象。在那部小说中,主人公“他”被一根鱼刺弄得惶惶不可终日。故事同样充满某种荒诞。在此部小说中,曹先生可没有《一根刺》中的主人公“他”那么幸运。自家的蟑螂已让他不得安生,更何况后来被卷入一场莫名其妙的欺骗,他也似乎成了一只被人喊打的蟑螂。这一人物又让我想起了俄国作家契诃夫短篇小说《小公务员之死》中的那个小公务员。在契诃夫那里,小公务员被自己的一个喷嚏弄得焦灼不安直至丧命,我们的公务员曹先生的最终命运也很可能因为这只倒霉的蟑螂而走向不归路。这是人生的无奈与悲哀。

另外,曹先生这个人物身上也充满某种人性的悖论。如在灭蟑螂的过程中,他似乎像变了一个人,由一个洁癖之人变得“比谁都不怕脏”的人,由一个“惟老婆是听”的人变得“男人”起来的人,由一个胆小“很孤独”的人变得像年轻时那样敢于路见不平的人……

在一篇名为《写作的谶言》创作谈中,作家认为,他笔下的人物,大都“从极平常琐细的事情里起身,然后不知不觉、在一股莫名力量的推动下自相矛盾,首尾难顾,被卷进了某种悖论”。在另一篇批评文章中,作家又认为,“还有什么比生活本身更荒诞呢,好的小说都是荒诞的,都藏着一个大的悖论”。确乎如此。曹先生为何因一只蟑螂如此焦灼?仅仅是因为洁癖?为何一张阴差阳错的稿费单让张经理他们对曹先生另眼相看?一场原本良好初衷的灭蟑螂运动又为何演变成一次捞取政绩、强买强卖的欺骗?另外,当下社会的诸多问题,如食品安全问题、教育问题、文牍主义等等,大都充满某种荒诞与悖论。这种荒诞与悖论背后其实都是“人的荒诞”和“人的悖论”,是人性中那隐秘的“蟑螂”在作祟。通过这篇小说,作家试图对现实和人的命运提出某种发问与思考。

(原刊《青春》2013 年第 3 期)

春天里的一泓清泉

——简评潘萌长篇处女作《时光转角处的二十六瞥》

《时光转角处的二十六瞥》(以下简称《时》)是19岁大学生潘萌大一时创作的长篇处女作。而此前她15岁时就与父亲潘军合著有《我家的时尚女孩——害怕长大》一书,18岁获得全国新表现作文大赛一等奖,但真正让人耳目一新的还要数这部长篇作品。它是青春校园小说写作中又一道绚丽的风景,是春天里的一泓清泉。

从某种程度上说,《时》不是一部长篇小说,而是一本散文随笔集。它“以26个字母的形式,根据字母的拼音、英语、形状、发音等等写了二十六个在我成长中留下重要记忆的男人的故事”①。他们中有“我”的亲人、同学、儿时的伙伴、历史人物,甚至旅途中结识的朋友。

读这部作品,作为20世纪70年代出生的笔者来说,我最大的感受就是它的活力和激情。但这已不同于我们过去的那个校园。这群青春四溢的学子们,可以理着平头,穿着板裤,吃着棒棒糖、汉堡鸡翅和人侃《天龙八部》,聊张楚、柯本的音乐,也可以和你静下来听古琴、京剧,谈尼采、维特根斯坦、《圣经》、海子。他们既引领着青春的时尚,又不乏古典的情怀,仿佛又将读者拉回了那美丽的青青校园,让人流连忘返。本文试从以下几个方面略作一点探讨。

---

① 孤云、潘萌:《我就不走那条文学生产线》,《花城》,2005年第2期。

一、爱的温暖

同学之爱。《时》就其篇幅而言,有三分之一的文字来自于求学的校园。有与“我”处处“作对”“驼背趴着睡觉,把身子窝成一个大大C形的小土匪”的同学臭小子(C);有帮助“我”系鞋带憨厚的大嘴哥哥(O);有能“罩”住“我”的老大(W);还有让“我”精神震颤的同学韩盐(V)和如风般澄澈的李澈(R)……这些同学是“我”青春成长过程的见证人,也是“我”记忆中的一道道青春的风景。他们单纯、明朗,无论是年少轻狂,还是泪流欢笑,他们都是幸福的感动,单纯的温暖。其实这完全可以理解,作为一名正在求学阶段的学子,校园里发生的一切都是青春的记忆和回响。

友情之暖。这里除了同学友情之外(如B),有儿时的牵着“我”衣角、涩涩的小女生李远遥(I);有“鸽子般眼睛”执着的小男孩程予飞(Z);有在“我”心情很糟时给“我”讲相声的网友老K(K);还有五天香港游玩旅途中结识的小男孩(E);和一次“我”逃课后去天柱山结识的陈佳生(L)……如作品中的叶子(Y),是一个儒雅的商人,他开有一家与自己名字相同的服装小店,他与“我”有某种心灵的契合。还有关心“我”的老师(S)、永远受“我”“欺负”的阿Q叔(Q),等等。这些是另一种爱,有的是同龄的友情,有的是超越年龄的感动。

爱情之涩。人生是花,而爱便是花的蜜。在《时》中,在飞扬的青春里,有“我”“付出了从未有过的大海一般深厚湛蓝的感情”的男孩(A);有朋友B为之神魂颠倒的“猫一般迷离的女子”(B);有“我”的男版葛其的忧伤爱情(G);有“我的出生就是为了等待一个人”的红桃J的爱情故事(J);还有想象中对他说“你是我的手臂,我是你的掌心”的H……在美丽的季节与年龄里,他们邂逅了爱情,也邂逅了爱的青涩。但这爱永远又是甜蜜的记忆,“是人生中的一种积极因素,幸福的泉源”(薄伽丘语)。

亲情之真。人世间的亲情,永远是孩子爱的港湾。在《时》中,最能打动我们的也就是这种人间挚爱真情了。“与父书”(F)中,我们看到了一位“用我所有的所有来爱你的”伟岸的父亲;在“他和他的故事”(T)里,我们领略了“我”爷爷奶奶间“最迷人最深刻最忧伤最宽广的爱情”。与校园生活的书写不同,这部分内容满贮着深情,细节中显现博大,飘逸中流露出凝重,沉思中孕育着丰盈。从这里我们可以看到作者那颗略带沉重的心灵与表达,成熟略带沉痛。

二、自由的渴望与健康的忧伤

作为20世纪80年代出生的人来说,随着改革的深入、制度的健全,国家在平稳中繁荣发展,政治环境的宽松、物质的丰裕,使他们已不再受政治运动带来的惊恐,也很少体会到贫穷和饥饿的威胁。他们是幸福的一代。但同时,他们有着自己的烦恼与困顿。其中之一就是内心对自由的渴望,“似乎永远逃离不了内心的矛盾,心理的不自由又导致了行为的不自由”①。由于他们目前大都在求学,他们身上反映更多的是当前教育上的一些问题,如应试教育、题海战术、重书本轻实践,等等。学生们在“升学”这一压力下隐匿了自己的“个性”,从而体现出一种内心对自由的向往而现实中往往不得的焦灼。在《时》中,“我”在繁重的学习重压下,突然想离开城市,“去一个原始单纯的地方”,让女友念念帮助请假,但念念此时也逃课了,逃到了西安。在高三阶段,学生们“全部收起原先嬉笑怒骂的模样,卑微地跟着高考的锣鼓点子”。应试作文,对学生是“不得不坐在固定的位置上在固定的时间内写固定的字数固定的题目”,对老师而言,“所谓好作文,就是在三分钟之内能够取悦改卷老师的作文”。这些矛盾与问题,都值得深思。

与此同时,20世纪80年代出生的人,大多数是独生子女,虽然物质上是充裕的,但内心的忧伤、孤独也是显而易见的,“忧伤是嵌在心里的不可名状的灼热,不可言说”②。在《时》中“我”“有时候独自一人站在食堂中央汹涌的人流

---

① 杜聪:《幽蓝的青春》,《当代文坛》,2005年第1期。

② 郭敬明:《爱与痛的边缘》,上海:东方出版中心,2003年版,第27页。

里，会觉得突然周围的一切清寂了下来，觉得整个学校和城市在离“我”很远的地方，而“我”那曾经闪烁着金色光芒的理想更是在那隔过山越过海的遥远的地方。当我的手指触到口袋里冰冷的手机键盘时，我想到我已经几天都没有张开嘴和人说过话了”[①]。但在作品中，这种孤独、忧伤不像“70 年代后”一些作家笔下的那种颓废、游戏、自恋，也不同于一些 80 年代后出生的青春写手的“无休止地把自己的小小伤口拿给大家看，然后撒娇呻吟”[②]。作者曾说，“我绝不标榜叛逆伤感，也不自称小资高雅”[③]，“我不写颓废不写极端不写受伤，但我照样成长。真正受伤的野兽总是独自舔舔伤口再继续前进的，只有擦破了点皮的孩子才会大哭大叫的孩子要人来哄”[④]。这是作者不同于“70 年代后”写作者，也不同于 80 年代的同龄人写作者之处，它也是这部作品阳光的一个亮点。

三、神思的想象与鲜明的人物塑造

作家史铁生曾说：“潘萌的文章，最是角度与形式的不拘一格让我赞叹。”（见该书序）这很中肯。《时》记录了“我”成长记忆中的 26 个男人故事。如何写好它，值得玩味。其中重要的一点就是作者以其不拘一格的想象力，从 26 个字母的形状、英文、发音等形式来构建人物，把人物写活了。如字母 D，想到英语 Die（死），由此联想到记忆中的海子以及几个男人的死；由字母 M，联想到山峰的形状，并由此重新演绎了京剧《武家坡》；由字母 U，联想到网络语 4U（for you），于是和读者进行了一次“空中的握手”（潘军语），等等。

同时，除了想象，作者在人物刻画上也不落俗套，个性鲜明，多用小说笔法。如“武家坡”（M）和“反光”（X）中写了两个历史女性王宝钏和张幼仪眼中的“男人”，她们都是爱的执着者和不幸者。但她们的人物形象各异——王宝钏坚忍

---

① 潘萌：《时光转角处的二十六瞥》，长沙：湖南文艺出版社，2005 年版，第 16 页。
② 孤云、潘萌：《我就不走那条文学生产线》，《花城》，2005 年第 2 期。
③ 潘萌：《时光转角处的二十六瞥》，长沙：湖南文艺出版社，2005 年版，第 424 页。
④ 孤云、潘萌：《我就不走那条文学生产线》，《花城》，2005 年第 2 期。

刚烈,张幼仪从容恬淡。另外,在王宝钏这一人物的结局处理上,作者不是承袭历史上夫妻团聚的结局,而是以王弃薛而去,以悲衬喜,更见力度。另外,像阿Q叔、大嘴哥哥、两位老师等等形象都呼之欲出,跃然纸上。

四、叙事与语言的精巧

说《时》是一部优秀的作品,除了上述特点之外,还在于作者对故事的把握与语言的驾驭上。在这部16万字的作品中,作者采用了两种叙事视角:一个是时间的视角,它记录着过去的、现在的、将来的人与事。另一个是两个世界的视角:外在的现实世界和内在的心灵世界。作者善于针对不同人物采用不同的方式。在“他和她的故事”(T)中,由现在写到过去,由现实又转到内心,将两个视角很好地结合在一起,以移步换景的方式刻画了几代人对爱的诠释。

在语言设置上,《时》也见功力,既有平实的表达,也有庄重的描述;既有流行时尚语,也有古朴含蓄词,在“我手写我心”的不拘一格中淋漓地表达着青春的欢乐与泪水、幸福与哀愁。同时,文字流畅又不失幽默、老辣,甚至哲思。如同为写声音,同学丽丽是“糯甜的”,而歌手林忆莲是“柔软倔强”的;“无言的死,就是无限的活”“叮咛放近了看是唠叨,放远了看是温馨”这样的句子简直就是哲理了。另外,还有象征、暗示、双关等手法的运用,字里行间可以看出作者驾驭语言的能力和潜质。

当然,《时》也有不足的地方,如个别语词的重复、表达上模仿的痕迹等等。但这些都是成长中的问题,均不能掩盖这本书的优点。随着作者的年龄与阅历的增长、思考的深入,我们完全有理由相信作者潘萌能够给我们带来新的惊喜。祝她一路唱着歌而飞翔。

(原刊《语文学刊》2006年第7期)

第三辑

朱湘外祖父诸说考辨

朱湘(1904—1933),字子沅,安徽太湖县人。她是我国现代文学史上的著名诗人,与郭沫若、徐志摩、闻一多比肩,被鲁迅先生誉为“中国的济慈”。其父朱延熙,清咸丰二年(1852)生于太湖百草林,光绪丙戌(1886)年进士,曾任江西学台、湖北盐运使、湖南按察使等职。母亲张氏,出自名门之后,在朱湘3岁时(1907)病逝。对于朱湘的外祖父是谁,历来众说纷纭、莫衷一是,而朱湘本人在诗文中也并未提及。那么,朱湘的外祖父到底是谁?如果我们知道朱湘生母的身世,那么问题就迎刃而解了。本文就试从朱湘母亲的生父入手对此问题进行一番梳理与考辨。

一、目前关于张氏生父的几种说法

受制于时代与资料,对于张氏身世我们知之甚少,尤其是对其生父,历来也说法不一。就笔者目前掌握的资料来看,关于张氏生父有下面几种观点。

(一)“张之洞女儿”说

此说以赵荆华先生为代表。赵在《朱湘的世系及其他》[①]一文中认为“朱湘

① 赵荆华:《朱湘的世系及其他》,《艺谭》,1983年第3期。

母亲张氏是清末洋务派首领、翰林院内阁学士张之洞(1837—1909)的女儿。张之洞爱惜人才,见朱延熹天资过人,才华横溢,又曾受过皇封,故将女儿许配给他”。由于赵荆华是诗人的太湖籍同乡,发表此文前做过一些实地考察,因此该文发表后影响很大。北京大学孙玉石教授也持此种观点。在其选编的《朱湘散文选集》一书《序言》中,他也指出“其母张氏,是清代洋务派官僚张之洞之女”①。另外,一些硕士、博士论文在谈及朱湘身世时,也认为朱湘母亲为张之洞女儿,如张旭教授的博士论文《视界的融合:朱湘译诗新探》就认为“(朱湘)外祖父为清末洋务派首领、军机大臣张之洞”②。

(二)“张之洞侄女”说

这又有两种观点,一种认为是张之洞族兄张之万的女儿,一种认为是张之洞之弟(兄)张之清的女儿。

(1)张之万之女说。丁瑞根先生在其《悲情诗人——朱湘》一书中,有这样一段关于张氏的文字:

> 朱延熙随后入选翰林院庶吉士,与八十七名同科进士一道,接受了为期三年的特殊训练。在此期间,他以出众的才华和笃诚的品行,赢得了此科的阅卷官,又得庶吉士的总教习张之万的赏识。张之万把他的女儿许配给朱延熙,从此以后,朱延熙便在协力大学士兼刑部尚书的岳父庇护之下,除了一度外放江西,做过一任学台以外,其余时间都在京城,以一个闲散淡泊的翰林身份度时处世。③

引文中的张之万(1811—1897),字子青,号銮坡,为张之洞同族远房堂兄。那么由“张之万把他的女儿许配给朱延熙”,可知张氏为张之洞的侄女。

---

① 孙玉石:《朱湘散文选集·序言》,天津:百花文艺出版社,2004 年版。
② 张旭:《视界的融合:朱湘译诗新探》,北京:清华大学出版社,2008 年版,第 1 页。
③ 丁瑞根:《悲情诗人——朱湘》,石家庄:花山文艺出版社,1992 年版,第 3 页。

(2)张之清之女说。这种说法以余世磊先生为代表。余世磊是一位作家,也是诗人朱湘的同乡,对朱湘研究颇有心得,写有一系列文章,如《朱湘的前十一年》《以讹传讹——朱湘研究的几处硬伤》《朱湘与太湖》《天尽头,何处有香丘?》等[①],并有一部关于诗人的传记书稿待出。他通过考证,认为朱湘的母亲张氏是“是张之洞之弟张之清的女儿”[②],也即张氏为张之洞侄女。方族文、朱生友、白云生诸先生也持此观点[③]。另外,黄季耕先生在其主编的两套丛书《中国文化世家·江淮卷》和《安徽文化名人世家》中论及朱湘时,也都认为张氏为张之洞侄女,“(张氏)晚清重臣张之洞的侄女”[④],“(朱延熙)继娶湖广总督张之洞胞侄女张氏为妻”[⑤]。

以上两种说法,不管哪种,都认为朱湘母亲张氏是张之洞的侄女。

(三)“张之洞外甥女”说

这种说法笔者目前没有直接看到,但在朱湘研究专家钱光培教授所著《现代诗人朱湘研究》一书中,在谈及朱湘身世时,钱光培指出朱湘好友罗念生的《朱湘的身世》一文提到此说法:“罗念生《朱湘的身世》一文转述朱湘姐姐的回忆云,张之洞是朱湘母亲的舅舅。”[⑥]按中国汉族传统的辈分观念来看,张氏应为张之洞姐姐或者妹妹的女儿,即张氏为张之洞的外甥女。但我在罗念生《朱湘的身世》一文中没有找到这样的表述,文中说“诗人的外祖父是张文襄的二哥,张文襄是四弟”[⑦]。不知钱文这种说法从何而来。张文襄是张之洞的谥号,若依笔者所见,张氏应为张之洞二哥的女儿也即张之洞侄女,而非外甥女。

---

① 参见余世磊新浪博客,http://blog.sina.com.cn/s/articlelist_1317219670_0_1.html.

② 余世磊:《朱湘与二嫂薛琪瑛》,《江淮文史》,2010 年第 1 期。

③ 参见方族文:《朱湘研究中的几个疑点问题》〔《安庆师范学院学报(社会科版)》2004 年第 6 期〕、朱生友,白云生:《诗魂永驻百草林》(《太湖报》,1998 年 6 月 26 日)等人文章。

④ 黄季耕主编:《中国文化世家·江淮卷》,武汉:湖北教育出版社,2004 年版,第 719 页。

⑤ 黄季耕主编:《安徽文化名人世家》,合肥:安徽教育出版社,2005 年版,第 322 页。

⑥ 钱光培:《现代诗人朱湘研究》,北京:北京燕山出版社,1987 年版,第 5 页注释①。

⑦ 罗念生编:《二罗一柳忆朱湘》,北京:三联书店,1985 年版,第 101 页。

(四)不确定说

持这种观点者大都采取一种模糊的态度,“有说是清末洋务派领袖张之洞的女儿的,又有说是外甥女的”①。王伟、周红合著的《朱湘　霓君》一书也持此观点②。钱光培教授虽然对此持怀疑态度,说“两种说法都根据不足,还需进一步考证”③,据说后来钱先生曾到安徽太湖实地考察朱湘的家世。但笔者目前未看到公开的文字,在此姑且存疑。

二、张氏应为张之洞侄女

那么,朱湘母亲张氏的生父到底是谁呢?我们认为“张之洞侄女说”可信度高。

(一)朱湘亲友说法可信

实际上,朱湘3岁时母亲张氏便去世了,对于当时还是个孩童的诗人来说,对于生母当然没有什么印象。诗人自小性格孤僻,家里兄弟姐妹虽然众多,却形同路人。或许诗人曾听家人讲述过他父母的身世,但幼年失怙,手足之情淡薄,这些成长过程中的阴影,诗人是不愿提及的。所以,在诗人的作品中,我们很少看到关于她身世的文字,只有寥寥数篇,如《我的童年》《海外寄霓君》等,而对于母亲张氏的记载更是少之又少。在《海外寄霓君》第五十三封信中有这样的文字:“记得我小时候,娘过去很早,爸爸也在我十一岁上去世了。”④“好强的女子常常短命。从前娘不也是好强?”⑤这里,我们看到的依然是语焉不详的

① 孙基林:《漂泊的生命·朱湘》,济南:山东画报出版社,1998年版,第2页。
② 王伟、周红:《朱湘　霓君》,北京:中国青年出版社,1995年版,第4页。
③ 钱光培:《现代诗人朱湘研究》,北京:北京燕山出版社,1987年版,第5页注释①。
④ 蒲花塘、晓非编:《朱湘散文》(下集),北京:中国广播电视出版社,1994年版,第102页。
⑤ 蒲花塘、晓非编:《朱湘散文》(下集),北京:中国广播电视出版社,1994年版,第103页。

叙述。

但是，诗人虽然在诗文中不谈，并不代表在现实中不对人提起，所以诗人亲友的有关诗人家世的信息就值得重视，可信度也很高。罗念生是诗人生前挚友之一，在诗人去世后写有一系列悼念文章，其中《朱湘的身世》一文给我们提供了很高的参考价值。该文中，有这样的文字："我立刻去访问柯先生，他是诗人的姊丈。承他和蔼地告诉我一些消息，还介绍我去见诗人的妹妹。""承诗人的姊姊又告诉我许多关于他的消息。"[①]"诗人的外祖父是张文襄的二哥，张文襄是四弟。"[②]在写完该文（1934）近50年后的另一篇文章《朱湘的诗论》（1983）中，罗念生又指出："有关朱湘身世的情况大半是我提供的，材料主要来自诗人的嫁到北京施家的姊姊和他的二嫂翻译家薛琪英。"[③]所以，这里我们认为罗念生的"诗人的外祖父是张文襄的二哥，张文襄是四弟"的说法是可信的，因为它源于诗人的姐姐与嫂嫂，也即张氏是张之洞侄女这一说法比较可信。

（二）太湖《朱氏家谱》记载佐证

家谱，作为一种特殊的文献，与国史、地志并称三大文献，属珍贵的人文资料，对于研究历史、民俗、社会、人口、经济等均有其不可替代的作用，所以无论官方还是民间都十分重视对家谱的发掘、整理和修纂工作。

民国六年（1917）由朱文忠主修的白鹿堂木活字本安徽太湖《朱氏宗谱》，共六卷，为朱湘生前所修。据励双杰先生考证，此谱当时仅印二十八部，流传至今存世的自是更为稀少，其史料性、可信性自不必言，"朱延熙出于此族，为奎公孙发显支下。延熙为十六世，文同（即朱湘）为十七世"[④]。另据余世磊先生《以讹传讹——朱湘研究的几处硬伤》一文称，他曾在朱湘太湖百草林一户人家查看到这套非常珍贵的《朱氏宗谱》，上面就有朱湘母亲张氏的一些文字。

---

① 罗念生编：《二罗一柳忆朱湘》，北京：三联书店，1985年版，第100页。

② 罗念生编：《二罗一柳忆朱湘》，北京：三联书店，1985年版，第101页。

③ 罗念生编：《二罗一柳忆朱湘》，北京：三联书店，1985年版，第137页。

④ 励双杰：《安徽太湖〈朱氏宗谱〉六首二卷》，http://blog.sina.com.cn/s/blog_4b98a71f010008vj.html.

据这部百草林《朱氏家谱》记载：朱湘父亲朱延熙在老家太湖时，曾娶同乡余可行的女儿余氏为妻，生育一男二女，男名朱文寅。光绪十五年(1889)，余氏不幸病故，"继娶直隶南皮县湖北候补知府、赏戴花翎张之清公女，湖广总督文渊阁大学士军机大臣赠太傅谥文襄名之洞公胞侄女"；张氏"生于同治七年(1868)戊辰十二月初九日亥时，诰封宜人夫人，晋赠一品夫人，生子四：文长、文良、文祜、文同"；光绪三十三年(1907)病故于长沙，年三十九岁，"时葬暗沟堡棠梨坪午山，子向，有碑"。湖南巡抚余诚格为张氏撰有《墓志铭》："夫人性温且敏，通史书，解音律，而尤精于琴操之学，归益公之后，时或作之，靡不肃然起敬，叹为观止。内政极有条理，所生子，咸自授读，至抚诸侄，亦能体益公意，勤督课诵，可谓巾帼丈夫也。"

从《朱氏家谱》这段相关记载中我们可知：第一，张氏是张之清女儿；第二，张氏是张之洞胞侄女；第三，张氏出自大家闺秀，是位才女名媛、贤妻良母。笔者曾亲见由余世磊先生的这部分百草林《朱氏家谱》照片，而家谱中的这类记载一般无错讹的可能，因此我们认为这些文字是可信的，也即张氏为张之洞侄女，而非外甥女。

三、张氏应为张之洞二哥张之清之女

张氏为"张之洞侄女说"现在得以确认，但其生父是谁？是张之万还是张之清？罗念生先生所说的"诗人的外祖父是张文襄的二哥"，这个"二哥"又是谁？

国家图书馆分馆地方志与家谱文献中心收藏有一部民国二十六年(1937)铅印本《南皮张氏四门第十八支家谱》(以下简称《张谱》)，其编修者为张之洞族孙张厚谷，其可信度毋庸置疑[①]。我们查阅此家谱可知，张之洞之父张锳兄弟

① 虽然史学界对该家谱《家书》中的部分内容的真伪意见不一，如河北师范大学秦进才教授认为它们并非出自张之洞之手，乃后人伪造(见《〈张之洞家书〉辨伪》一文，《历史研究》，2000年第2期；在1998年河北人民出版社出版的《张之洞全集》附录中，秦又指出"这部家书是由张之洞的族孙张厚谷伪造的"，见该书第10807页)；国家图书馆谢冬荣先生则认为这些《家书》"它们是可信的"〔见《〈张之洞家书〉考辨》一文，《国家图书馆第八次科学讨论会论文集》(2005)，第97页〕。笔者倾向于谢说。

共有三人，张锳行二，一生三娶，“锳……子之濂、之清、之渊、之洞，朱氏出；之澄，李氏出；之湧，魏氏出。之清出嗣恂”。从这里我们可知，张之洞兄弟六人，张之洞行四。在张之洞死后同时代人的一些悼亡文字中也得到印证：“父讳锳乙……盖公行四，故称四郎。”①

那么《张谱》中的“二哥”当是张之清。

对于张之清，《张谱》有这样一段记载：

> 之清，承嗣，原名清佑，字仲穆，号筑源，行二，优附生，中书科中书，湖北候补知府，赏戴花翎，诰授朝议大夫。生于道光十四年三月初八日，卒于同治八年十一月初四日……无子以之洞次子仁颋承嗣。

这里，有几点值得注意：第一，张之清曾为“湖北候补知府”，这一说法与太湖百草林《朱氏家谱》记载相一致；第二，《张谱》中指出张之清与张之洞均为张锳之子，与太湖百草林《朱氏家谱》中张氏为“之洞公胞侄女”提法一致；第三，张之清行二，与罗念生先生说的“诗人的外祖父是张文襄的二哥，张文襄是四弟”相吻合。

另据道光十七年(1837)《南皮东门张氏家谱》载：“洵，字信堂，行大……以锳次子清佑承嗣。”这里，“洵”亦作“恂”，为张锳伯父廷璘之子，“以锳次子清佑承嗣”与《张谱》中“之清出嗣恂”说法一致②。

现在的问题似乎是张之清膝下无子，“以之洞次子仁颋承嗣”。但我们知道，旧时家谱一般是不记载生女信息的。《张谱》无张之清生女情况，但并不代表张之清膝下无女。另外，据《张谱》载，张之清嗣子仁颋娶的是湖南巡抚吴大澂之女，仁颋嗣子厚琬娶湖南湘乡县曾纪寿之女。从张之清的子孙婚配情况来

---

① 苑书义、孙华峰，李秉新主编：《张之洞全集》(第12卷)，石家庄：河北人民出版社，1998年版，第10727页。

② 冯天瑜，何晓明《张之洞评传》中认为：“堂兄之濂、之清因父早亡，也被张锳收养，如同亲生一般”，见该书第20—21页，南京：南京大学出版社，1991年版。《张谱》在之洞后也标注“朱氏出”。张之洞父亲张锳元配夫人刘氏，继配蒋氏，朱氏为其第三任正室。由《张谱》，我们不能肯定前面两位夫人有没有生子，但张之清为张之洞之兄这点是肯定的。

看,其主要在湖南一带,这与朱湘父亲朱延熙曾在湖南做官多年,与朱家早年活动地区相合,这也可证明张之清有可能将女儿许配给在湖南为官的朱延熙。遗憾的是,无论是《张谱》还是百草林《朱氏家谱》,均没有留下朱湘母亲的名字,这也是朱湘之母身世之谜产生的原因之一。

那么张氏是否为张之万之女呢?从《张谱》来看,无张之万支系信息。张之万是张之洞族兄,"之万与之洞同出四世祖怀公之后,长洞二十八岁"①,我们在有关张之洞的诗文中,并未看到以"二哥"称呼张之万的,反倒称其为"五哥"。《张之洞全集》卷二百九十九《家书》第3通《致兄文竹》中有这样的记载——"子青五兄因升闽督后旱路辛苦"②,这里"子青"就是张之洞的族兄张之万,所以张氏不可能为张之万之女。

张氏有无可能为张之洞之女呢?在张之洞死后,同僚陈宝琛曾为张撰写过一篇《墓志铭》,中有这样一句话"女三:长适卞綍昌"③。这里我们还看不出朱湘母亲张氏是否为张之洞女儿。据吴剑杰教授所著《张之洞年谱长编》,张之洞一生共生有四个女儿:檀、仁准、仁会、仁霁,书后附有《南皮东门张氏四代简表》。据吴教授称,该简表在河北南皮张之洞研究会秘书长王玉良与张之洞侄重孙张遵逵所提供的有关张之洞资料基础上绘制而成,可信度很高。据《张之洞年谱长编》,张之洞四个女儿的出生时间分别为:长女檀生于咸丰四年(1854年),次女仁准生于光绪三年(1877),三女仁会生于光绪十四年(1888),小女仁霁生于光绪十六年(1890年)。她们与太湖百草林《朱氏家谱》中关于朱湘母亲张氏"生于同治七年(1868)"的记载均不吻合,故此我们可以得出张氏也不可能为张之洞女儿的结论。

张氏是否为张之洞姐妹之女,即张之洞外甥女呢?据载,张之洞有姐妹八人。据《张之洞年谱长编》,张家八姐妹"长适献县刘肇均(字伯洵,拔贡),次未详,三适定兴鹿传霖(谥文端),四适庆云崔氏,五适南皮黑龙村刘氏,七字许氏,

① 吴剑杰:《张之洞年谱长编》,上海:上海交通大学出版社,2009年版,第22页。

② 苑书义、孙华峰,李秉新主编:《张之洞全集》(第12卷),石家庄:河北人民出版社,1998年版,第10638页。

③ 苑书义,孙华峰,李秉新主编:《张之洞全集》(第12卷),石家庄:河北人民出版社,1998年版,第10661页。

未嫁而婿卒，守贞以终，六、八皆幼殇”①。可知八姐妹中，或幼殇，或守贞，出嫁的也无一嫁与朱姓人家，这里除了“次未详”我们也无法可考外，其他也不大可能是张氏生母即所谓“张之洞是朱湘母亲的舅舅”了。

通过以上考辨，我们认定张氏的生父为张之洞二哥张之清，即朱湘的外祖父并非张之洞，而是张之清。明辨这一史实，看似与朱湘诗歌研究本身无关，也似乎仅仅是细节，但是通过考辨，我们更加了解朱湘的身世及其家族谱系。在一定意义上而言，这种身世对朱湘后来的诗歌创作存在或隐或显的影响，就像中唐诗人李贺那样，念念不忘其“唐诸王孙”这一早已没落的贵族身份，借诗遣怀，郁郁而终。诗人朱湘同李贺也有某种精神上的相似性，朱湘后来的坎坷命运某种意义上也可找到其自身血液的因子。为此，对朱湘这一身世的考辨，我们就有获得解读朱湘及其诗歌的其他某种可能。

〔原刊《安庆师范学院学报》(社会科学版)2011 年第 12 期〕

---

① 吴剑杰:《张之洞年谱长编》,上海:上海交通大学出版社,2009 年版,第 2 页。

新时期张恨水散文研究中的几个问题

作为现代文学史上一位“国内唯一的妇孺皆知的老作家”（老舍语），新时期以来张恨水研究取得了长足的进步，如成立张恨水研究会，建立资料中心、网站以及张恨水陈列馆，张恨水文化园被列入安徽省 861 重点项目；另外，自 20 世纪 70 年代末以来，张恨水研究会先后组织了七次大的研讨会，联络海内外专家学者 300 余人，集中交流论文 368 篇，计 266 万字，直接或间接催生专著 26 部，785 万字，还影响并诞生了一大批硕士与博士论文等等①。就这些研究成果而言，我们发现，研究者的目光大都集中在张恨水小说上，“这边风景独好”，而对于其散文研究则显得冷清，颇有点“寂寞宫花红”的味道。本文试就此问题做一简要梳理，并求教于方家。

一、新时期张恨水小说研究与散文研究的不平衡问题

20 世纪 80 年代初，在张友鸾、范伯群两位先生对张恨水创作进行大力推介之后，张恨水研究进入一个新阶段；90 年代初张毅先生在其《文人的黄昏》一书中为张恨水在新时期文学史中的地位鸣不平之后，张恨水研究便逐渐成为一门

① 郑炎贵、朱显亮：《当代文学批评中的“张恨水现象”》，《安庆师范学院学报》（社会科学版），2009 年第 11 期。

显学，于是有关张恨水的各种作品选本、专著及诸多论文开始涌现①。

当然，张恨水是以小说创作成名的，其小说产量丰厚在中国现代作家中也是首屈一指的。有学者统计，在张恨水50年的写作生涯中，共计写作中长篇小说110多部，总字数近2000万。另外，他在报纸副刊上发表了5000多篇散文和杂文，总字数约600万，其中半数以上是新闻性文字，而文艺散文2000多篇，约200万言。其散文数量之多，在现代散文史上跻身于屈指可数的丰产者之列②。张恨水小说与散文二者之间的文字比例约为3∶1。

但是，与这种比例形成对比的是，张恨水小说研究红红火火，散文研究却冷冷清清。以中国知网收录论文为例，1980—2010年这30年间，以“题名”为“张恨水小说”进行搜索，显示的论文结果为172条（其中博士论文2篇、硕士论文25篇，其他单篇论文为145篇），而“题名”为“张恨水散文”搜索的结果仅为11条，二者的比例就显得严重失衡。所以徐咏龄教授在20世纪90年代就感叹张恨水作为“一位独具风格、成就卓然的散文大家，却未引起广泛注意”③。

关于这一点，有论者将其原因归结为几个方面：张恨水“是无党无派之士，也没参加过任何有一定社会倾向性的组织和学术流派社团”；其“散文博而杂，尤其没有形成现代散文被人所共赏的新气息”；生前出版的散文集很少，“散文不被人所知”，而其通俗小说家的名声遮掩了他散文家的地位④。或认为“张恨水有不少散文是专栏随笔，写得比较仓促，内容较为庞杂，受到一般读者的忽略自然无可厚非”⑤。这些因素固然存在，以散文出版结集来看，作家生前仅出版

① 如，代表性选本有62卷本的《张恨水全集》（北岳文艺出版社1993年版）、4卷本的《张恨水散文》（安徽文艺出版社1995年版）；专著如袁进教授的《张恨水评传》（湖南文艺出版社1988年版）、燕世超教授的《张恨水论》（安徽大学出版社1998年版）、温奉桥博士的《现代性视野中的张恨水小说》（中国海洋大学出版社2005年版）、朱周斌博士的《怀疑中的接受：张恨水小说中的现代日常生活》（广西师范大学出版社2010年版）；资料汇编如张占国、魏守忠选编的《张恨水研究资料》（天津人民出版社1986年版）、安徽省张恨水研究会编辑的《张恨水研究》《张恨水论文集》等。

② 董康成、徐传礼：《闲话张恨水》，合肥：黄山书社，1987年版，第196页。

③ 徐咏龄：《张恨水散文创作述略（代序）》，见徐咏龄主编：《张恨水散文》（第1卷），合肥：安徽文艺出版社，1995年版，第1页。

④ 苏华：《张恨水的散文何以评价不高?》，《书城》，1996年第4期。

⑤ 陈德锦：《文言语体和冲淡风格：〈山窗小品〉论》，《安徽大学学报》（哲学社会科学版），2009年第5期。

有《水浒人物论赞》与《山窗小品》这两本散文集。但真正原因，在我看来，或许还是与批评者的审美眼光与评价标准有关。郁达夫当年曾说过，读散文、研究散文，关键是把握住"散文的心"①。即写文章的"作意"，只要具备了这核心的东西，使散文有抒情和达意的文学性，就是好的散文。但是，在一些学者眼里，张恨水只是一位多产的通俗小说家和报人，其散文写作只不过是其小说写作的附属品与点缀，他们很难发现张恨水"散文的心"。这种既定思维势必影响到对张恨水散文的评价，也必然会出现张恨水小说与散文研究"一边倒"的不平衡现象，同时也就牵涉到张恨水散文能否进入中国现当代文学史这一话题。

二、张恨水散文能否进入文学史问题

如上所述，由于对于张恨水散文评价不高，在中国现当代文学史中很难寻觅到张恨水作为散文家的一面。如新中国成立后一些知名的文学史教材在论及张恨水时，大都对其小说的特点及地位加以评析，而对于其散文及其地位的论述，几乎是一片空白。新时期以来在"重写文学史"的浪潮中，我们看到一些高校文学史教材也基本不提张恨水的散文，这就使得张恨水散文及其地位始终处于一种被埋没的状态。那么，张恨水的散文能否进入文学史呢？

受制于作家职业等多种因素，张恨水的散文是一种广义上的散文。但是，我们也应看到，张恨水还创造了不少包括我们现在所言的"文学性散文"或者"艺术散文"。这些作品，"有许多篇什还是可以排为现代散文名家之列的"②，"以我个人而言，我十分欣赏他的散文，而对于他的小说不过尔尔。他的散文，于朴质冲淡之中，有一股清新隽永之气，韵味深长，若不食人间烟火"③。"他的

---

① 郁达夫：《中国新文学大系·散文二集·导言》，上海：上海良友图书公司，1935 年版。

② 陈德锦：《文言语体和冲淡风格：〈山窗小品〉论》，《安徽大学学报》（哲学社会科学版），2009 年第 5 期。

③ 司马小语。转引自张明明：《回忆我的父亲张恨水》，天津：百花文艺出版社，1984 年版，第80 页。

散文清楚地显示出，他是站在怎样的一个立场上精进不已”①，“体现了他凝重深沉的民族忧患意识，自觉热忱的使命意识，敏锐大胆的批判意识，正直、清高、谦虚、谨慎的人格意识以及传统的民本意识与资产阶级民主意识相结合的平等博爱意识”②。这些评价，就足以反映出张恨水散文的价值。

评价一位作家在文学史上有无地位，这是个老话题，它既受制于时代因素，也与文学史家的文学史观等因素有关。在我们看来，有一个标准是至关重要的，即一个作家的作品在横向与纵向上是否给文学史带了一些新的现象、经验与思考。

由此观之，张恨水的散文创作，也有值得我们肯定与书写之处。张恨水散文中的新闻类作品，其本身就是一部活着的历史，其作用在此我们姑且不论。就张恨水“文学性散文”或者“艺术散文”而言，如若放到“史”的角度考察，也有许多值得我们去总结、发掘的地方。如：关于张恨水散文艺术风格问题。到底哪些篇什是其代表？与同时代散文家而言，又有何不同？我们今天如何审视这些文字，又有何值得思考之处？等等。张恨水的这类散文作品，从文体上看大致包括杂感、小品文、评论等种类。我们认为，那些风格平淡冲和、充满灵趣的笔记小品、游记等文字，才是作为散文家的张恨水的底色。这些作品与同时代其他作家的作品相比较，也毫不逊色。其友人张友鸾先生也认为张恨水“善写小品”③。这些作品以《山窗小品》《湖山怀旧录》《两都赋》《西游小记》《东行小简》等为代表。如《山窗小品》，就备受时人和后人推崇。我们只要看看文题，如《短案》《涸溪》《竹与鸡》《断桥》《雾之美》《虫声》《秋萤》《晚晴》《愚贩》《昼晦》《养鸡》《种菜》《蒲草》《金银花》《劣琴》《跳棋》《手杖》等，就能感到一股扑面清风，颇得明清小品及“公安三袁”况味，其美感不啻周作人、梁实秋等人作

① 潘梓年：《精进不已——祝恨水先生创作三十周年》，见张占国、魏守忠主编：《张恨水研究资料》，北京：知识产权出版社，2009 年版，第 87 页。

② 张正：《有容乃大——纪念父亲张恨水诞辰一百周年》，见徐咏龄主编：《张恨水散文》（第 1 卷），合肥：安徽文艺出版社，1995 年版，第 4 页。

③ 张友鸾：《老大哥张恨水》，见张占国、魏守忠主编：《张恨水研究资料》，北京：知识产权出版社，2009 年版，第 78 页。

品。作家本人对这类文字也是喜爱有加、苦心经营的:“写短文比写小说更用心”①,“对散文我有两个主张,一是言之有物,也就是意识是正确的(自己看来如此),二是取径冲淡。小品文本来可分两条路径,一条是辛辣的,一条是冲淡的,正如词一样,一条路是豪放的,一条路是婉约的。对这两条路,并不能加以轩轾,只是看作者自己的喜好”②。而“我走的是冲淡的路径,但意识方面,却不随着明清小品”③。在《冲淡》一文中,他又指出“冲淡的意境,要自然,要不落痕迹,要有一种文字外流动着地美丽”④。但是我们看到,对于这类散文,新中国成立后的主流文学史在讲到现代散文中关于“性灵”“冲淡”为代表的作家中,没有提到张恨水,更谈不上评价与推荐了,这不能不说是一个缺漏。

再谈谈张恨水散文对现代散文形式与语言上的贡献问题。就散文形式而言,张恨水散文大都追求一种短小的“新闻体”,短则寥寥数语,长也不过千余字。这当然与作家从事新闻记者、办报的经历有关,同时也是作家钟情小品文这一形式的有意为之。这种短小精悍的散文形式,如同其小说对传统章回体小说的继承与改造那样,改变了传统散文中铺排与连篇累牍的一路,对于现代散文的发展是一个有益的尝试与探索。就散文语言而言,总体而言,张恨水的散文大体可分为文言和白话两种。其白话散文,一如他的小说通俗易懂,这些文字借助作家当时在民间的影响(如鲁迅母亲就喜欢看张恨水的小说),对于白话文学运动的普及与推广起到了很好作用。这一点也是我们今天重估张恨水作品语言(包括散文语言)价值的一个重要方面。

但是,由于代表张恨水散文语言个性的不是白话文,而是一些浅近的文言作品,因此在一些人看来,他的古文是“小玩意”,“资质实在平平”,张恨水是“现代”散文家,而不是一个“现代散文”家。其实,无论是文言还是白话,张恨水的散文语言大都洗练、利落、传神,“行于所当行,止于所不可不止”。而他的这些浅近的文言散文,则更是摇曳多姿,情文并茂。如:

---

① 转引自张明明:《回忆我的父亲张恨水》,天津:百花文艺出版社,1984 年版,第 77 页。

② 张恨水:《写作生涯回忆录》,北京:中国文联出版社,2005 年版,第 99 页。

③ 张恨水:《写作生涯回忆录》,北京:中国文联出版社,2005 年版,第 98 页。

④ 徐咏龄主编:《张恨水散文》(第 3 卷),合肥:安徽文艺出版社,1995 年版,第 350 页。

> 焦山之景,不以山胜,而以水胜。不以观水胜,而以听潮胜。凭栏注视,波涛翻涌,直奔眼底,如身在舟中。但小坐山阁,下不见长江,则波浪冲击,山石雷鸣,鼓碎声。山上松涛起落,龙吟虎啸声,山谷回响,断山残雨声是真是假,亦有亦无,又令人如坠大海,不能久坐。忽然清磬一声,自树林中又传来,始知身在山上。使欧阳修金圣叹来此,则《秋声赋》讫《口技》两篇,当能多所借助,渲染更有声势矣。①

这段对于镇江焦山的描写,不足二百字,错落有致,琅琅上口,状物、叙事、抒情、有机结合到一起,使焦山风貌神情尽显,读后让人怦然心动,心向往之。这种浅近的文言,可以说是现代白话文学的一种发展,或者说是另一种现代白话文。因此,有论者指出,作家“所运用的文言不是无条件地追求简短,而是利用浅易文言较为灵活的句式,加强组合力,形成长短相间的节奏。这些语句因文白结合,不觉其旧,反觉其新”②。

以上,我们举出两点思考仅作引玉之举,以期引起学界对张恨水散文在文学史地位的重视,“不写张恨水的文学史又怎么可以标榜为完整全面的‘信史’呢?”③

三、对张恨水散文已有研究的一点认识与思考

新时期对张恨水散文研究还未形成气候,发表的专业论文数量也不多,因此关于此问题的论述仅谈点个人不成熟的看法。

一是研究多宏观少微观、多思想少审美。在有限的宏观研究中,徐永龄教

---

① 徐咏龄主编:《张恨水散文》(第1卷),合肥:安徽文艺出版社,1995年版,第12—13页

② 陈德锦:《文言语体和冲淡风格:〈山窗小品〉论》,《安徽大学学报》(哲学社会科学版),2009年第5期。

③ 杨义:《热闹中的寂寞》,《文学评论》,1995年第5期。

授的《张恨水散文创作述略》和张正先生的《有容乃大——纪念父亲张恨水诞辰一百周年》是其中比较有分量的两篇文章。前者比较全面地梳理了张恨水散文创作的概貌、分期以及特点，指出“长于叙事描写抒情状物的小品散文，是张恨水文学性散文中最富诗意情思、艺术华彩的美文”①；后者则重点分析了作家一些代表散文集的写作情况、特点及价值，认为散文这扇窗口，折射出张恨水是五四以来新文化运动中当之无愧的、“‘精进不已’的文学家”②。在不多的微观、审美研究中，除了对《山窗小品》这部作品的研究外，张正先生的《张恨水评论性散文初探》是一篇颇具影响力的一篇论文。该文就张恨水散文中关于小说观念、小说的批与评鉴赏、小说的发展历史、文学创作的风格与艺术减免、文学语言的民族化等问题进行了梳理，认为张恨水的这些评论性散文“在各体散文中居于相当独特的地位，无论质量数量均不容忽视”③。谢家顺、林斗山、葛便南等人的《张恨水联论述评》则针对张恨水小说、散文中的大量联作、联论进行了整理、分析，认为其“对发扬对联这一民族艺术，具有重大的理论意义和深远的现实意义”④。但是总体而言，目前有关张恨水散文的研究还存在粗线条的宏观研究过多、精细的微观研究太少、思想价值层面探讨的多、细致的文本分析少的问题。

二是《山窗小品》研究“热”，其他散文研究“冷”。《山窗小品》是张恨水散文中最具个人风格的一部作品，因此大多数研究者都将目光投向这部作品，也出现了一些有见地的文章。《张恨水散文艺术的极致——〈山窗小品〉艺术漫评》一文认为，该书多角度地表现了作家的精神风貌和心灵世界，“最集中、最完整、最清晰地展示了张恨水先生散文艺术的总体风貌与基本特色，深蕴着作家的个人意识及思想情怀”，是“作家散文创作的艺术极致”⑤。伍立杨先生则以

---

① 徐咏龄主编：《张恨水散文》（第1卷），合肥：安徽文艺出版社，1995年版，第6页。

② 张正：《有容乃大——纪念父亲张恨水诞辰一百周年》，见徐咏龄主编：《张恨水散文》（第1卷），合肥：安徽文艺出版社，1995年版，第3页。

③ 张正：《张恨水评论性散文初探》，见徐咏龄主编：《张恨水散文》（第4卷），合肥：安徽文艺出版社，1995年版，第485页。

④ 谢家顺、林斗山、葛便南：《张恨水联论述评》，《巢湖学院学报》，2004年第6期。

⑤ 徐永龄：《张恨水散文艺术的极致——〈山窗小品〉艺术漫评》，《江淮论坛》，1993年第3期。

散文家的眼光就《山窗小品》写作了一篇小品，称该作品“文笔在简古清幽一路，然清朴润腆，尽褪枯瘠，其中高迈，尤见功夫素养”。“简明冲淡之中，又有烟润之气，其文学价值尤足珍视”，“为不可多得之铭心小品”①。陈德锦先生从现代文学史的角度考察《山窗小品》，认为该作品是对当时主流白话散文的一种“违抗”，是作家个体自觉的“文体选择”，并指出：“在20世纪40年代，中国现代文学经历波折而正待重整步伐，《山窗小品》彰显了现代文学的包容性。它是结合古今语体的另一类型的‘现代文学’，展示了一个通俗作家个人的精神领域，并能激起读者对中国文学传统的思考。”②但是，与《山窗小品》“研究热”形成对比的是，张恨水其他文学性散文的研究则沉寂得多，如对《湖山怀旧录》《两都赋》《还乡小品》等的研究，目前基本上还是空白。

三是许多研究课题有待进一步发掘。以张恨水学术小品为例，这些论文性质的散文，显现出作家严谨、博学、思辨的一面，一些见解至今仍有借鉴意义。如张恨水对诗歌的认识：“诗歌这种东西，你说它有益人世那未免夸张，若说毫无益处，那也妄自菲薄。这只看作诗歌的人，用什么态度出之罢了。”（《诗歌非无益物》）“大家不要以为旧诗有格律，就是一种可以遗弃的尸骸。其实它只可以受人迷恋，正是这种格律。犹之于唱歌，动听之处就在有音节。不然，胡嚷一阵，没什么意思。”（《关于诗》）“故情真意挚，不求工而自工。若无病呻吟，刻意求工，则满纸浮词，不知所谓矣。”（《诗与非诗》）又如对散文的看法：“好文章只需作不许套”。他主张“作文不可乱改”（《作文不可乱改》），“吾人为文贵偶遇，而不贵共求，贵自来不贵力索”。而在《小说考微》《小说论》等文章中，张恨水就小说的起源、小说与时代关系以及小说的各种体例（如长篇小说、章回小说、短篇小说、小小说等）等问题，发表独特的见解。张恨水的这类学术小品理论色彩浓厚，具有很高的学术价值。

其他有待深入研究的问题还包括张恨水散文创作与时代的关系；散文创作与作家性格、人格与心理；散文的历史定位和审美价值；散文的艺术技巧（如选

① 伍立杨：《〈山窗小品〉小品》，《阅读与写作》，2003年第2期。

② 陈德锦：《文言语体和冲淡风格：〈山窗小品〉论》，《安徽大学学报》（哲学社会科学版），2009年第5期。

材、结构与语言)；散文创作中诗与文的文体互换的现象；学术小品、序跋、日记、回忆录等的研究；与其他散文作家的比较研究；散文中融会中西文化的经验和局限；逸文的发掘与整理等等。因此，我们必须进一步拓宽研究视野和思路，推动张恨水散文研究向纵深发展，为今后张恨水的深入研究奠定良好的基础。

(原刊《池州学院学报》2012 年第 5 期)

赶上时代与退守内心

——论张恨水新中国成立后的散文创作

1948年秋,53岁的张恨水辞去《新民报》的所有职务,结束了其长达30余年的报人生涯,准备从事专职写作。这一年也成为他生命和写作的转折点,自此作家进入了其生命和创作的晚年。张恨水新中国成立后的散文创作,从一个侧面记录了一代小说大家生命旅程最后的斑驳时光。

赶上时代

在《我的创作和生活》一文中,张恨水回忆说,从创作《啼笑因缘》开始,他"就有了写小说必须赶上时代的想法","所谓赶上时代,只不过我觉得应该反映时代和写人民"①。这种"赶上时代"的思想也是其新中国成立后散文创作的强劲主线。

与新中国成立的前散文创作相比较,张恨水新中国成立后的散文创作发生了很大的变化。首先表现在散文数量上,有学者统计,张恨水一生共创作了包括新闻作品在内的散文约600万言,而"文艺性散文约二百万言、两千多篇"②。这2000多篇散文中绝大部分是新中国成立前的作品,如《山窗小品》《上下古今

① 张伍编:《张恨水自述》,郑州:河南人民出版社,2006年版,第30页。

② 董康成、徐传礼:《闲话张恨水》,合肥:黄山书社,1987年版,第195页。

谈》《东行小简》等。据笔者不完全统计,新中国成立后张恨水的散文作品不过百余篇①。其次在类型上,就文艺性散文来看,新中国成立前其内容大致分为四类:序跋与回忆录、文艺随笔、小品文和杂文。相比较而言,由于时代和作家生存境遇的改变,新中国成立后张恨水已停止了新闻作品的写作,转向文艺性散文的创作,且主要以游记、序跋与文艺随笔为主,杂文已退出张恨水的散文写作。

唱颂歌是新中国成立后张恨水散文"赶上时代"思想最直接的体现。如《春游颐和园》《玉门沙漠变成了都市》《天坛》《天桥》等。这类散文作品以游记最多,其中《南游杂志》(1955)和《西北行》(1956)这两组散文是代表。

《南游杂志》是作家1955年夏只身南游,由北京至合肥,再由合肥到故乡安庆,后经南京、上海、济南返回北京后所作。沿途各地的工农业与社会生活的变化,使作家激动不已。他写下了19篇旅途见闻,发表于同年9月1日至22日香港《大公报》,后收入1995年安徽文艺出版社出版的《张恨水散文》第一卷,更名为《京沪旅行杂志》②。《西北行》又名《西北游》,是作家1956年春末夏初参加由中国文联组织的一批作家、艺术家到西北参观旅行后的游记,共有14篇,后刊载于上海《新闻日报》,1957年香港《乡土》杂志第3至6期进行了转载③。

就内容而言,张恨水颂歌散文主要体现在两个方面:一是对党、政府和新社会文明新风的礼赞。如《车中所见》《夫子庙》《西安》《革命圣地延安》《枣园》等。来看《夫子庙》中的一段描写:

> 解放以前,夫子庙酒楼茶社,歌台舞榭,真是林立。可是我们试嗅一嗅,就说他六朝金粉,那空气也肮脏得很。现在那些东西,一扫而空。再看

---

① 此数据为笔者根据安徽文艺出版社1995年出版的四卷本《张恨水散文》和相关评论著作中的一些资料统计而成。

② 需要指出的是,这些散文在收入《张恨水散文》(第1卷)时,出现了少许印刷错误,如将《车中所见》的发表时间"1955年"印刷时成"1953年"。这种时间印刷上的错误在随后的《北京人随笔》一组散文后也有出现。

③ 张伍:《我的父亲张恨水》,沈阳:春风文艺出版社,2002年版,第340页。另《张恨水散文》(第1卷)中将此组散文标注为"原载《乡土》杂志"的说法是不确切的。见徐永龄主编:《张恨水散文》(第1卷),合肥:安徽文艺出版社,1995年版,第377页。

与夫子庙齐名的秦淮河，名字是好听，但是真的去逛，实觉得气难闻。如今秦淮河涨了一河的水，一点臭气都没有，这是第一件快事。①

二是对劳动人民的讴歌。如《迎江寺塔》《采油》《工人好》等。如《迎江寺塔》中对工人的勇敢和智慧的礼赞：

据闻，那修理塔顶上的这一坐，最为危险。工人用铁索攀在顶上，下面悬空，工人就借这根铁索，攀住身子，就这样动起手来修理，看的人都为工人捏一把汗。如今，振风塔盖起来了，不能不佩服这工人细心而胆大，可惜，我没有打听这工人叫什么名字。②

张恨水散文中的这种颂歌主题与新中国成立后“十七年”散文特征有某种相似性，即此一时期作家们都对新生政权、劳动人民致以热情的礼赞，表达出他们对新中国的无比热爱。如叶圣陶的《游了三个湖》、杨朔的《香山红叶》、秦牧的《社稷坛抒情》、刘白羽的《长江三日》、碧野的《天山景物记》等。不过在写法上，张恨水之作与这些散文相比较，有自己的特点。首先在手法上，张恨水好用对比手法。读者往往在新与旧、好与坏、善与恶、美与丑的比较中完成情感转换，从而表达出对党、领袖和新中国以无比的热爱，同时激励人们投身到新的建设中去。其次就篇幅而言，张恨水的这些颂歌散文要短得多，延续了他新中国成立前小品散文那种短小精悍、言简意赅的特点。

做检讨是张恨水散文“赶上时代”的另一种表现形式。这类文字散见于张恨水的序跋、创作谈等中。《〈八十一梦〉前记》《章回小说为何遭遇轻视》《从自己的创作谈起》《为小听客服务变为大众服务》等散文就是其中的代表。如《〈八十一梦〉前记》这篇文章，是作家为旧作《八十一梦》重印时所作的序言，写作时间为 1954 年 8 月 30 日。据张恨水女儿张伍回忆，此篇序言是左笑鸿代病

① 徐永龄主编：《张恨水散文》（第 1 卷），合肥：安徽文艺出版社，1995 年版，第 313 页。
② 徐永龄主编：《张恨水散文》（第 1 卷），合肥：安徽文艺出版社，1995 年版，第 308—309 页

中的张恨水所为,“并由父亲首肯同意”,“在他一生中可说是绝无仅有,至此一例”[①]。尽管这篇序言为代笔之作,但张恨水是“首肯同意”,默认了序中的主些观点。这篇序言分为前后两部分。前一部分交代了创作这篇小说的原因。其一就是对国民党统治的不满,“愤怒的火焰燃烧着我”;其二是这篇小说的创作,“使我得到写作的新方向”[②]。这种表述,是作家从正面表明自己“赶上时代”的思想。序言后一部分文字较前一部分急转直下,作家用大量篇幅作“自我检讨”。“检讨”的主要原因是小说中存在“错误的立场和观点”,是“我自己的一个大梦——一个小资产阶级知识分子毫无气力地在发他的‘牢骚’!”这种“错误思想”的根源有二:身体有病与放松了“个人学习政治理论”。为此作家真诚地进行自我批判并“十分诚恳地希望读者能够给我以帮助和批评”[③]。

这就是那个被老舍称为“最重气节,最富正义感,最爱惜羽毛”[④]的张恨水所为?这里,张恨水以这种“自轻自贱”的方式求得“进步”,看似不可理解,但如果我们将张恨水的这种言行放置于当时的时代环境下来考察,问题就清楚了许多。新中国成立初期,国家为了实现思想与行动上的“一律”,发动了一系列主要针对“旧知识分子”的“思想改造”运动。当时几乎所有的作家、诗人都写过这类“检讨”,如郭沫若、冰心、朱光潜、老舍、曹禺、冯至、丁玲等等。其实当时上自国家领导人刘少奇、周恩来,中及国家公务人员、知识分子,下至普通百姓甚至儿童都难能幸免。这种“在强大的专制压力下,而不得不违心地向上级的领导机关、向单位的革命群众所作的‘认罪服罪’、‘改造自己’的检讨”[⑤]是特定时代的产物。明乎此,我们对张恨水为何写作上述“检讨”的动机就不难理解了。

在张恨水新中国成立后的散文中,类似于《〈八十一梦〉前记》中的这类“检讨”文字还有许多。如,过去“我”的创作“完全以小资产阶级为对象”,“读了毛

---

① 张伍:《我的父亲张恨水》,沈阳:春风文艺出版社,2002 年版,第 323 页。

② 张恨水:《八十一梦·前记》,北京:通俗文艺出版社,1955 年版。

③ 张恨水:《八十一梦·前记》,北京:通俗文艺出版社,1955 年版。

④ 老舍:《一点点认识》,张占国,魏守忠编:《张恨水研究资料》,北京:知识产权出版社,2009 年版,第 88 页

⑤ 沙叶新:《“检讨”文化》,《随笔》,2001 年第 6 期。

主席'在延安文艺座谈会上的讲话',我才豁然大悟,我以前是完全错误了"[①]。《金粉世家》,"就全文命意说,我知道没有对旧家庭采取革命的态度。在冷清秋身上,虽可以找到了些奋斗精神之处,并不够热烈","这让我增加了后悔。假使我当年在书里多写点奋斗有为的情节,不是会给妇女们有些帮助吗?"[②]等等。以上这些"检讨",其实也是一种"赶上时代"的"进步"表现,也是作家在特定环境下"自保"的一种言说方式,尽管背后充满了心酸和无奈。

退守内心

以张恨水丰富的人生阅历与渊博的知识,他的散文创作在新中国成立后应会更加老练成熟,迎来一个新的辉煌期,正所谓"文章老更成"。但与新中国成立前的散文创作成就相比较而言,新中国成立后张恨水的散文创作迟缓了、凝重了。一些学者认为这一时期张恨水散文创作"苦涩生硬,缺乏情趣"[③],"力不从心,笔不达意"[④]。形成这种巨大反差的主要原因是社会环境的剧变和作家的久病。

张恨水的晚年与当代"十七年"文学的时间基本一致。而"十七年"文学是"一体化"的文学。"一体化是这样的一种情景:政治理想作为绝对存在,派生出无限的权力,并将一切转化为自己的同质乃至同构存在。这种一体化也是一种高度中心化,在政治这个中心的周围,其他存在物丧失了自身向度,均指向政治中心,并与之构成了无数同心圆——而政治无疑便是那所有圆的圆心"[⑤]。在这种文学生态下,张恨水的写作当然有顾虑。如新中国成立初期,《北京漫画》杂

---

① 张恨水:《为小听客服务变为大众服务》,《文汇报》,1957 年 5 月 27 日。

② 张恨水:《我的创作和生活》,徐永龄主编:《张恨水散文》(第 3 卷),合肥:安徽文艺出版社,1995 年版,第 506 页。

③ 黄永林:《张恨水及其作品论》,武汉:华中师范大学出版社,2007 年版,第 218 页。

④ 董康成,徐传礼:《闲话张恨水》,合肥:黄山书社,1987 年版,第 10 页。

⑤ 丁帆,王世城:《十七年文学:"人"与"自我"的失落》,开封:河南大学出版社,1999 年版,第 202 页。

志曾约请张恨水写一部长篇讽刺小说，但被他拒绝了，在张恨水看来“新社会的事物是不应随便讽刺的”[①]。久病是张恨水散文创作数量不多的又一主要原因，此点自不待言。但是张恨水新中国成立后的散文创作仍然还有其“私人化”的另一面，退守内心就是这种“私人化”散文写作最突出的表现。

所谓退守内心，指的是在文学与政治高度“一体化”的“十七年”中，张恨水的创作保持了一个作家应有的道德良知与文学追求。这主要体现在两个方面。

一是坚守做人底线，不“乱写”文章。在一些散文中，作家往往“就事论事”，不“上纲上线”。我们以张恨水新中国成立后参加的一组“笔谈”散文为例。《看〈秋翁遇仙记〉杂感》是1957年第2期《大众电影》刊登的“影片《秋翁遇仙记》笔谈”专栏下的一篇影评。与土吾、姜蕙等人从“阶级斗争”出发谈论影片的视角不同，张恨水就影片而谈影片，既肯定了影片的某些优点（如影片的选题、画面、人物的表演等），又指出了它的一些不足（如故事的安排、一些人物的表演等）[②]。整体而言，这是一篇“好处说好，坏处说坏”的一篇较中肯的评论。1957年12月19日张恨水在老舍话剧《茶馆》座谈会上的发言也是如此。此次座谈会由《文艺报》举办。会上焦菊隐、赵少侯、陈白尘、夏淳、林默涵、王瑶、李健吾、张光年等都做了发言。张恨水的发言不多。一方面他认为《茶馆》“写得好，尤其是第一幕”，“觉得这是个很好的长篇小说的材料。剧中很多事是足够写一部长篇小说的”；另一方面，他也指出剧中对马五爷吃教的事“写得不够”，并认为剧本演员多了点，在小城市剧团演出“就成了问题”[③]。这里，张恨水从一个小说家的眼光来品评《茶馆》，不因他和老舍是朋友而对《茶馆》进行吹捧。《我的规划》一文是《人民文学》1958年4月号上“希望有更多更好的作品问世”专栏下刊载的一组文章之一。此专栏下一批文艺家（如茅盾、叶圣陶、冰心、冯至、曹禺、臧克家等）就《文学工作大跃进三十二条（草案）》发表了他们的意见和看法。受时代的影响，张恨水也首先肯定了这一条例的积极作用，认为它对“繁荣创作的思想，就更为巩固，更为扩大”。但接下来的文字就耐人寻

---

① 贾俊学：《文联旧档案：老舍、张恨水、沈从文访问纪要》，《新文学史料》，2012年第4期。

② 张恨水：《看〈秋翁遇仙记〉杂感》，《大众电影》，1957年第2期。

③ 《座谈老舍的〈茶馆〉》，《文艺报》，1958年第1期

味了。张恨水只选择了该条例中的“四多:多跑、多看、多读、多写”来谈论,认为自己应朝这个方向努力。为此他制订了自己的写作计划:除了继续完成《记者外传》的写作外,对于一些出版社和报社的约稿,张恨水则认为“太多了”,“打算减少一篇”①。我们看到,这里作家的“我的规划”并非“大跃进”式的贪多求快,而是切合自身实际的,甚至有某种“推诿”之意。这是他内心真实声音的自我流露。这样,文章就显示出在“大跃进”时代背景下张恨水作为一个作家、一个中国人的实事求是的可贵精神。

二是对文学品质的坚守。张恨水曾说:“文艺与布告有别,与教科书也有别。”②这里张恨水就指出了文学有其自身的品质。张恨水新中国成立后的散文延续了他对文学品质的“发言”。

为章回小说正名。自张恨水成名起,一些批评家就不断指责张恨水的章回小说是“鸳鸯蝴蝶派”小说、“礼拜六”派小说,甚至是“黄色小说”。为此,张恨水虽然也在新中国成立前的一些文章如《总答谢》《写作生涯回忆》中进行过回击,但是在新中国成立后,这种批评声仍不绝于耳。为此,张恨水在新中国成立后的散文中,继续对一些人的偏见进行了辩驳,如《不管它是否悦耳》《章回小说为何遭遇轻视》《章回小说的变迁》《我和长篇连载》《我的创作与生活》等。在这些文章中,张恨水认为,一方面,尽管章回小说有它的不足,但作为中国小说的一种样式,是传统文学精华的一部分,有它存在的合理性,应该值得继承。如张恨水指出:“鸳鸯蝴蝶派”和“礼拜六”派,“有人认为是章回小说,其实这完全不相干”;“章回小说与‘黄色’,分明是两事,不该混为一谈。《水浒传》《红楼梦》《儒林外史》都是千名著,难道也因为它是章回小说,就不加以重视吗?”③在《章回小说为何遭遇轻视》一文中,张恨水再一次指出章回小说与“鸳鸯蝴蝶派”“礼拜六”派、黄色小说是不同的,即便是“礼拜六”派“也有它的过渡性,不能完全抹煞”④。另一方面,张恨水认为需对传统章回小说的一些不足进行必要

① 张恨水:《我的规划》,《人民文学》,1958 年 4 月号。

② 张恨水:《偶像 · 自序》,张占国,魏守忠编:《张恨水研究资料》,北京:知识产权出版社,2009 年版,第 210 页。

③ 张恨水:《不管它是否悦耳》,《北京日报》,1957 年 5 月 4 日。

④ 张恨水:《章回小说为何遭遇轻视》,《文艺报》,1957 年第 4 期。

的改良。如他认为,传统的章回小说“人物动作似乎太少了。‘小动作’更少。至于写景,也少得可怜”,至于像“各表一枝”“且听下回分解”等一些套语,完全可以去掉①。另外,他主张章回小说要吸取包括翻译小说在内的一些小说的优点,“吸取人家的长处,取人之有,补我所无”②。张恨水的这些主张,不是口头说说而已,而且贯彻到在他的创作实践当中。如新中国成立后他的历史题材小说创作就是如此。我们以他1953年创作的长篇小说《秋江》为例。如在回目处理上,张恨水取消了他擅长的骈体回目的设置方式,而是采用一个词语或短句的形式,如“这庵清静得很”“好一片秋江风景呵”“一个梦”等。另外在内容上,传说故事中不甚清晰的地方,就是他极力发挥想象的地方,如“书上说妙常对张于湖的引诱加以拒绝,是抬高妙常的人格。但是还不明朗,因之我就加强这一点。至于说她勇敢,又却没有事实,于是我就写万小七子落水这一段,加强说她的勇敢”③,等等。因此张恨水对章回小说的种种尝试和努力,成功地“把章回体调适为一种富于弹性的新旧皆宜的文体”④,为传统章回小说的现代发展做出了重大贡献。

对散文“平淡冲和”品质的维护。张恨水的文艺散文总体上以“平淡冲和”为主要特色,如新中国成立前的《山窗小品》《两都赋》等,“质朴冲淡之中,有一股清新隽永之气,韵味深长,若不食人间烟火”⑤。这也是人们称赞张恨水散文的妙处之一。张恨水新中国成立后的散文创作成就虽不如新中国成立前,但他依然在创作中维护着自己散文的品质。如下面这段描写小猴子的文字:

我们来到了猴楼。几间房子,前面有一座楼。楼的前面,用铁丝铁柱

① 张恨水:《章回小说的变迁》,《北京文艺》,1957年10月号。

② 张恨水:《我的创作和生活》,徐永龄主编:《张恨水散文》(第3卷),合肥:安徽文艺出版社,1995年版,第491页。

③ 张恨水:《秋江·序》,北京:通俗文艺出版社,1955年版。

④ 钱理群等:《现代文学三十年》(修订本),北京:北京大学出版社,1998年版,第340页。

⑤ 司马小:《“我的同事”张恨水》,转引自张明明:《回忆我的父亲张恨水》,天津:百花文艺出版社,1984年版,第80页。

攀住极高的一个院子,院子分三部分,第一二部分是小猴取乐的地方,有橘树、吊绳、秋千。另一部分,有铁梯搭的天桥,还有许多玩具,这是共同取乐的地方。这里有四川猴、广西猴、熊猴、红面猴。还有花叶猴、巴氏叶猴、台湾猴、白颌卷尾猴。最奇怪的是自颌卷尾猴,身子不过一尺多长,尾巴比身子还要长。赋性灵敏。吃起东西来,尾巴可以代手用。因为它头上有一片深色而又长些的毛,所以又叫僧帽猴,叫起来不好听,又叫泣猴。①

在这篇200字左右的文字中,作家就像一个动物园讲解员,将小猴子的居所环境、种类、特点等一一道来,与《山窗小品》中的《竹与鸡》《虫声》《秋萤》等篇什不差上下。又如这段对中山公园的描写,作家娓娓道来,繁而不乱:

到北京来,中山公园是不能不到的。入门,便见古柏夹道。两边全有游廊,东边游廊通到来今雨轩。西边游廊,又分两路,一条通到兰亭碑亭,一条通过这里的御河桥,直达水榭。向正中看去,石牌坊一个,其下人行大道,东边树木荫浓,西边草地整齐。再前进,有金银花无数本,银木搭架,任金银花盘绕。这里已是古柏凌云,几不见日。下面是水泥铺地,平坦可步。其前为习礼亭,面对红墙一弯,柿子丁香,分排左右。一对狮子,分守着大门,门里面就是社稷坛了。掉首南顾,一带游廊,中间有一所比地还矮三尺的房屋,那就是唐花坞。到这唐花坞来,就要看看这时候花坞里养些什么花。花坞是折面式扇面的屋子,有我们五间屋子大。②

与"十七年"散文创作中的"假、大、空"的现象相比较,新中国成立后张恨水的这种对"平淡冲和"散文品质的追求,包括散文中形象的鲜明、语言的精练,结构的讲究、典故的灵活、知识的广博、结尾的隽永等,就显示出其特有的意义。

---

① 徐永龄主编:《张恨水散文》(第1卷),合肥:安徽文艺出版社,1995年版,第332页。
② 徐永龄主编:《张恨水散文》(第1卷),合肥:安徽文艺出版社,1995年版,第344页。

原因及意义

赶上时代和退守内心这看似矛盾的两个特点，却和谐地统一在新中国成立后张恨水的散文创作当中。原因是多方面的。

首先，赶上时代是张恨水一生的追求。在谈到张恨水晚年的创作思想时，有学者指出，此时期“张恨水的思想，其实与他的早年是一脉相承的，他一生都在不断‘追求进步’”[①]。的确如此。这种“追求进步”的思想与他的家庭环境的熏陶、所受的教育与自身的素养等方面均有关。对此《写作生涯回忆》《我的创作与生活》等张恨水自述有相关记载，此处不再赘述。因此，新中国成立前后尽管个人生活发生了巨大变化，如血汗钱被王锡恒卷走、王达仁的诬陷、中风偏瘫、经济上的捉襟见肘、背负“鸳蝴作家”的误解等等，但他大多时候依然保持着乐观精神。这也是为何潘梓年当年称赞张恨水身上有一种“精进不已”的精神的原因所在。友人称赞其为“徽骆驼”也是对他这种赶上时代的精神某种褒扬。

其次，“革命认同”也是张恨水赶上时代的原因之一。在美国心理学家埃里克森看来，个体的“身份认同”的时间性通常表现为两个方面：“一是个人生命的发展阶段，一是历史的时期。生命史和历史是互补的。”[②]因此，一方面，个体的“身份认同”往往产生于“自己的惟一生命周期与人类历史某一时刻片断的巧合之中”[③]；另一方面，社会也可以通过“‘承认’并‘肯定’它的年轻成员的身份，从而对他们的正在发展的同一性发挥一定的作用”[④]。联系到张恨水的人生经历，他个体生命周期的转折点（即我们开篇说的1948年前后）与中国社会的历史剧

---

① 孔庆东：《百年小说大师张恨水》，《百年潮》，2007年第6期。

② ［美］埃里克·H·埃里克森：《同一性：青少年与危机》，孙名之译，浙江教育出版社，1998年版，第298页。

③ ［美］埃里克·H·埃里克森：《同一性：青少年与危机》，孙名之译，浙江教育出版社，1998年版，第61页。

④ ［美］埃里克·H·埃里克森：《同一性：青少年与危机》，孙名之译，浙江教育出版社，1998年版，第183页。

变时间(即1949年新中国成立)间呈现出惊人的“巧合”,那么,张恨水个体的“身份认同”就表现为对“革命”的强烈“认同”。上述颂歌散文的创作就是这种“革命认同”的具体体现。同时,国家又不断给个体的张恨水以政治待遇与生活保障,“承认”并“肯定”他的这种“革命认同”,如聘其为文化部顾问、中央文史馆馆员、列席最高国务会议、公费医疗等,这些举措反过来进一步强化了张恨水的这种“革命认同”:“主张文艺阵线非要共产党领导不可”,“我们拿笔的人,就要依从共产党为准绳”①。于是,我们对新中国成立后张恨水努力“改造思想”,追求进步,并为两个孙女取名为张前、张进,甚至还“想去上山下乡”②等言行就可以理解了。

第三,文人理想与现实的矛盾又让他退守内心。作为深受传统文化熏陶的文人,正直守正是张恨水做人的底色。所以在新中国成立后历次政治运动中,他都保持了某种沉默,更不会出面写文章“整人”。如1954年文艺界批判俞平伯《红楼梦研究》,有人建议他也写文章参加批评,他说:“我不知道俞平伯错在什么地方,我写什么文章,凑什么热闹呢?”在1955年批判胡风时,他又说:“我不喜欢胡风的文章,我看不懂。但是让我去批判他,我不知该去批他什么,还是少说为佳吧!”③这些言行都反映出张恨水作为一个正直知识分子的善良,也折射出他的人格魅力。同时,张恨水一生都奉行“流自己的汗,吃自己的饭”的人生信条,对“嗟来之食”的生活是不愿意接受的。新中国成立后,张恨水一方面感到了新社会的温暖,并感谢党的关怀和帮助,但是另一方面“拿着干薪不干事,违背了他的生活信念,他良心会感到不安”④。于是他病情稍好便继续写作,一旦生活有了基本保障,就立即请辞文化部顾问之职。另外,张恨水青睐散文写作,“更深刻的原因恐怕还在于他的根深蒂固的中国传统文学观念”⑤。传统文学观念轻小说而重散文,张恨水又是一位旧学根底极深的文人,肯定会受到

---

① 张恨水:《我们不能走偏了》,《文艺报》,1957年第15期。

② 贾俊学:《文联旧档案:老舍、张恨水、沈从文访问纪要》,《新文学史料》,2012年第4期。

③ 张伍:《我的父亲张恨水》,沈阳:春风文艺出版社,2002年版,第361页。

④ 张纪:《我所知道的张恨水》,北京:金城出版社,2007年版,第5页。

⑤ 徐永龄:《张恨水散文创作述略(代序)》,徐永龄主编:《张恨水散文》(第1卷),合肥:安徽文艺出版社,1995年版,第9页。

影响,所以养成了其“看重散文,欣赏散文和勤于写作散文的习惯”[①]。

但是,新中国成立后由于各种政治运动波谲云诡,加上他身体每况愈下,他企图跟上飞速变化的新社会,却心有余而力不足,所以暗淡与悲观的情绪也时时笼罩在心头:“人老了,一切都完了”,“这年头,日子不好过”,“我是属于旧文人。赶也赶不上”[②]。寄情文字,退守内心便是张恨水证明自我存在的方式之一,尽管这些文字的安慰作用有限。

张恨水新中国成立后散文的意义主要表现在两点。一是对“十七年”散文创作的有限“突围”。尽管此一时期张恨水散文创作的数量有限,但就在这些有限的篇幅中,一些散文保留了张恨水新中国成立前散文的某些风格,继承并发扬了中国传统散文“平淡冲和”的特点。二是散文的史料价值。张恨水的这些文字,是跨越新、旧两个社会的一代知识分子的心路见证,也是当代“十七年”文学发展变化的某种历史见证。王蒙就认为:“似乎他的小说的发行是新中国成立后政策调整相对宽松的一项标志。”[③]其散文创作亦作如是观。张恨水女儿张正曾说:“小说与散文作品是父亲创作中的两大部分,这两大部分是互相辉映、互相支撑而又卓然独立的。缺少其中一点就不能算全面了解张恨水的创作。”[④]此话不假。这里的“散文作品”,当然也包括他新中国成立后的散文。

〔原刊《廊坊师范学院学报》(社会科学版)2014 年第 5 期〕

① 张纪:《我所知道的张恨水》,北京:金城出版社,2007 年版,第 174 页。
② 贾俊学:《文联旧档案:老舍、张恨水、沈从文访问纪要》,《新文学史料》,2012 年第 4 期。
③ 王蒙:《现代性视野中的张恨水小说·序》,青岛:中国海洋大学出版社,2005 年版。
④ 张正:《魂梦潜山:张恨水纪传》,太原:山西人民出版社,2000 年版,第 189 页。

宏大叙事与个人叙事的纠缠
——论鲁彦周的长篇小说

作为新中国成长起来的第一代作家,鲁彦周前后共创作了五部长篇小说:《彩虹坪》(1983)、《古塔上的风铃》(1988)、《阴阳关的阴阳梦》(1992)、《双凤楼》(1997)和《梨花似雪》(2005)。这些小说都写于新时期,是作家在新的历史语境中对人生与现实的思考记录。这其中既有对雷鸣般时代之音的回应与共鸣,也有叙述主体的个人呢喃,"宏大叙事"与"个人叙事"缠绕纠结,斩不断、理还乱,并使鲁彦周成为新时期文学中一个独特的存在。

一

鲁彦周的这些长篇小说规模和时空博大,隐含着时代进程中的历史演变,属于宏大叙事一类。《彩虹坪》和《古塔上的风铃》可以说是姊妹篇,都可归为"改革文学"行列。前者写经济体制改革,后者写政治体制改革。《双凤楼》折射出从新中国成立初到"文革"这一段中国特殊历史,尤其是历次路线斗争历史。晚年力作《梨花似雪》,则以 75 万言皇皇巨幅,叙写了 20 世纪 30 年代初到 20 世纪 70 年代末近 50 年的中国历史,是第七届"茅盾文学奖"入围作品之一,"有着非常有价值的审美意义和认识意义"①。这四部作品的主题很明显。写

① 唐先田:《彦周先生是一座山》,见安徽省文联、安徽省评论家协会主编:《1949—2009:安徽作家报告》(上),合肥:安徽文艺出版社,2009 年版,第 109 页。

作于1988年至1990年间的《阴阳关的阴阳梦》，曾让人认为是非现实主义作品。表面上看，这部小说在写作技巧上采用了西方现代派的某些手法，内容充斥着梦幻、意识流、荒诞等等，似乎离宏大叙事很远。但通过这些梦幻与荒诞，故事本身如该书封面介绍的那样"为我们描绘了一幅资产阶级民主革命遭受挫伤的悲凉图景"，那么小说主题依然是宏大叙事。因此，鲁彦周这些长篇小说，除《阴阳关的阴阳梦》属于"前革命"记忆外，其他四部小说都是有关共产党的"革命"和"后革命"的宏大叙事。

这种宏大叙事对人物的刻画引人注目。我们看到，作家笔下的男性"正面人物"，大都如作家《天云山传奇》中的"罗群式"英雄：他们身材高大魁梧，声如雷暴，善于思考与学习，大都有著作或手稿记录其光辉思想；同时是天生的演说家，而且喜欢"站在岩石上"滔滔不绝。如《古塔上的风铃》中省委书记从戎"在一块突出到水里的岩石上立定"指导工作，《梨花似雪》中师政委方青击毙土豪时"站在林里一块大石上，一枪就把他撂倒了"……人物的这种在精神上"神异化"、行为上"全能化"、相貌上"英武化"、道德上"圣洁化"[①]刻画，与十七年"红色经典"及"文革"小说中的"无产阶级英雄"人物塑造颇为相似。

与之呼应的女性其塑造手法相当。同时这些女性大都有一个很好的"出身"，或是革命子女，或是农民子弟，都"根正苗红"。另外，还有一类民间女子也是作家着力正面刻画的对象。有意味的是，作家笔下的这些女性大都是"孤女"！如《彩虹坪》中的邓云姑、吕芹、耿秋英，《古塔上的风铃》中的冯娟，《双凤楼》中的况蓉、曾季素，《梨花似雪》中的卫灵，《阴阳关的阴阳梦》中的三奶奶寒冰与卜柏英等等。似乎只有孤女能反映出人物性格的顽强与完美，也方能体现出革命对她们的洗礼与炼狱。某种程度上说，这些人物的塑造是作家宏大叙事的内在诉求与必然结果。

学者祖国颂曾说："当我们着意寻求隐藏在文本中的作家的思想意义、价值取向、善恶美丑、审美标准和艺术表现时，其实我们是在寻找叙事的本质。"[②]以

---

① 董健、丁帆、王彬彬：《中国当代文学史新稿》（修订版），北京：人民文学出版社，2005年版，第291页。

② 祖国颂：《叙事的诗学》，合肥：安徽大学出版社，2003年版，第3页。

此观之,鲁彦周长篇小说叙事的本质就是在新的历史语境中对国家民族命运以及历史进程的想象,体现在个人叙事上就是对"革命"和"人民"的充分认同①。作家曾说,作为一个党员作家,应该肩负起历史的使命和责任:"我讲的责任感是指站在对党、对人民、对社会主义建设事业高度负责的立场上歌颂其应当歌颂的,批判其应当批判的,忠于生活、忠于真理、忠于人民,向一切阻碍社会前进的各种不良现象作无情的解剖和猛烈的冲击。"②

《彩虹坪》中,邓云姑与吴立中离婚时,这位身世坎坷的村姑只讲了三句话,其中第二句是"但愿你能全心全意为党工作";《古塔上的风铃》中姐姐的恋人让琢如姐弟俩"永远不要忘记了人民!人民才是神圣的,我们的人生就是为人民服务";《双凤楼》中燕彭对儿子小载说"将来长大了,不管做什么事,都不要忘记人民,一切都要从维护人民的利益出发",等等。鲁彦周这里,"革命"和"人民"是完全同一的,因为"革命"为的是"人民","人民"是"革命人民"。这样,作家的"革命"认同和"人民"认同就达到了完美的统一。

二

现在的问题是,个人叙事如何较好地来展现宏大叙事?二者间是否完美契合?学者邵燕君曾指出当下宏大叙事的三个困境,即"价值虚无的消极性""'退守民间'的规避性"与"'形式突围'的逃逸和'精神借力'的乏力"③。同样,鲁彦周的创作也多少存在上述某些问题,体现了个人叙事与宏大叙事间的纠缠。

一是"革命"动机的可疑与置换。按照马克思主义关于"革命"的理解,建设共产主义社会,实现全人类解放是"革命"的唯一归宿,共产党人及其政党没

---

① 何言宏教授在其《中国书写——当代知识分子写作与现代性问题》(北京:中央编译出版社,2002年版)一书第三章中,对此问题有精彩的分析,本文写作从中获益良多,特此致谢。

② 鲁彦周:《鲁彦周小说散文选集》,合肥:安徽人民出版社,1980年版,第446页。

③ 邵燕君:《"宏大叙事"解体后如何进行"宏大的叙事"》,《南方文坛》,2006年第6期。

有任何个人的私利可言。但是,在鲁彦周的这几部长篇小说中,我们看到,在实现这一美好征途中,一些党员(如钟波、寒光、方青、黄承等等)身上除了大公无私、舍生取义等品格外,很多时候是与之想违背的。这样,"革命"的美好蓝图就被"异化"了,置换成为一些人私欲的口实。《双凤楼》中的宫为安、杨秀燕载母子自不必说,就连正面人物燕彭的言行上有时也是"分裂"的,十分典型体现地在为了已故女友而去强暴另一无辜女性曾季素这一行为上。不是说这种情况没有可能,但发生在新中国成立前就久经考验、现为地委副书记的身上,并以此来推动故事的发展来说,这一行动的本身逻辑是欠考虑的,"缺少充分的艺术真实性和说服力"[①]。《古塔上的风铃》中,如果说年轻时的李永珍还有一丝革命理想的话,在她成为烈士的遗孀之后,革命便成为她守住名节的"古塔"的幻影,可以说其走上革命道路在她嫁给寒光之后完全是被动的。"革命"在"异化"后将如何书写?它又将是谁的"革命"?等等。那么,革命在此变得犹疑起来。

二是对于"人民"内涵的模糊。中外学者对该词有诸多不同解释[②],但其中有一点是共识,即在现代社会,"人民"往往是一个政治概念,而非一个自然概念。但在文学上,"人民"的概念与内涵往往是暧昧不清的,可以是普通百姓,也可以是一些反动势力欺压人民时的招牌。在鲁彦周小说中,"人民"主体通常是在"普通民众"这一层面上讲的。但同时,在作家的这些小说中,"人民"的构成往往是变化的,也是不平等的,最底层的普通民众时时遭到来自另一群"人民"的压制。如《彩虹坪》中耿秋英的被捕、《古塔上的风铃》中娟红的死、《双凤楼》中曾季素的死、《梨花似雪》中罗南民的种种不幸等等,这些"人民"都遭受了来自另一些"人民"即当权者的压制。另外,为"人民服务"的事情的解决,不是来自底层"人民"的呼声,而是来自权利的力量,如《彩虹坪》中耿秋英的释放、小说结尾支持土地承包制社论的播出,《双凤楼》中季小纯最后的活着,《梨花似

---

① 苏中:《人性的视角——〈双凤楼〉管见》,《淮南师专学报》,1999年第3期。

② 如美国政治学家乔·萨托利认为,政治意义上的"人民"的含义就至少可归纳为六种:"1. 人民字面上的含义是每一个人。2. 人民意味着一个不确定的大部分人,一个庞大的许多人。3. 人民意味着较低的阶层。4. 人民是一个不可分割的整体,一个有机整体。5. 人民是绝对多数原则所指的大多数人。6. 人民是有限多数原则的大多数人。"见[美]乔·萨托利:《民主新论》,冯克利、阎克文译,北京:东方出版社,1998年版,第25页。

雪》中周丽“文革”中从县看守所“莫名其妙”被释放等等,都来自权利及其运作,而非人民的正义呼声,更非法制。于是在这里,“人民”认同在一定程度上就变成“权利”认同了。对此,作家似乎缺乏必要的警醒、批判与反思。

作为一贯坚守现实主义的作家,如果说《彩虹坪》《古塔上的风铃》还有图解政策等不足的话,那么到了《阴阳关的阴阳梦》这部小说,作家就进行了一些有益的尝试,无论是主题,还是写作手法、创作都较前期有了一个突破。如小说在纪实与虚幻中表达一些严肃的话题。诸如资产阶级革命为何难以走远?现代性的“启蒙”在中国何时完成(以方郁林、肖思等被杀,“我”的出逃为标志)?等等。但是不久,作家又回到了他熟悉的有关“革命”的宏大叙事上来了。《双凤楼》与《梨花似雪》虽然在人性探索、叙事手法上(如元小说、意识流等)较前几部都有所深入,但其追求“史诗”的意图很明显,力图揭示诸如“时代与命运”“欲望与苦难”等重大命题。于是,作家又回到写作《天云山传奇》时的某种状态,这不能不说是一种遗憾。

三

在叙事技巧层面,鲁彦周的这些小说具有明显的模式化倾向。首先是情节设置上的模式化。一是开头与结尾。这几部小说中,开头大都是困难或者矛盾,由此开始有关“革命”或者“后革命时期”的记忆。其中《阴阳关的阴阳梦》稍有不同,小说以青年学生杨星仪随丈夫徐明清回老家阴阳关而开始了噩梦人生为由头,描写了清末民初资产阶级民主革命的一段历史。但历史已经证明,资产阶级是不能完成新民主主义胜利的,背后的潜台词不言而喻。这样看来,这也是一部有关“前革命”记忆的小说。黄子平先生曾指出,“革命历史小说”的开篇“不仅仅是小说的‘话头’,从根本意义上说更是革命的起点、历史的起点”①,这用于形容鲁彦周这些长篇小说开端是相通的。当然,小说的故事情节

① 黄子平:《“灰阑”中的叙述》,上海:上海文艺出版社,2001年版,第25页。

发展都是历尽曲折的，最终结局是正义力量“一律是反败为胜、从水深火热走向革命人民的盛大节日、从胜利走向更大的胜利”①。

二是小说中心情节上的“路线斗争模式”。这里的“路线”，除了敌我两条斗争路线外，主要是党的内部斗争路线。围绕此大都形成了截然对立的两派。

这种情节设置，是作家内在思想感情的一种自然流露，在很大程度上也反映了时代和社会的某种必然趋势。但其缺陷亦明显——极易导致文本叙事的公式化倾向，同时使现实主义的真实性受到损害，最终削弱作品的思想深度。

其次是人物塑造上的“扁平化”。鲁彦周这些小说大都设计了类似于“正/反”为中心的二元对立人物模式（如“改革/保守”“进步/落后”“革命/反动”“正面人物/反面人物”或者“正面人物/中面人物”）。人物性格往往缺乏变化，属于“一根筋”式、“脸谱化”的较多。如耿秋英（《彩虹坪》）在小说一出场，年纪轻轻，就是那种为真理而奋斗终生式的人物形象。从一定意义上说，这个人物有点虚假，还不如中间人物吴立中、吴仲曦父子来得真实。另外，作家在塑造正面形象女性时，大都暗含一个“落难/拯救”的思维模式。这些女性对“落难”者的“拯救”又有几种情况：或是对“落难干部”的拯救，如邓云姑之于吴立中（《彩虹坪》），曾季素、况蓉之于燕彭（《双凤楼》）；或是对“落难知识分子”的拯救，如耿秋英之于吴仲曦（《彩虹坪》）、宫珍之于季小纯（《双凤楼》）、李洁如之于“他”（《古塔上的风铃》）；或是民间女子对“资产阶级革命者”的拯救，如杨星仪之于徐明清、冰云之于方郁林（《阴阳关的阴阳梦》）等等。当然，这些被拯救的对象有时身份是重叠的，但他们大都是知识分子。“拯救”不仅仅是现实生活层面的（其中包括“性”），更是精神意义上的。这里，“落难/拯救”模式类似于旧小说和民间叙事中的“民间女子”拯救“落难公子”模式。

作家曾说：“形形色色的人物，高尚者与卑鄙者，他们都产生于某一特定年代。这个时代赋予他们以个性和独特的处世哲学。作者的职责就在于，怀着热爱和憎恨，用蘸满感情的笔忠实地描绘他们。”②这种人物模式的塑造，作家也许

---

① 黄子平：《“灰阑”中的叙述》，上海：上海文艺出版社，2001 年版，第 226 页。

② 鲁彦周：《真实 · 朴素 · 自然》，《钟山》，1983 年第 6 期。

不是刻意为之，但是创作的初衷在文本中有时会走向失真，并非总是“忠实地描绘他们”，其缺陷如詹姆斯·费伦所言的“作为观念的人物”①的存在。因此这些人物在一定程度上就很难再成为一个个独立的个体，而成为一群负载着特殊使命的形象符号。

四

造成鲁彦周长篇小说这种叙事矛盾的原因很多，其中作家心态的矛盾是首要的。刘小枫曾将20世纪的中国现代知识分子分为四组：“五四”一代、“解放一代”“四五”一代和“游戏的一代”。其中“解放一代”，他指的是出生于20世纪的三四十年代、五六十年代进入“社会文化角色”一代，是中国“第二代”现代知识分子。如此来看，鲁彦周出生于1928年，结合作家的成长经历来看，当属“解放一代”，是“新时期”的“归来者”。这代人“首要的特点是知识类型及其价值意向的意识形态同一、整合化”，“一开始就被有效地组织入意识形态的话语织体和组织机制之中”②。也就是说，站在共产党及其“诤友”的立场上，对国家和民族进行激情书写是他们这代人的自觉行动。虽然他们在新中国成立后的历次运动中受到冲击，有的甚至以生命为代价，但他们依然无怨无悔（如“娘打儿子论”）。另外，20世纪的中国特殊历史、中国知识分子忧患传统等等，都使得这一代知识分子过分关心政治、对家国报以特殊感情。从“文学革命”到“革命文学”，从“延安文学”到“十七年”文学，都是如此。即便是到了“新时期”，“文艺观念虽然大为开放，但关心政治，仍然是许多中国作家的基本心态”③。

这种创作心态在鲁彦周身上也有明显反映，就是为革命、为国家、为人民心甘情愿付出一切，甚至生命。典型如上述的“革命”认同和“人民”认同。作家

① ［美］詹姆斯·费伦：《作为修辞的叙事》，陈永国译，北京：北京大学出版社，2002年版，第4页。
② 刘小枫：《这一代人的怕和爱》（增订本），北京：华夏出版社，2007年版，第239页。
③ 杨守森：《二十世纪中国作家心态史》，北京：中央编译出版社，1998年版，第14页。

曾说:“我是党培养多年的作家,我知道什么是对党有利的、什么是不利的”①,“忠于党,忠于人民,用人民给我的笔,为祖国的四化建设,为振兴中华的光荣事业而奋斗到底,生命不息,战斗不止,这就是我的誓言”②。鲁彦周也的确在创作上践行着自己的“誓言”。这也印证了作家为何热衷于宏大叙事,来构建他对“某一特定年代”的“热爱和憎恨”的理想。

除了作家主体因素外,意识形态的影响也是一个重要方面。在美国心理学家埃里克·H·埃里克森眼里,“同一性和意识形态乃是同一过程的两个方面。二者都为个人的进一步成熟提供了必要的条就”③。意识形态通过体制和政权的力量,必然会制约和规范作家“写什么”和“怎么写”。在整个20世纪,知识分子大都难以摆脱政治的这种影响,从马丁·海德格尔到卡尔·施米特、从米歇尔·福柯到雅克·德里达,等等。同样,生活在体制内的中国作家们,当个体生命周期与历史的某一片段相遇时,他们就自觉或不自觉地对政治做出选择,那么持“革命”认同和“人民”认同的作家们写作中必然会出现鲜明的对于革命、对于人民的“代言意识”“颂赞意识”和“感恩意识”。鲁彦周也难能幸免。所以杰姆逊说:“第三世界的文本,甚至那些看起来好像是关于个人命运和利比多趋力的本文,总是以民族寓言的形式来投射一种政治:关于个人命运的故事包含着第三世界的大众文化和社会受到冲击的寓言。”④也正因为如此,“有必要对他们的言行及为什么如此言行进行反思”⑤。

通过对鲁彦周长篇小说个案分析,我们可以清楚地看到一代作家在当代写作的缩影,这也折射出一代人这种宏大叙事与个人叙事间纠缠的尴尬。

(原刊《江西社会科学》2010年第5期)

---

① 鲁彦周:《关于〈天云山传奇〉》,《电影艺术》,1981年第1期。

② 鲁彦周:《我与文学》,《飞天》,1982年第1期。

③ [美]埃里克·H·埃里克森:《同一性:青少年与危机》,孙名之译,杭州:浙江教育出版社,1998年版,第175页。

④ [美]弗·杰姆逊:《处于跨国资本主义时代的第三世界文学》,见张京媛主编:《新历史主义与文学批评》,北京:北京大学出版社,1993年版,第235页。

⑤ [美]马克·里拉:《当知识分子遇到政治》,邓晓菁、王笑红译,北京:新星出版社,2005年版,第3页。

飞翔与行走:潘军小说论

谈到潘军,当代文坛总喜欢把他归为"先锋派"代表作家,同时他也是一位难以把握的人物:他当过知青,从过政,经过商,拍过电影,对绘画、书法、音乐、影视等艺术均有一定的功底。要想谈论他及其小说创作,需要一定的勇气与耐心,但我很愿意来这样一次快乐、大胆又不失武断的冒险。

写作:是使命也是生活

潘军在成为一个小说家之前,他的理想是做一名画家,而非小说家:"我对文学的兴趣远在美术之下。"①促使他成为一个作家的原因除了自身的文学天赋之外,最大的就是家庭的影响。

潘军 1957 出生于安徽怀宁的一个梨园世家。母亲是位黄梅戏演员,父亲是位剧作家。这样的家庭出身应该说是一个艺术氛围浓厚、和谐幸福的家庭。但是由于"历史的误会",1957 年,当作家还未出生时,他父亲便成了"右派",长期流放在农村劳动;而母亲也一直在接受着思想改造的煎熬,"文革"中也被打倒,戴高帽游街。在作家少年的记忆中,欢乐总是那么短暂与珍贵,严酷的人生阴霾使作家过早地成熟,用他母亲的话说就是"在这个世界上,只能靠你自己"。

---

① 潘军:《潘军散文》,杭州:浙江文艺出版社,2000 年版,第 266 页。

这种根植于他意识深处的信念，促使作家只能用自己的创造去摆脱外在环境强加的绳索与枷锁。当1976年他的代课教师职务被剥夺后，作家在痛哭中明白了权力在中国社会的作用，已清醒地认识到必须选择一种远离权力的生活方式，用创造完成对这个社会的抗争，即使这种抗争十分微弱。终于在1978年，他凭勤奋与智慧，考取了安徽大学中文系。而在上大学前后的几件事——偶见父亲一生中发表的唯一一篇小说、1977年报考浙江美院的落选、电影剧本《徐悲鸿》的流产——让他感到“仿佛是宿命的驱使”[①]让他去从事写作，完成父辈及命运赐予他的使命。

由此我们看到，作家的文学之路，一开始就有别于其他作家，即他的文学创作之路是他自己清醒的执着选择，是他应该完成的使命，不含任何的功利成分，也是一种远离权力的写作。但作家也不是因此把写作看成人生的唯一选择和目的：“写作不是神圣的事，就该是我日常生活的一部分。”[②]在作家看来，写作者同手艺人一样，没什么区别，都是用自己的“作品”说话，只不过手艺人用的是“实物”而非“文字”。因此作家没必要自恃清高，他也不是什么明星，他的天地就是一张宁静的书桌：“写作的目的就是写作。”[③]“如果说作家有什么野心，那么我觉得这野心只能停留一张纸上，而不要跑到纸外面去”[④]，崇尚的是一种职业写作与专业精神。但在这个物质化的社会，做到这一点是多么的不容易。人们要为安身立命、要为许许多多的生活琐事而四处奔走，同时也经受着各种各样的诱惑。潘军也不例外。但我们看到，无论在什么情况下，作家都能坦然面对。另外，和一些以写作为生的作家不同，潘军将写作与谋生分得很开，写作就是写作，不会为了生存去写作，也不靠写作来谋生，这样便保持了一份思考的独立。了解作家的这些，对于我们了解作家的思想、解读作家作品的内涵具有重要意义。正是凭着这样一颗朴素的、平常的心态，我们看到作家无论从政还是经商，无论是处于人生低潮还是声名鹊起，他都能一如既往地写作，而且越写越

---

① 潘军：《潘军散文》，杭州：浙江文艺出版社，2000年版，第273页。

② 潘军：《动笔之前我脑中一片空白》，《小说家》，2000年第1期，封二语。

③ 潘军：《水磬》，北京：中国文联出版社，2001年版，第12页。

④ 潘军：《水磬》，北京：中国文联出版社，2001年版，第44页。

好。潘军以自己的实践履行他对文学的发言,用多副笔墨书写着属于"自己的小说"。

形式:痴迷与激情

20世纪80年代以来,许多作家就开始不满足于现有的陈规的小说创作模式,全力尝试一种全新的创作。从王蒙、莫言、韩少功、残雪、刘索拉等作家开始,他们小说创作中已出现各种试验的端倪,其中"叙事"试验尤为突出。而后来的以马原为始的一批更年轻的作家将这种叙事试验走得更远,其以余华、苏童、格非、北村、孙甘露为代表,当然也包括潘军。其中他们以自己对叙事形式的痴情与成功尝试,赢得了"先锋"之名,尽管他们大多数人都不承认这一事实。可以说对小说叙事形式的追求是"先锋派"小说创作一个共同的表现,也是其成为"先锋小说"的一个重要特征,它是对传统小说叙事模式的一次反叛,是中国当代文学在20世纪80年代的一次伟大的集体无意识的狂欢。但进入20世纪90年代后,由于外在因素与先锋作家自身的分化①,这股浩浩荡荡的试验的"局限性日益显露,而不可避免地走向形式的疲惫"②,最终也只有在"细雨中呼喊"了。

但是,作为"先锋小说"骁将之一的潘军,却以每一次不凡出手的创作实绩一再向人们表明:先锋未死。他虽然称不上是中国"先锋小说"最好的作家,但他"不惜做中国当代文学史中的'最后一位先锋'"③,尤其是他对叙事形式的痴迷与探索。潘军曾说过:"我的小说写作,一般都源于对一种叙述形式的冲动","现代小说创作从某种意义上而言是形式的发现与确定"④。于是我们在"先锋实验期"小说中,常常看到当时"先锋小说"家们常用的组合、改写、挪用、拼贴等

---

① 孟繁华:《九十年代:先锋文学的终结》,《文艺研究》,2000年第6期。

② 洪子诚:《中国当代文学史》,北京:北京大学出版社,1999年版,第339页。

③ 鲁枢元:《捕〈风〉捉影》,《当代作家评论》,1994年第2期。

④ 潘军:《想象与形式》,《当代作家评论》,1994年第2期。

叙事形式来进行自己的小说创作。如中篇小说《白色沙龙》《南方的情绪》《蓝堡》《流动的沙滩》《爱情岛》,长篇小说《风》等。拿潘军这一时期中篇小说代表作《流动的沙滩》来看,它被作家称为一部“关于遐想的妄想之书”,实际是对文学活动及写作状态的一些描述与断想。它采用双重文本的形式,叙述人“我”及书中的“老人”都在创作一部名为《流动的沙滩》的作品,其中的写作本身又是推动这部小说的动力。在这里,主人公完全改变了传统小说的结构模式,即兴拈扯许多东西,而取名《流动的沙滩》和援引克罗多·西蒙的一段话,除了在小说中强调人对历史的感觉之外,其外在的动力包括“形式上的考虑”①。而被誉为“长篇小说中‘中国现代主义文学’的一次成功的尝试”的长篇小说《风》,同样具有形式的魅力。小说以“历史回忆”“作家想象”“作家手记”的叙事方式,并采用宋体、仿宋体、楷体三种不同印刷体,对历史进行了一次捕风捉影的追问,将“先锋小说”对形式的追求,引入长篇小说的创作,从而“在文学史上占据一席之地”②。但是,我们在解读潘军这一实验时期的作品,读者需要足够的耐心,也需要一定的阅读技巧,因为它们与我们传统意义上的小说叙事的线性形式是不同的。同时,模仿的痕迹依稀可见,这也从另一侧面说明“先锋小说”在中国的先天不足留下的尴尬。

在作家自称为“自我放逐”式的下海经商生活结束后,潘军的小说创作同其他先锋小说家的一样,经过调整与回归,虽然小说的故事性越来越强,但他对文本形式的叙事试验依然保持着高涨的热情。小说在“故事”与“技巧”中由“难懂”走向“好看”。于是我们在“对话体”的《对话》中看到一对落魄男女的暧昧故事,在《对门·对面》《关系》的符号体系中体会人生的某种无奈与哀凉,在《重瞳》中领略超实手法对“历史”进行了一次新的发现。值得一提的是这个时期的长篇小说《独白与手势》(白、蓝、红)三部曲,作家对形式的探索走得更远——将图画引入小说,并成为小说文本不可或缺的部分,在“规定性”“强制性”阅读中显现出一种巨大的视觉冲击,是“不着一字,尽得风流”③。同时,此

---

① 潘军:《坦白》,合肥:安徽大学出版社,2000 年版,第 6 页。
② 陈晓明:《对文学说话:潘军的〈风〉及其他》,《当代作家评论》,1994 年第 2 期。
③ 谢萍:《不着一字,尽得风流》,《当代文坛》,2000 年第 6 期。

篇小说,继承了潘军对“叙述人”“我”的偏爱,“我”既是小说中的主人公,又是推动故事的叙述人。这一点可以说是潘军小说区别于其他先锋小说家的一个显著的不同之处。

潘军对小说叙事形式的追求与痴迷,不是为了形式而形式,而是作家对文学及自身创作的一次又一次超越,是一种“有意味的形式”。正在这个意义上说,“对形式结构的迷恋,引诱潘军走到探索的前列”①。

故事:怀疑与拷问

潘军小说在追求叙事形式的“技术”的同时,也注重“故事”本身这一层面。他很会说故事,故事也很动听。无论是早期作品还是近期作品,都是如此,不过近期更为突出罢了。

潘军的小说创作可划分为三个时期:“习作期”、“先锋实验期”和“成熟期”②。纵观三个时期潘军小说所说的“故事”,大体可分为四种类型。一是对其下海经商经历的记录与缅怀。这类故事好看,所占比重也很大,是潘军小说在经过“先锋实验期”后走向民间的一项大规模“突围”。长篇小说如《独白与手势》(蓝、红),中短篇小说如《海口日记》《关系》《故事》《对话》《假面小孩》《半岛四日》等。二是写城市故事。这类小说耐看,很有魅力,是对当下城市人与人之间焦灼关系的最好的“临摹”。主要作品如《白色沙龙》《3 月 1 日》《对门·对面》《AB 故事》《陷阱》《红门》《和陌生人说话》《抛弃》《九十年代的获奖作品》等。三是讲作家故乡与童年的人与事。这类故事细看。主要作品如长篇小说《日晕》《独白与手势》(白卷)、中短篇如《墨子巷》《篱笆镇》《秋声赋》《我的偶像崇拜年代》《溪上桥》《1962 年,我五岁》。这类作品在清新的同时往往流露出一份沉重。四是“借历史说故事”。如长篇小说《风》、中篇小说《夏季传

① 陈晓明:《对文学说话:潘军的〈风〉及其他》,《当代作家评论》,1994 年第 2 期。

② 潘军、牛志强:《在大陆和岛屿之间》,见《潘军小说文本系列》A 卷,北京:中国工人出版社,2000 年版,第 181—182 页。

说》《桃花流水》《结束的地方》《重瞳》。这类小说中，“历史”只是手段，“故事”后的东西才是关键。

考察这些故事，我们会发现作家在他的“故事”背后隐藏着一个共同的东西：那就是怀疑与拷问。这点颇似鲁迅先生的某些小说。在鲁迅那里，这种怀疑与拷问体现的是鲁迅先生的人生哲学与生命体验，最终指向“绝望的反抗”①。而潘军这里，同样具有一种人生的感悟与思索。在潘军笔下，“故事”只是手段，“怀疑”“拷问”才是目的，体现了一个作家对心灵的探寻。这又可分为几种情况：

一是在“历史”的“寻找”中怀疑。这在上面第四类故事中最常见。其中最为典型的是写于1991年的长篇小说《风》。故事讲述了“我”——一个作家——为了调查一桩历史人物之死的“疑案”，决定进行一次不乏浪漫与想入非非的“寻找”。但随着“寻找”的深入，无论是现实中的人物如陈士林、叶重远，还是历史人物叶氏兄弟，抑或叙述人“我”都陷入了一种可怕的现实与历史的迷雾之中。而当初的所谓计划、目的、价值指向等都很快在“寻找”中动摇了，由此产生了更大的疑惑：现实的此岸与历史的彼岸有距离吗？历史中的人与事可信吗？小说在这种追问中留下了许多如风般的疑团与思索。在作家看来，“历史本身就是飘忽不定，值得怀疑的”②，即便是以历史形式出现的档案也值得怀疑：“档案只能证明人的一部分经历。况且档案也是人为的产物，可以修饰，可以剪裁，甚至可以篡改与杜撰。”③那么用什么来证明历史、证明人呢？作家认为：只有“良知”可以证明。在这里，传统的对人及历史的观念与体系被彻底颠覆。同样，中篇小说《结束的地方》《桃花流水》以审视的目光考察历史，当最终“故事”“寻找”的真相揭晓时，也是“历史”的荒谬推到前台之际。在这里，“历史”只是一面镜子，而“故事”中的一切都只不过是镜中的幻影，在时空的交替中最终“历史”嘲弄了“历史”本身。这里，拿历史做文章，这不仅仅是一个技术问题，而是通过这样一个恰当的载体，表现“故事”外的东西。那什么是历史？用小说《重

① 钱理群等：《中国现代文学三十年》（修订本），北京：北京大学出版社，1998年版，第40页。

② 潘军：《坦白》，合肥：安徽大学出版社，2000年版，第120页。

③ 潘军：《潘军文集》（第2卷），武汉：长江文艺出版社，2002年版，第87—88页。

瞳》中的一句话就是"当人坏了历史就开始了;当人变好了,历史就结束了"。这样最终的落脚点在于"人",于是将拷问的矛头指向人、人类及人自身。历史就是人的历史。这就丰富了历史的内涵,也是拷问的目的。

二是对权力权威的消解。中国几千年来,知识分子对权力或多或少都保持有一定的警觉性。在他们看来,权力从来就是与阴谋、流血、厮杀等联系在一起的。在潘军小说中,作家同样以尖锐的目光来审视权力。《重瞳》这个中篇小说,就是作家心迹的某种流露:"权力不是个好东西,它会使一个人的欲望无限膨胀,它会让人变得丧心病狂,它会使良知泯灭,它自然也会使一个贵族堕落成为流氓。"[①]正因如此,作家在小说中塑造了一个诗人气质的项羽来传达作家心中的权力倾向:凡事都得有个游戏规则,权力的使用也不例外,向往一种"不用刀说话"的政治。在对权力审视的同时,作家对权威同样持怀疑的态度。他们无论是所谓的领袖还是自封的大师,在作家的小说中均以不同程度地进行消解。中篇小说《我的偶像崇拜年代》以一个少年"我"的口吻再现了一个特定年代的幻影,中篇小说《蓝堡市的撒谎艺术表演》是对一批政客嘴脸的辛辣讽刺,而短篇小说《抛弃》同样对所谓的教授进行了一次揶揄。对权力与权威的消解,反映了一个正直知识分子的批判精神。

三是对常规的挑战。如果说前面两种的怀疑与拷问是向"上"的话,那么对日常既有的规范的怀疑与拷问则是向"下"的。潘军的小说当中,经常有许多惊人之语,这就是对这个世界许多既有的规范报以怀疑。如中篇小说《海口日记》中就有许多这样的精辟见解,如作家用"我爱文学,但从不爱文学界。而且历来只交朋友不入队伍"来批判文学界的某些现象;用"凡手摸不到的地方就是远"来表现距离感;用"我觉得写作纯属一个人的私事,不需要建立专门机构更不需要开会。倒是应该把钱用在印方格稿纸,发给愿意写作的人"来对待创作机构。近期中篇小说《合同婚姻》(《花城》2002 年第 5 期)将这种批判的触角伸到对中国几千年婚姻制度:婚姻也可以根据男女双方情感的变化情况签订合同的,好就续约,不好就解约。这是一个大胆的反叛之举!在这看似荒诞的背后是作家

① 潘军:《重瞳》,见《潘军小说文本系列》E 卷,北京:中国工人出版社,2000 年版,第 27 页。

对中国人婚姻制度深处的某种深刻思考。

纵观潘军小说中的这些故事,总体上有“对存在的解构”与“对真实的怀疑”[①],但我们并不能说作家是一个悲观主义者、虚无主义者。同样,作者以自己的怀疑与拷问在“寻找”,“寻找”属于自己的神秘园:“我不是在故弄玄虚。我的全部努力都是在追求真实。”[②]其中的“真实”之一,便是作家所主张的主观的真实与心灵的真实。《纸翼》(《安徽文学》2001 年第 9 期)这个短篇就是这种心灵真实的追求。一个在机关工作的女子翘楚,一天被一个莫名其妙的男子的电话搅动了心迹。他们虽未谋面,但这电话的诱惑使这位翘楚渴望这种未见面的美好感觉。故事最后,那位陌生的男子(一位风光摄影师)发生车祸的一刹那,就是翘楚所折纸翼被风吹起之时。一种心灵的巧合的真实让人心悸! 于是我们又在“故事”中体会到了《半岛四日》中的爱情,在《白色沙龙》里“畅谈”人生的况味,在《墨子巷》里“倾听”清脆的铃声,在《重瞳》里发现人性的光辉……回到精神层面,回到心灵世界,并以此观照人生、历史、自然、宇宙。从某种意义上讲,“先锋精神”其实是一种“精神先锋”,“先锋的高度”就是“精神的高度”,是一种“对人类生活的历史、文化、生命以及自然有着更为深远的认识”[③]。这也是我们审视潘军小说“故事”的意义。

风格:古典的诗意

歌德曾说过,“风格,这是艺术所能企及的最高境界,艺术可以向人类崇高的努力相抗衡的境界”,应“给予风格这个词以最高的地位”[④]。雨果也认为,风格是优秀作家的标记。潘军自己曾多次说过他的作品没有风格:“我历来不喜

---

① 吴义勤:《让真实飘在风中》,《潘军小说文本系列》F 卷,北京:中国工人出版社,2000 年版,第 171 页。

② 潘军:《潘军文集》(第 2 卷),武汉:长江文艺出版社,2002 年版,第 94 页。

③ 洪治纲:《先锋的精神高度》,《小说评论》,2000 年第 1 期。

④ 歌德:《自然的单纯模仿 · 作风 · 风格》,转引自顾祖钊:《文学原理新释》,北京:人民文学出版社,2000 年版,第 181 页。

欢所谓‘风格’一说。我认为一个作家为风格所束是一件可悲的事。如果说我有什么风格,那么就会作这样的回答:我的风格就是没有风格。”①但考察潘军的小说,我们发现其在艺术上还有某些共同的东西,其中一点就是小说中时时散发出一种古典诗意的芬芳。

一是环境描写的清新自然。这点与作家深厚的绘画功底有关。在小说中,一草一木,一物一景,或浓郁或清淡,都流淌着浓厚的情感,即所谓“一切景语皆情语”。短篇小说《溪上桥》就是一幅简约山水画。长篇小说《日晕》的景物让人如置身江南水乡。另外,作家喜欢用“雨”这个意象传情达意,情到深处“雨”便来。这雨,既是倾诉,也是默想,在一种飘飘洒洒中完成了人与自然的心灵之约,弹奏出一曲曲古典的韵律。

二是人物刻画的精妙传神。这一点除了与作家运用绘画中的“写意”手法之外,还与他在影视、戏剧等艺术中对人物的塑造有关,他既善于勾勒人物,又善于节制笔墨去塑造人物,看似寥寥几笔,但人物神韵尽出。中篇小说《秋声赋》中的火虽是一个着墨不多的人物,在作家笔下却很有魅力。这个四五岁便被旺从死亡线上救过来的小东西,能叫养母凤“娘”,却从不喊养父旺叫“大”,并且在以后二十多年里,“也未称呼过他胜似生父的养父”,而代之以“嗯”“哎”之类含混不清的语气词或随儿子喊旺为“你爹”(即普通话“你爷爷”),一直到死。一个倔犟的火的形象如同他的名字一样在读者面前“熊熊燃烧”。短篇小说《上官先生的恋爱生活》中,上官先生那种“把呢大衣的领子竖起,再衬上一条暗红色的格子围巾”便掀起石镇青年一股模仿之风,即使在“沮丧不堪”的日子里也不失“名流”风范的形象跃然纸上。在人物刻画的群体中,最出色的莫过于女人了。她们有的只是一个名字(如《夏季传说》中的蛾子),有的只是一个符号(如《对门·对面》中的C、D),有的干脆以“女人”称之(如《对话》《关系》中的“女人”),但作家把这些外在形象“不甚清晰”的女人写得风姿绰约,盈盈袅袅。但这并不是说作家小说中有多么露骨的色情描写,相反写得很干净、很体面,毫无当下一些作家的对性的渲染与平庸,可见作家刻画人物的功力。

① 潘军:《潘军中篇小说自选集》上卷,北京:大众文艺出版社,2000年版,第2页。

三是语言的古典雅致。汪曾祺曾说“研究创作的内部规律,探索作者的思维方式、心理结构,不能不玩味作者的语言”①,并说“写小说就是写语言”。同样在潘军的小说当中,语言是贮满诗情的。作家自己曾说:“我觉得从对语言的驾驭能力看出一个小说家的功力,这应该是看家的本领。”②在他的小说里语言世界里,既有方言,也有俚语;既有平实的叙述,也有多种辞格的套用。无论采用哪种语言,都写得摇曳多姿。试看下面一段话:

> 苇子长得标致,腰细细的,胸鼓鼓的,眼黑黑的,皮白白的,两条辫子长长的,甩起来叫人醉醉的。③

五个叠音形容词使苇子的“标致”表现得淋漓尽致,既有视觉,又有味觉,既有形象,又有色彩,让人见了怎能不动心!

另外,潘军小说的结尾也很有味道,可以说是“潘军式”的,如《海口日记》《抛弃》《重瞳》等。

追求一种古典的情致,追求一种诗意的表达,使得潘军小说成为“诗化的小说,是小说中的诗歌。是雨打芭蕉的唐诗,是折柳送别的宋词,古朴,淡雅,又略带一丝惆怅”④。正因如此,诗人牛汉说潘军的小说洋溢着一种诗性,他骨子里就是一个诗人。

已进入中年的潘军,在经历了许多人世沧桑后,更显现出一份成熟、自信与从容,以更优雅的姿态面对当初对文学的选择。即使将来他不再从事文学创作,我想他都不会忘记对文学曾经有过的飞翔的努力,也不会忘记曾经艰难行走所洒下的汗水,更执着地在人生及艺术的道路上前行——永远“在路上”前行。

〔原刊《安庆师范学院学报》(社会科学版)2003 年第 4 期〕

---

① 汪曾祺:《汪曾祺全集》(第 4 卷),北京:北京师范大学出版社,1998 年版,第 8 页。

② 潘军:《坦白》,合肥:安徽大学出版社,2000 年版,第 111 页。

③ 潘军:《潘军文集》(第 1 卷),武汉:长江文艺出版社,2002 年版,第 10 页。

④ 峻岭:《走近潘军》,《安庆师院报》,2000 年 12 月 16 日。

论潘军小说创作的故乡情结

“安庆这块土地对我的创作有很大影响和帮助”,“调动我的不仅是作为安庆人、怀宁人的生活积累问题,更多的是我自己在这块土地上这么多年积累的东西所形成的观念的东西在起作用”,“小说中反映出的人物状态、行为方式在我看来与这块水土是有关系的”①。

2000 年,作家潘军在他的故乡安庆说了上面的一段话,诚实地肯定了安庆这块水土对他创作的影响。其实,不仅是潘军,对绝大多数作家而言,地域文化是他们创作中不可或缺的因素。本文尝试从潘军小说的文本内容、语言运用、文化意识这三个方面探讨安庆这块水土对潘军小说创作的影响。

一

潘军 1957 年出生于安庆怀宁县石牌镇。而我们将要探讨的地域文化主要是指以怀宁、安庆为中心的地域文化。

读潘军的小说,你会发现一个很有意思的现象:他的早期小说创作,如中短篇小说《小镇皇后》《篱笆镇》《墨子巷》、长篇小说《日晕》和《风》等大都是写安

---

① 潘军:《先锋小说、地域文化与我的小说创作》,《安庆师范学院学报》(社会科学版),2003 年第 4 期。

庆这块土地的。作家自称为“自我放逐”式的下海经商生活后写出的第一篇中篇小说《结束的地方》,也是写这块土地上发生的一个离奇的故事;随后创作的长篇小说三部曲《独白与手势》中的第一部《白》,也花了大量篇幅对生养他的这块土壤进行了一次心灵的追忆。而作家计划写作中的长篇《中国陶瓷》,我想也离不开这片故土,尤其是一个叫罐子窑村庄。这些似乎是一种巧合,但也是一种必然。故土,永远是作家创作取之不尽的源泉,“是许多作家的文学血液”①。

读这些小说,地域文化对作家影响明显的一点就是他的作品中的故事大都未走出安庆,未走出怀宁。

首先,在潘军众多描写地域文化的小说中,有许多地名是以这块土地上的真实地名为背景来命名的。你可以跟随作家笔下描写的方位,找到这些地方。“此刻,我已站在三岔路口。我的前方十八公里处就是水市,但我需要右拐上路。这路的尽头是我的故乡石镇”②。这里,三岔路口就是现实中的怀宁县月山镇通往石牌和安庆的三岔路口,作家无非将“石牌”写成了“石镇”,“安庆”写成了“水市”。在众多的地理描写中,有四个地名是作家是永远绕不过去的精神家园。它们是石牌、罐子窑、梅子岭、安庆。

石牌。地处怀宁县西南,旧名宜塘,又叫石牌口,曾为怀宁县城。北宋时已有其名,距今已有1000多年。这里是作家的出生地,他在此生活了20多年。这块生养他的土壤,长大后便被作家称为“蓝堡”,后被称作“石镇”,并为我们营造了一个“石镇系列”:《蓝堡》《墨子巷》《上官先生的恋爱生活》《1962年,我五岁》《1967年我的日常生活》《我的偶像崇拜年代》《从前的院子》《独白与手势》(白卷)。这里有神秘的蓝堡、美丽的戏园子、幽静的丁字街,和那趿着拖鞋踩着青石板唱着黄梅调的美丽少女……“石镇系列”与鲁迅先生笔下的“鲁镇”、苏童的“枫杨树香椿树街”一样,散发着江南水乡的特有芬芳。

罐子窑。这是一个很奇怪的名字,但现实中确实存在。它是作家母亲的故

---

① 阎连科:《欢乐家园》,北京:北京出版社,1998年版,第473页。

② 潘军:《独白与手势》(白卷),北京:人民文学出版社,2000年版,第4页。

乡。儿时的作家,“几乎每年都要随他(指外祖父,引者注)去一趟罐子窑”①。现实中罐子窑,属怀宁县江镇镇(今属石牌镇),离石牌六七公里,是一个以生产陶器而闻名的小村庄,新中国成立后曾一度为县陶器厂。这地方除了生产陶器,也有黄梅戏,新中国成立前曾被称为“戏窝子”。作家笔下的中篇小说《夏季传说》《结束的地方》《杀人的游戏》等都以此地为背景展开了一幕幕动人的故事。尤其是被称作“在文学史上占据一席之地”②的《风》,便来源于作家一篇未曾谋面的中篇小说《罐子窑》,小说以“贾雨村言”的形式,叙述了新中国成立前后一个惊心动魄、如风般神秘缥缈的故事。小说中的“龙窑”就是笔者的出生地,离罐子窑仅一箭之遥。而故事中的“六指”陈宗淼竟和我“同辈”!这种阅读上的亲切感让我对这部小说情有独钟。

梅子岭。真实的梅子岭位于怀宁县平山乡(今属石牌镇)和江镇镇分界的一座小山上,在作家笔下唤作“梅岭”。“它并不高,但陡。一条石子公路从岭间跌落下来”③。梅子岭脚下有一个小村子叫牌楼,这里是作家高中毕业后下放的地方,他在此当了三年的农民。潘军许多作品(不仅仅是小说)中,都有许多关于梅子岭的描写。如长篇小说《独白与手势》(白卷)、中篇小说《三月一日》,散文《拥有炊烟的天空》《梅子岭》等。梅子岭在作家的笔下,不仅仅是一座小山,也不仅是和一个叫牌楼的村庄联系在一起,而是矗立在作家心中的一块无字之碑,镌刻着他知青生活的苦乐年华和人生思考。

安庆。在作家的笔下,这座位于皖西南长江北岸的城市叫作“水市”。这里曾是作家祖父经商、父亲读大学的地方,作家17岁第一次与父亲相见也在这个城市,大学毕业后他又在此工作了近三年。“水市对于我有着太多的回忆。这座至今不发达的城市却屡屡成为我梦中的海市蜃楼”④。作家有时也将安庆称为故乡。其实也可理解,因为历史上安庆“市境大部旧属怀宁县”⑤。这座曾有

---

① 潘军:《潘军散文》,杭州:浙江文艺出版社,2000年版,第62页。
② 陈晓明:《对文学说话:潘军的〈风〉及其他》,《当代作家评论》,1994年第2期。
③ 潘军:《潘军散文》,杭州:浙江文艺出版社,2000年版,第31页。
④ 潘军:《独白与手势》(白卷),北京:人民文学出版社,2000年版,第205页。
⑤ 安庆市地方志编纂委员会编:《安庆市志》,北京:方志出版社,1997年版,第96页。

282年省会[①]历史的城市，曾长期为省、府、县同治，现已被列为中国历史文化名城。作家的中篇小说《桃花流水》《九十年代的获奖作品》、长篇小说《独白与手势》，散文《安庆的父辈》《老友记》等多次唤醒作家对这座城市的记忆。于是就有了诸如菱湖公园、迎江寺、振风塔、状元府、墨子巷等这样一些地名及相关描写。

其次，对地域山水的描摹。作家脚下的这块土地处于古皖山之南，有众多美丽如画的名山大川，如古南岳天柱山，又如佛道重镇司空山、小孤山、浮山，隔江有四大佛教圣地之一的九华山；有浩浩荡荡的长江，有那条让作家流连忘返的皖河（小说中的"琴河"）。它们在作家笔下都充满了灵性与灵趣。同样为山，天柱山"是一座挺拔的男性之峰"，而小孤山是"孤峰挺立于江心，一柱擎天。形如椎髻，苍翠欲滴"。同样为水，长江"像放久了的和酱油差不多的血"，而皖河在"微弱的天光下，河流是黝暗的，像犁过的土"。仁者乐山，智者乐水，读者可以在作者笔下恣意欣赏这里的无限美景。

再次，在潘军的小说中，天是皖江的天，水是皖江的水，同样，人也是皖江的人。潘军的地域小说中，无论是达官显贵，还是布衣黎民，他们身上都散发着皖江人的气息（后文将谈到）。小说中的许多故事、人物原型均来自这里。作者在中篇小说《秋声赋》开篇就指出：这是一个以真实故事为背景而创作的小说，"从某种意义上说它是有生活原型的，故事中的男人和女人相好结婚，后来女人与货郎私奔了，男人抱养了一个孩子，包括最后那个儿子上吊死了，引起村庄里人的一些猜测，这些全都是真的"[②]。同样在中篇小说《1962年，我五岁》《1967年的日常生活》《我的偶像崇拜年代》，长篇小说《独与手势》中，我们参照作家的《我的小传》[③]《安庆的父辈》[④]等一些文字，可以看到"父亲""母亲""齐叔""于阿姨""我"等这些人在现实中的身影。当然，故事中那些人物均不等同于现实中的人物，但我们确实可以看到这块土地上的人对作家创作的影响。

---

① 汪军：《安庆：省会282年》，《新安晚报》，2005年6月4日。

② 潘军：《坦白》，合肥：安徽大学出版社，2000年版，第20页。

③ 潘军：《坦白》，合肥：安徽大学出版社，2000年版，第241页。

④ 潘军：《安庆的父辈》，《新安晚报》，2005年2月2日。

二

小说是语言的艺术。汪曾祺曾说过写小说就是写语言。对于语言的依恋，特别是对母语的依恋，几乎是每位作家面临的选择与困惑：他们在各自的语言里游弋。潘军在怀宁生活了20年，在安庆又度过他8年机关生活中的最初三年。这些成长的记忆奠定了他对社会、人生的认识，也确立了观察的视角，更重要的是作为思想载体的语言——怀宁（安庆）方言，已成为他写作中必不可少的工具，而且将伴随他一生的思考与写作。在潘军的小说语言世界里，我们不能忽视这种母语的作用。

首先是方言俗语的运用。这在潘军的地域文化小说里，尤其是早期的作品，如《墨子巷》《溪上桥》《红门》《日晕》《风》等均曾大量使用。归纳起来，约略有以下几种情形：一是表达自然现象及时间的。如"落雨""扯霍""日头""上昼""下昼""明朝""断黑"等。二是描述日常习俗的。这又可分为娱乐类如"耍""谈古""说书"等；婚丧类如"讨亲""讲人""老人""倒颈""折世""上山""灵车轿马"等；其他的如"黄掉""搞鬼""困觉""鲫阔子""稻场""么事"等。三是用于人际交往的。这类方言俗语很多，如形容人的"刁伶""人杪子""孬""多嘴""嚼舌根"，等；形容行为动作的如"欺生""不碍""刮了我一顿""蹲家"等。第四类为称呼语。如称小孩子"伢""伢鬼""毛头"；称父亲"大""伯"，称母亲"娘""爱"；称呼外公外婆"家公""家婆"；称呼祖父"爹爹"；"老板""男人"称呼丈夫，"堂客""堂客奶奶"称呼妻子等；另外，还有些称呼语有戏谑或侮辱性质，如"现世宝""狐狸精""千刀剐的"等。第五类为俗语。如"日晕长江水，月晕扫地风""从糠箩跳到稻箩""好人不长寿，恶狗活千年""黄瓜打锣——一锤子买卖"等等。

这些方言俗语"不仅具有传承性和民族性等特征，而且忠实地记录了人们生活、生产的经验，归纳和总结了人们对待和处理事物的方法，反映了人们实际生活的哲理和行为准则"①。作家的中篇小说《秋声赋》中有这样一个情节：公

① 余昌谷：《当今小说掠影》，合肥：合肥工业大学出版社，2003年版，第220页。

公旺与儿媳霞在北京一家医院为大平治耳朵，大夫误把二人当作夫妻。这里，有这样一段对话：

旺打断说：我是孩子的爹。

大夫说：是啊，我没说错，你们夫妻……

霞插言道：大夫，这是我公公。我们那边的"爹"不同于这边的"爹"，是爷爷的意思。

大夫这才醒悟，红着脸说对不起。[①]

我想作家是故意这么安排"爹爹"这个词的，表达这对有情人在现实中只能以公公、儿媳的身份来相处，体现了人物充满了无奈，这也加重小说的"道德含量与艺术含量"[②]。

其次是人物的语言。在潘军的地域文化小说中，人物的语言充满了乡土气息，反映了不同人物的不同性格。《墨子巷》中的刘寡妇对古风眠的那句"没什么要紧的哟，你这老！"将一位直爽、泼辣、热情的寡妇形象推到读者面前。《风》中陈士林说"城里人都他妈的没有卵子！"表达了陈士林对城里人的评价，偏颇中不乏某种合理的东西。《独白与手势》（白卷）中无论是雨浓的"你瘦了，也黑了"，还是小丹的"就用我的牙刷吧"，抑或韦青的"一个人的时候，过去与你相伴"，三句不同的语言，表达了三位美丽女性的不同性格，同时也都表达了她们对"我"的真挚之爱——"我"应该是幸福的。这些人物的语言虽千差万别，但都是与这块水土的营造分不开的，具有一种浓浓的乡野之美。

第三是作家的叙述语言。电影导演黄健中曾说潘军小说轻易动不得，牵一发而动全身。这一方面说明作家的小说情节结构紧凑，故事匠心独具，另一方面也包含了对作家小说语言的魅力的肯定。这既是作家善于向古今中外作家学习的结果，同时，我想也与这块生养了他20多年的水土的滋润有关。同为先

① 潘军：《潘军小说文本系列》E卷，北京：中国工人出版社，2000年版，第80—81页。

② 唐先田主编：《潘军小说论》，合肥：安徽大学出版社，2003年版，第325页。

负重，沉重地表达出来，为我们传达源源不断的爱、感动和温暖："从前听母亲说，人的眼泪都是往下淌的。上对下的爱从不掺水。"[①]这种父母之爱，一如凌冬不凋的花朵，也如春天里的清泉，为我们早已麻木的心灵带来长久的感动和慰藉。

同时，在潘军小说中，一些人物在卑微中的自强不息，也让我们看到他们身上有着水的柔弱、不争与韧性，正所谓："上善若水。水善万物而不争，处众人之所恶，故几于道。"(《老子》)无论是《独白与手势》中的"我"的父亲母亲，还是《1962 年，我五岁》中的外公，无论是《风》中的苇子还是《秋声赋》中的旺，他们身上都有水的这种特点。比如《秋声赋》，让人读完后感到一种喘不过气来的压抑，而那个叫旺的男人的所作所为，一如那条灵水河缓慢而潮湿。潘军近作《草桥的杏》(《北京文学》2007 年第 7 期)中的杏，是个无父无母的哑女，靠卖鸡蛋为生，且要供弟弟读书的乡村弱女子。在被"大盖帽"李税务强奸后，她并不是息事宁人，私了了事，硬是用鸡蛋碰石头，靠一股韧性将罪犯送进了监狱。杏身上的这种以柔克刚、不屈不挠的精神就如同水的精神，与现实中的正常人的所作所为形成强烈的反差，发人深省。

其二，水拥有的时间、历史与生命意义。自当年孔子在水边感叹"逝者如斯夫"——时光匆匆后，历代文人骚客们总在水中寻找寄托，或叹"滚滚长江东逝水，浪花淘尽英雄"，或愁"抽刀断水水更流，举杯消愁愁更愁"，或思"人不能两次踏入同一条河里"……这种悲壮、伤感与忧患已经成为人类特有的心理与思维方式。作为博览群书的潘军，一方面受中国传统文化影响自不必说，另一方面，对西方文化的精髓加以借鉴吸收，创造属于自己的一滴"水"中的世界。"水声如同磬声，让我心旷神怡，思索遐想"[②]，遐想时间，遐想历史，遐想宇宙。如："外公说，古人造这个'日'字，就是让你晓得，日倒过来还是日。"(《1967 年的日常生活》)"历史是个什么东西？当人坏了历史就开始了；当人变好了，历史就结束了。"(《重瞳》)"手摸不到的地方就是远。"(《合同婚姻》)"人们对任何东西

① 潘军：《山水美人》，桂林：广西师范大学出版社，2003 年版，第 128 页。
② 潘军：《水磬》，北京：中国文联出版社，2001 年版，第 1 页。

都没有十分的把握，我们始终在流动的沙滩上行走。”（《流动的沙滩》）等等。与“我学会用小小脑子去思索一切，全亏的是水，我对宇宙认识的深一点，也亏的是水”①的沈从文相比，沈从文他站在20世纪30年代的湘水河岸，揭示现代文明给湘西带来的种种变迁，在水边吟唱着一曲如长河般忧郁的歌。潘军则穿行于世纪之交的此岸，感受着宇宙、时间及生命的飞逝、神秘、宿命以及作家的那沧海一声笑。同样是对同一块土地上“水”的思索，潘军与比他小7岁的诗人海子对水的理解又是不同的。在海子的诗中，“水”荡漾着湿润、南方、母性、生命源头等淳朴与神秘：“我追求的是水……也是大地……母性的寂静和包含。东方属阴。”②潘军对水的思索除了与海子有共同之处外，更多了一份南方之水的躁动与阳刚，也多了一份因经历不同而产生的个体对生命的切肤之痛——追求如水般流动不拘的心灵自由与人生快意。

三

除却山水，还有美人。女人如水。

把水及其变体“雨”“雪”等比作女人，也是中国文学传统的一大景观。自《诗经》而下，中国古典文学作品中，这类诗文汗牛充栋：“飘飘兮若流风之回雪”（曹植《洛神赋》）、“欲把西湖比西子，淡妆浓抹总相宜”（苏轼《饮湖上初晴后雨》）、“水是眼波横，山是眉峰聚”（王观《卜算子》），最著名的莫过于《红楼梦》中宝玉那句“女儿是水作的骨肉”。所以，明代诗人张潮说：“所谓美人者，以花为貌，以鸟为声，以月为神，以柳为态，以玉为骨，以冰雪为肤，以秋水为姿，以诗词为心，吾无间然矣。”（《幽梦影》）女人似水，这种象征已经融入我们民族的血液，按荣格的说法，这是人类远古的深层集体无意识。潘军的小说里，谈到水，不能不谈到女人。有意味的是，潘军作品中的一些女性人物的名字都与水

① 沈从文：《从文自传》，北京：人民文学出版社，1981年版，第141页。
② 西川编：《海子诗全编》，上海：三联书店，1997年版，第877页。

有关，如《日晕》中的苇子，苇就是水边的芦苇，永远离不开水；《风》中的莲子与田藕，莲与藕也是生长在水里；《独白与手势》中的雨浓，雨和浓或是水的变体或与水有关……从这些命名上，我们似乎就看到了“水”的某些特性，女人如水，水如女人，二者是如此的水乳交融。

在潘军笔下，其女性大体可分为三类：乡村女性、城市女性与历史女性。无论哪一类女子，在作家笔下都别具韵味。其中，她们可能有的只是一个名字（如《夏季传说》中的蛾子），有的只是一个符号（如《对门·对面》中的C、D），有的干脆以“女人”称之（如《对话》《关系》中的“女人”），但即便如此，作家把这些外在形象“不甚清晰”的女人写得风姿绰约，盈盈袅袅。在这三类女性中，故乡的女性在作家笔下刻画得尤为出色，因为“那是一块水的土壤，也仿佛是女性的土壤”①。在故乡女性中，又以乡村女性形象塑造得最为成功。如《日晕》中的苇子与《风》中的田藕这两个女性，她们纯朴、天真、痴情，就像江南水乡的芙蓉，出淤泥而不染，与清澈的溪流、青青的芦苇、粉红的桃花融为一体。这两人在某种程度上承载着作家对故乡女性特有的情结与记忆，散发出东方少女特有的古朴神韵。她们的美让人不禁想起现代诗人应修人的那首诗《妹妹你是水》：“妹妹你是水——/你是清溪里的水。……妹妹你是水——/你是荷塘里的水。/借荷叶做船儿，/借荷梗做篙儿，/妹妹我要到荷花深处来！”同样，《独白与手势》中的雨浓，一看名字，便会联想到这是一个水汪汪的女子，如沈从文笔下的湘西少女翠翠、夭夭或者三三们，聪慧、秀美、宁静、剔透，又让人产生那么一丝怜爱！虽然作品中这个人物如流星般一出场就消逝了，但她的身影总是在小说中若隐若现，如秋天的雾霭般令人惆怅。另外，还有像《日晕》中的巧凤、《风》中的莲子、《秋声赋》中的霞、《从前的院子》中的碧霞、《三月一日》中的月亮姐姐等等，都充满独特的魅力。她们如水，但不“杨花”。但是，在这里我们看到，潘军对这些如水晶般的女子似乎都很“霸道”，她们或多或少都与小说中的“我”有那么一点“纠葛”，但到后来她们的命运似乎只有一个：死亡，非正常死亡。《日晕》中苇子、巧凤死于洪汛，《风》中田藕死于火灾，《独白与手势》中雨浓死于沉船、

① 潘军：《潘军散文》，杭州：浙江文艺出版社，2000年版，第186页。

王珏死于车祸、肖航死于海难……这一个个鲜活的女子，只能遗憾地离开我们，这是作家的“残忍”。这隐隐传达的却是作家充满无奈的宿命观：美丽的女子“就像雨后的彩虹……留下来的是那种匆匆而来匆匆而去而又一辈子留在心里很难抹去的东西，犹如一支挽歌”①，美好的东西只能存在于心灵，真实只飘浮于风中。潘军以如水般女子的消亡与毁灭，既体现了自己的某种思考，同时也给读者留下了某种思考。

写女性，当然少不了写爱情。在潘军小说中，男女之间的爱情大都写得纯净、清洁，如同泉水般清澈。《重瞳》中的项羽与虞姬，《关系》《对话》中的男人与女人，就连《海口日记》《戊戌年纪事》中妓女的爱情也那么唯美。但更多的时候，是这种爱情被现实中的种种障碍所阻隔所拦阻，这也是中国“水”的传统意象内涵的一个体现。《日晕》中的苇子与庄雨迟，巧凤与雷运生；《风》中的莲子、唐月霜与叶家大少爷千帆、陈士林与田藕，《独白与手势》中的“我”与韦青、《秋声赋》中的霞与旺……有情人未必成眷属，“所谓伊人，在水一方。溯洄从之，道阻且长”。所以潘军小说中的爱情蒙上了一层悲壮的色彩，总是让人唏嘘不已。

同样，写女人，少不了要写性。在中国文学传统中，“以水喻性”也是一个重要的方面，水的另一变形就是“云雨”。“云”和“雨”这一复合意象就有男欢女爱的特定内涵，如“洞房昨夜春风起，遥忆美人湘江水”（岑参《春梦》）、“梦中醉卧巫山云，觉来泪滴湘江水”（卢仝《有所思》）就有这个意思。在潘军小说中，“水”也有这样一层含义。但不同于当代一些作家的是，潘军写性，写男欢女爱，写得很唯美，很高尚，除了肉体的欢愉，更多的是精神上的交流。即便是写与妓女之间的性爱，也不仅仅是肉体上的交易，还写出了人性的另一方面。如《戊戌年纪事》中的妓女小芳，心甘情愿为“我”怀孕生子：“她又亮出了另一只手掌：不要怕，我愿意。”因此，在这性的背面，“追求那种把性作为人的生命核心去雕刻的境界，那种生命力的辉煌状态”②才是作家所要表达的东西。所以，你读潘

① 潘军：《坦白》，合肥：安徽大学出版社，2000 年版，第 165 页。
② 潘军：《坦白》，合肥：安徽大学出版社，2000 年版，第 140 页。

军作品中的性爱，没有什么“黄”的成分，它既是肉体的暴风骤雨，更有情的润物无声。

四

在潘军笔下，“水”不只有这些，更有其独特的“这一个”。如同水的流动形态一样，潘军小说中始终弥漫着一种对漂泊或者说流浪生活的极度痴迷和眷恋，给人一种“在路上”的感觉。而这也许是潘军小说中“水”审美内涵中最值得重视的地方。

具体而言，作家喜欢在小说中塑造一些漂泊者，如出租车司机、浪迹天涯的文人（如作家笔下的“诗人”“作家”“艺术家”等）、船夫，等等。《海口日记》中主人公“我”是一位离婚的“作家”，从犁城到广州再到海口的“自我放逐”者。他似乎厌倦了文字游戏与既有的生活方式，选择了一份自认为最好的职业——开出租车。这份职业除了满足了“我”的物质追求外，更重要的是，从事这份职业可以面对城市中形形色色流动中的人，在其中体会生命的快慰。这种自由自在的生存方式，是厌倦了固定生活节奏的人的一种较好的选择方式。长久以来人们的生存理念趋于“稳定”二字，潜意识中有流浪的想法，却不可能撇开稳定的工作、稳定的收入、稳定的生活圈子，去实现那个浪迹天涯的梦想。这里，潘军将人的这种潜在欲望以“出租车司机”这一形象洒脱地表现出来。流动的乘客，流动的道路，流动的心，一切都是动态的。作品体现的就是一个流浪者的情怀，表现的是一种自我归属的失落（离婚与失意）与找寻（自由出车与载客）。同样，《对门·对面》中的主人公 A，也是位离婚的出租车司机，妻子嫌他收入微薄弃他而去，但离婚似乎看不出对这个男人有什么情感的波动，反而是他觉得家里场子变大了，一个人悠闲倒也自我陶醉。他被人遗弃并不受太多影响，反倒一身轻松，这个故事的背后是否就是现代人在焦虑与焦灼的生活之下，“个人出走”的一种心理反应呢？

同样，在中篇小说《重瞳》中，作家为我们塑造了一个全新的项羽形象。“我即由“水”而寄寓的那种对生命状态与人生境界的思考与洞察。也许在这个意义层面上，我们才能更好地体会到本文开篇作家所说的那些话，也才能真实领会到作家在其小说中赋予“水”这一审美意蕴的真正魅力。

潘军选择了水，水也选择了潘军。

〔原刊《安庆师范学院学报》（社会科学版）2009年第10期〕

海子与李贺爱情诗比较

李贺(790—817),字长吉,河南福昌(今宜阳)昌谷人,是我国唐代文学史上一位才高命短、极富独创精神的诗人,其以独特的诗篇在我国古代诗歌宝库中占据一席之地。海子(1964—1989),安徽怀宁人,被誉为“20 世纪中国最后一位诗人”①。他们有太多的相似之处——少年时都被称为“神童”:李贺 7 岁作《高轩过》,而海子 4 岁夺得全村背诵毛主席语录的头名,15 岁就考入北大;二人作诗都以“苦吟”著称,寻章觅句,手法诡异,均被称“鬼才”;二人作诗都吸收前人的优秀成果,对中国传统文化的精髓,尤其是楚文化与屈原思想的变化出新;都对人生、爱情、死亡、太阳等进行大量的讴歌,取得了后人难以企及的高度;二人都生性狷介,不为世俗所容,不被时人理解,且都英年早逝,一个年终 27 岁,一个死于 25 岁;他们都以自己的诗作在诗歌王国里竖立起两座后人永远学习的丰碑……在某种意义上讲,两位天才诗人在千年之后进行了一次超越时空的握手。这里,我们只想将二人以青春之躯书写的人类最美好的情感——爱情为例,谈谈二人的爱情诗歌,或许,这更能见证二位天才诗人的热血与青春。

---

① 余杰:《海子:诗是生命的倒刺》,见余徐刚:《诗歌英雄——海子传》,南京:江苏文艺出版社,2004 年版,第 250 页。

蛾。为君起唱(一作‘舞’)长相思,帘外严霜皆倒飞。”(《夜坐吟》)“帘外花开二月风,台前泪滴千行竹。琴心与妾肠,此夜断还续。”(《有所思》)山水阻隔,佳期难会,只有借鸿雁传书以表思念:“彩线结茸背复叠,白袷玉郎寄桃叶。为君挑鸾作腰绶,愿君处处宜春酒(一作‘雪’)。”(《染丝上春机》)但相思又不得,只求梦中相见:“今宵好风月,阿侯在何处。为有倾城色,翻成足愁苦。”(《绿水词》)“宝枕垂云选春梦,钿合碧寒龙脑冻。阿侯系锦觅周郎,凭仗东风好相送。”(《春怀引》)……而在海子诗中,这种思念转化为平时二人在一起的点点滴滴与回忆,二人就连吃饭都想着对方。于是在某个清晨,在家度假的海子,思念着千里之外草原上的女友B,“于是有了别后的早上/在晨光中/我端起一碗粥/想起隔山隔水的/北方/有两盏灯//只能远远地抚摸”(《你的手》),这里,遥遥地“抚摸”传达着不尽的安慰与牵挂。又如“今夜我只有美丽的戈壁 空空/姐姐,今夜我不关心人类,我只想你”(《日记》),“在黑夜里为火写诗/在草原上为养写诗/在北风中为南风写诗/在思念中为你写诗”(《冬天》)等。海子这类写相思之渴的诗篇,还有《半截诗》《中午》《冬天的雨》《献诗——给S》《草原上》《七月不远》《云朵》《房屋》《给B的生日》《太平洋上的贾宝玉》等等。

但,爱情不仅仅是花,也不仅仅是花的蜜,更多的是一种痛苦。可能是思念,也可能也生离死别,但他们都是诗人个体对爱的感悟与震颤。所以在两位天才诗人笔下,其更显得凄冷与伤寒。相较而言在李贺笔下,更显得暗淡些。最著名的是那首千古名篇《苏小小墓》了:

> 幽兰露,如啼眼。无物结同心,烟花不堪剪。草如茵,松如盖,风为裳,水为佩。油壁车,夕相待。冷翠烛,劳光彩。西陵下,风吹雨。

诗人借用南齐名妓苏小小之名,表达了对心中女子逝去的悲痛。语痛,情更痛。叶葱奇先生认为此诗“笔调特别幽冷”,与李贺的《七夕》《恼公》等写的都是同一人①。

① 叶葱奇疏注:《李贺诗集》,北京:人民文学出版社,1980年版,第150页。

而对于以诗、诗情为生命的海子来说，爱情的苦痛，尤其是失恋的苦痛，是巨大的，他的许多优秀短诗之所以能够打动人，在我看来，与失恋之后的那份刻骨铭心之痛不无关系。海子在 1986 年 8 月的《日记》中曾说：“抒情的一切，无非是为了那唯一的人，心中的人”，“抒情就是血”①。当这个人义无反顾地伤害了他之后，多情的他将会失“血”而亡。所以，我们对海子这样的诗句就不难理解了：“小人儿，既然我们相爱/我们为什么还在河畔拔柳哭泣。”（《我感到魅惑》）在傍晚“我的琴声呜咽　泪水全无”（《九月》），并希望“秋天/我请求：/下一场雨/洗清我的骨头”（《我请求：雨》），发誓“在十月的最后一夜　我从此不再写你”（《泪水》）。在海子自杀后，有一种观点认为海子自杀的各种诱因中，重要的一点也许是他不该在一次酒后对其初恋女友 B 进行话语上的伤害（即便她早已伤害过诗人），所以选择了山海关离渤海最近的一处火车轨自杀。此处离太平洋最近，而初恋女友 B 此时就在太平洋彼岸的美国②。这样看来，海子以情而生、为情而亡，以生命对爱情做了一次惊天动地的诠释。

诗象：“我爱着两只手/我爱着十只小鱼”

“意象”这一概念自产生以来，界定有许多种，多指称自然物象或名词。而我更倾向于这样一种理解：“意象是经过作者情感和意识加工的由一个或多个语象组成、具有某种诗意自足性的语象结构，是构成诗歌本文的组成部分。”③其中的“语象”是构成文本的基本素材，是“诗歌本文中提示和唤起具体心情表象的文学符号”④。这里，“意象”满含诗人的情感与意识，而诗歌意象更是诗人感情、知性和客观事物的有机融合，是诗人心灵深处的声音的外现，因此作诗之人尤其注重自己诗歌中意象的选择与锤炼，往往“吟安一个字，捻断数茎须”（唐卢

---

① 西川编：《海子诗全编》，上海：三联书店，1997 年版，第 879 页。

② 西川：《死亡后记》，余徐刚：《诗歌英雄——海子传》，南京：江苏文艺出版社，2004 年版，第 231 页。

③ 蒋寅：《古典诗学的现代诠释》，北京：中华书局，2003 年版，第 28 页。

④ 蒋寅：《古典诗学的现代诠释》，北京：中华书局，2003 年版，第 28 页。

青琴、湘妃、弄玉、妖鬟、嫦娥、瑶姬、兰香神女、贝宫夫人、巫山小女等等。无论是“美人懒态燕脂愁,春梭抛掷鸣高楼”(《染丝上春机》)的织女,“真珠小娘下青廓,洛苑香风飞绰绰”(《洛姝真珠》)的歌女,还是“金翅峨髻愁暮云,沓飒起舞真珠裙”(《河南府试十二月乐词·二月》)中翩翩起舞的丽人,抑或“密发虚鬟飞,腻颊凝花匀”(《兰香神女庙》)中的神女,李贺通过这些女性意象的塑造,表达了他对现实世界的女性观与理想①。在海子诗歌中女性意象比比皆是,如少女、姐姐、妹妹、新娘、爱人、未婚妻、女儿、母亲、仙女等等,如“荒凉的山冈上站着四姐妹/所有的风只向她们吹/所有的日子都为她们破碎”(《四姐妹》),“八条大水中/高喊着爱人”(《我的窗户里埋着一只为你祝福的杯子》),“四处漂泊/向不谙世事的少女/向安庆城中心神不定的姨妹/打听你。谈论你”(《给安庆》),“今天,太阳的新娘就是你/太平洋上唯一的人,远在他乡”(《献诗》),“我向田野深处走去,又遇见那么多母亲、爱人和钟声”(《传说》)。

我们再以李贺与海子诗歌中常见的“仙女”这一意象来看,李贺笔下的女子是“踏雾乘风归,撼玉山上门”(《兰香神女庙》),“玉宫桂树花未落,仙妾采香垂佩缨”(《天上谣》);而海子心中的“仙女”是“你手提马灯,手握着艾/平静的像夜里的水仙”(《冬天的雨》),“像女王一样　住在一把伞中”(《雨》)。她们,风姿绰约;她们,仪态万千;她们,都是诗人心中的“神”!在第三类意象中,李贺与海子对女性之爱中体现出来的气量是不一样的。李贺表达的是一己之爱,而海子诗中的这些女性意象已不仅仅是海子个人之爱,而是一种大爱,人类之爱了。

通过以上对李贺与海子爱情诗歌三类意象的比较,我们发现,李贺的爱情诗意象营造似乎更为诡谲、阴冷与晦涩,表达的情感更为凄清。钱钟书先生曾说:“长吉穿幽入仄,惨淡经营,都在修辞设色,举凡谋篇命意,均落第二义。”②其实李贺在其诗歌的意象营造上并非“落第二义”的,也是“惨淡经营”的。海子爱情诗意象简约,虽然不乏晦涩成分,但总体而言,其诗歌中的意象则明朗许多。李诗意象繁复,海子诗意象简约,但它们都是极致之美,表达了两位诗人对

① 傅谷:《“鬼才”风情——从李贺笔下的女性世界看其女性观》,《江淮论坛》,2003年3期。

② 钱钟书:《谈艺录》(补订本),北京:中华书局,1984年版,第46页。

爱情的火热心声。

诗源："女人，我知心的朋友"

李贺与海子都如此倾心于爱情，对爱情谱唱一曲曲动人的情歌，其原因当然是多方面的。这里我们仅就其爱情诗歌的主要成因做一点探讨。

首先，是恋母情结。"恋母情结"是弗洛伊德的说法，放到李贺与海子身上其实并不是很准确，儿女天性中都有对母亲依恋的一面，可能儿子更多一点罢了。从现有的资料来看，我们只知道李贺的父亲名叫李晋肃，如韩愈的《讳辩》中就曾明确提到"贺父名晋肃"，后来新、旧《唐书》也这样记载。而关于李晋肃的生平事迹，除了《唐摭言》中提了一句"父晋肃，边上从事"①，即在边疆当一名小官吏外，史书中便无可考了。不过，我们从同时代的人的诗文中，还对李晋肃约略知道一点。大诗人杜甫与李晋肃可能有某种联姻关系，另外李晋肃还在四川当过县令，大约在李贺18岁时便去世了②。由李商隐《李长吉小传》，我们得知其母亲姓郑，除李贺之外，还生有一子一女。李贺姐姐嫁到了王家，弟弟为了生存则经常在外，所以在整个少年到青年时代，李贺都在其母亲的照料下长大，平时作诗苦吟，劝慰他的也只有母亲（"是儿要呕出心乃矣耳"）。从小就缺乏父爱，又自幼体弱多病，李贺当然对母亲有着强烈的依恋感了。他临终前仍不肯撒手人寰，理由是"阿奶老且病，贺不愿去"（李商隐《李长吉小传》），即便是死后，还托梦告其母"今为神仙中人，甚乐，愿夫人无以为念"（《太平广记》）。虽然李贺诗歌中直接写母亲的诗不多，但这些记载与传说，足以说明李贺对其母的依恋。

同样，海子出生于一个地道的农民家庭，母亲是一位读过小学五年级而稍有些文化的农村妇女，这在当时的中国农村已属不易（其母名为操采菊，不由让

---

① 陈治国：《李贺研究资料》，北京：北京师范大学出版社，1983年版，第15页。

② 刘瑞莲：《李贺》，北京：中华书局，1981年版，第7页。

人想起陶渊明“采菊东篱下，悠然见南山”的诗句，由此也能看出海子外祖父家庭的文化氛围）。由于家庭贫困，当裁缝的父亲整天忙着生计，照看海子的任务自然就落到母亲身上，加上海子之前这对夫妇生养的两个女儿不幸夭折，所以母亲就更加呵护他，经常给他讲一些民间故事，读一些旧报纸上的趣闻。母亲给了海子最初的文化启蒙，开启了这位天才少年的智力，当然也就让海子对母亲有了某种精神上的依恋。正如燎原先生所分析的：“海子是一个带有明显女性（母姓）亲近的人。”①与李贺不同的是，母亲常常出现在海子的诗作中，如这首《给母亲·雪》：

妈妈又坐在家乡的矮凳子上想我
那一只矮凳子仿佛是我积雪的屋顶

妈妈的屋顶
明天早上
霞光万道
我要看到你
妈妈，妈妈
你面朝谷仓
脚踏黄昏
我知道你日见衰老

另外还有像“母亲/老了，垂下白发/母亲你休息去吧”（《给母亲·云》），“不要告诉我/扶着木头，正在干草上晾衣的/母亲”〔《死亡之诗》（之二）〕等等，这些诗歌大多写得如泣如诉，让人读来荡气回肠、唏嘘不已。这种诗歌的震撼力都来自于人类内心深处那源源不断的母性之爱。所以，我们也就不难理解李贺与海子诗歌中关于“母亲”的诗句与意象了（如海子诗歌中的“水”意象）。

---

① 燎原：《扑向太阳之豹——海子评传》，海口：南海出版公司，2001 年版，第 122 页。

其次,是归属与爱的需要。美国心理学家马斯洛曾将人类需求分为五个层次:生理需要、安全需要、归属与爱需要、尊重需要和自我实现需要①。按照这种说法,对于李贺和海子而言,这五种需要他们都是欠缺的,特别是“归属与爱需要”。我们可从两方面来看。

一方面,现实的挫折使二人需要精神上的庇护。就李贺而言,他出身名门,是唐王室之后。出身的高贵,让他念念不忘甚至引起自豪。《金铜仙人辞汉歌序》里他自称“唐诸王孙李长吉”,显然是在炫耀门第;《唐儿歌》的结尾处,他提醒人们“莫忘作歌人姓李”。其实,他的家室虽属唐宗室,却不是嫡系,并且早已没落衰微,他那“皇孙”的身份不过是个虚名,没有任何的实惠。拿它来向人夸示,除了表明李贺对名位看得很重,还见出他家庭境况的局促、寒碜。他急于改变这种尴尬的状况,于是积极谋取功名利禄,奋力走科举的道路,结果失败了。因为有人出来毁谤他,说他父名晋肃,“晋”与进士之“进”谐音,考进士就是有违父讳。他不敢冒不孝之名,就自动放弃了科举时代最主要的从政之途。这一打击可以说是致命的,尽管韩愈等人极力为其辩护,并写了《讳辩》,但终究无济于事。另外,李贺在短短二十七个春秋里,就经历了中唐德、顺、宪之朝。这是“安史之乱”后的社会动荡时期,各种矛盾加剧,党争、藩镇割据与宦官专权三大问题日益严重,皇权与宫廷的控制力逐渐减弱,加上皇帝服药求仙,不理朝纲,边疆也频频出事。一系列的兵燹灾荒,加速着唐王朝的衰败。在这样一个大的政治、社会背景下,身为皇室后代的李贺不能不忧心忡忡。所以抑郁寡欢的李贺发出“长安有男儿,二十心已朽”(《赠陈商》),“我当二十不得意,一心愁谢如枯兰”(《开愁歌》)的感叹。海子的现实生活比李贺好不了多少,他虽 15 岁考入北大,被誉为神童,毕业后在北京一所高校任教,但他那书生意气在纷繁复杂的社会面前,显得不堪一击;即便满腹经纶,爱好诗歌,也得不到时人认可,发表处处受挫,甚至遭到同行的攻击。这些现实的环境使得两位天才诗人心理长期受到压抑,其苦闷无处排遣、宣泄,就必然在文字中寻求精神上的寄托。

另一方面,这也是人青春期的必然需求。俗话说:“哪个男子不钟情?哪个

---

① 车文博:《西方心理学史》,杭州:浙江教育出版社,1998 年版,第 556 页。

少女不怀春?”二人都处于青春年少,但是家庭长期处于贫困状态,长得又其貌不扬,李贺是长指甲、庞眉、巨鼻,海子也生得比较矮小,都又体弱多病。这些因素使得李贺与海子都有些自卑、性格内向,不敢主动、大胆追求异性。但老天又让他们敏感多情,“我就是那个情种:诗中吟唱的野花”(海子:《七月不远——给青海湖,请熄灭我的爱情》),而且“每一天的每一年都会爱上一个新的女性”①。袁行霈先生曾说李贺的诗歌“一言以蔽之,就是抒写内心的苦闷”②,这苦闷当然也包括爱的苦闷。所以两位多情诗人,除了在亲情友情之外,也在爱情中寻求人间的温情,如夜莺般伏窗为心上人歌唱:“女人,我知心的朋友。”(海子:《黄金草原》)

以上对李贺与海子爱情诗的匆匆比较中,我们看到,是爱情,无论是爱的甜蜜,还是爱的凄苦,都让他们看到了这个世界的温暖和生命的价值与意义:“爱情和雨水一样幸福。”(海子:《活在珍贵的人间》)“情若何?荀奉倩。”(李贺:《后园凿井歌》)

他们,活在爱情之中;他们,活在诗歌之中。

〔原刊《安庆师范学院学报》(社会科学版)2007年第4期〕

---

① 西川编:《海子诗全编》,上海:三联书店,1997年版,第884页。

② 袁行霈:《中国诗歌艺术研究》,北京:北京大学出版社,1996年版,第266页。

后　记

此书收录的是我近年来对中国现当代文学思考的部分论文，从中也可以看出这些年来我所涉猎的几个研究领域，即“十七年”文学、现当代文坛名家与新秀研究、安徽地域文学。从2003年发表第一篇论文到现在，一晃十五年过去了。这些文字，无论是平和还是激越，都是一家之言，是我从青年到中年的生命历程的见证。

这些论文都曾公开发表过。在此，感谢提供发表平台的编辑老师们。他们有：《中国现代文学研究丛刊》的杨柳女士、《东岳论丛》的曹振华女士、《廊坊师范学院学报》（社会科学版）的王满新女士、《当代文坛》的罗勇先生、《编辑之友》的介子平先生、《现代中国文化与文学》的陈思广先生、《江西社会科学》的余悦先生、《海南师范大学学报》（社会科学版）的毕光明先生、《安徽大学学报》（哲学社会科学版）的吴怀东先生、《安庆师范学院学报》（社会科学版）的余昌谷先生和汪祚民先生、《池州学院学报》的谢家顺先生、《青春》的育邦先生等。因篇幅限制，个别文章发表时有所删减，此次收录时恢复原貌。

感谢南京师范大学的谭桂林教授、杨洪承教授；南京财经大学的石钟扬教授；安庆师范大学的余昌谷教授、王海燕教授、方锡球教授等诸位先生。这些长辈与老师们在我学术成长的道路上给予我诸多帮助与鼓励。

感谢我的硕士生导师、安徽大学的吴怀东教授，几乎我的每一步学术成长都离不开老师的关怀与激励，亦师亦友般的感情让我相信人间还有真爱。

感谢我的另一位博士生导师、上海交通大学的何言宏教授在百忙中为本书赐序。老师的褒扬将鞭策我继续前行。

感谢父母的培养与宽容。谢谢妻子李晓婷女士的理解与支持。

感谢安庆师范大学为本书的出版提供的基金资助。

陈宗俊

2018 年 2 月 28 日于古城安庆